어스시의 마법사

어스시 전집 제1권

어스시의 마법사

어슐러 르 귄 장편소설

최준영 · 이지연 옮김

황금가지

A WIZARD OF EARTHSEA
by Ursula K. Le Guin

말은 침묵 속에만

빛은 어둠 속에만

삶은 죽어감 속에만 있네.

텅 빈 하늘을 나는 매의 찬란함이여.

—「에아의 창조」에서

차례

안개 속의 전사들

'북동해'의 거친 바다 위로 천 길이나 머리를 쳐든 외봉우리 산이 곤트 섬이다. 이곳은 마법사로 이름난 땅이었다. 섬의 높은 지대 산골짜기에 자리 잡은 마을들이나 좁고 그늘진 만들 안에 자리 잡은 항구로부터, 많은 곤트 인들이 군도의 영주들에게 나아가 그들이 다스리는 도시에서 마법사와 현자로 봉사했으며, 모험을 찾아 마법을 쓰며 어스시의 이 섬 저 섬을 누비기도 했다. 이들 중 제일가는 마법사라고들 하는 사람은 항해자로서는 단연 으뜸이었는데 바로 '새매'라고 불린 사람이다. 살아생전 용주(龍主)가 되고 대현자까지 되었던 새매의 생애를 읊은 노래는 「게드의 위업」을 비롯하여 많고도 많다. 그러나 이 이야기는 새매가 명성을 얻기 전, 그 노래들이 만들어지기 전의 이야기이다.

새매는 '열 그루 오리나무'라는 두메산골에서 태어났다. 그 마을은 산 위 높은 데 있어서 '북골짝'을 따라 끝까지 올라가야 만날 수 있었다. 마을 아래로 풀 덮인 초원과 경작지가 바다를 향해 층층이 완만한 경사를 이루고, 굽이쳐 흐르는 아르 강의 기슭을 따라 또 다른 마을들이 있었다. 마을보다 위로는 저 위 돌과 눈뿐인 산꼭대기까지 등성이 너머 등성이가 겹지고 숲만이 첩첩했다.

새매의 아명은 더니라고 했다. 그를 낳은 어머니가 지어 준 이름이었는데, 그녀는 아들이 첫돌을 맞기도 전에 세상을 떠나 이름 하나와 생명밖에는 아무것도 남겨 주지 못했다. 마을의 청동 대장장이인 아버지는 엄하고 무뚝뚝한 사내였다. 여섯이나 되는 형들은 모두 더니보다 한참 손위였기에 하나씩 집을 떠나 논밭을 일구거나 바다로 나가거나 북골짝의 다른 동리에 가 대장장이로 일했다. 그러니 더니를 살뜰하게 돌보며 길러 줄 사람이 없었다. 더니는 험하게 커서 마구 자란 잡초처럼 키 크고 잽싼 사내아이가 되었다. 개구지고 성미 드세고 콧대가 높은 아이였다. 마을에 몇 안 되는 다른 아이들과 마찬가지로 더니도 강 위의 목초지에서 염소를 쳤다. 차차 길쭉한 주름풀무를 밀고 당길 수 있을 만큼 힘이 자라자 아버지는 더니를 대장일 조수로 삼았다. 하지만 주먹질과 회초리질을 흠뻑 안겨 줘도 더니에겐 변변히 일을 시킬 수가 없었다. 밤낮 밖으로만 나돌았던 것이다. 더니는 깊은 숲을 헤집고 돌아다니거나, 곤트의 강들이 모두 그렇듯 차디차고 물살 빠른 아르 강에서 헤엄을 치고, 벼랑을 타고 산비탈을 타고 숲 위로 우뚝 솟은 산등성이에 기어오르기도 했다. 산에 올라서면 바다가 보였다. 북쪽의 넓은 바다엔 페레갈 섬이 있고, 그 너머론 섬이 없었다.

죽은 어머니의 자매 한 분이 마을에 살았다. 더니가 아기였을 때에는 그 이모님이 해야 할 일들을 해 주었지만, 이모에게도 자신의 일이 있었으므로 더니가 웬만큼 제 앞가림을 할 수 있게 된 후로는 별로 신경을 써 주지 않았다. 하지만 나이 겨우 일곱 살로 세상에 존재하는 힘과 기술에 관하여 아무것도 모르고 아무것도 배우지 못한 채였던 어느 날, 소년은 이모가 염소에게 주문을 외치는 걸 들었다. 염소는 오두막 지붕에 뛰어 올라가 통 내려올 생각을 안 하고 있었는데 이모가 무슨 시구를 외쳐 읊자 곧장 뛰어 내려왔다. 다음 날 '낭떠러지'의 풀밭에서 털이 긴 염소들을 지키던 더니는 그 주문의 사용법도, 의미도, 그게 무슨 말인지조차도 모르는 채 어제 들은 말을 외쳐 보았다.

"노스 히어스 말크 맨
흘크 핸 머스 핸!"

더니가 큰 소리로 시구를 외치자 염소들이 다가왔다. 염소들은 한꺼번에 아무 소리 없이 신속하게 더니 곁으로 모여들었다. 그러곤 그 노르스름한 눈알에 트인 어두운 동공으로 더니를 빤히 바라보았다.

더니는 까르르 웃으며 다시 한 번 그 말을 외쳤다. 시구는 염소들을 다스릴 힘을 주었다. 염소들은 더 가까이 몰려들어 더니를 둘러싸고 몸을 치대며 밀쳐 댔다. 더니는 갑자기 그놈들의 두툼하고 뾰족한 뿔과 낯선 눈과 여느 때 같지 않은 침묵이 무서워졌다. 녀석들을 그만 풀어 주고 빠져나오고 싶었다. 하지만 염소들은 더니 주위에 무리를 지은 채 함께 움직였고, 결국 도망치는 소년과 함께 비탈을 내려와 마을에 이르렀다. 밧줄로 친친 동이기라도 한 것처럼 염소 떼 전부가 밀치락달치락하며 한데 뭉쳐 있었다. 더니는 그 한가운데서 울면서 도움을 청했다. 마을 사람들이 집에서 뛰어나와 염소에게 욕을 하거나 소년을 보고 웃었다.

그러던 중 이모가 나왔다. 이모는 웃지 않았다. 그녀가 염소들에게 한마디 하자 짐승들은 주문에서 풀려나 매매 울며 풀을 뜯고 흩어져 돌아다니기 시작했다.

"따라오너라."

이모는 그렇게 말하곤 자기 혼자 살고 있는 오두막집으로 더니를 데리고 갔다. 보통 때 같으면 절대 들어가지 못할 집이었다. 아이들은 그 집을 겁냈다. 낮고 컴컴하고 창문 하나 없는 집 안에선 들보에 매달려 말라 가는 약초들의 냄새가 풍겼다. 박하와 노랑꽃산마늘과 백리향, 톱풀과 러시워시와 파라말, 왕잎풀, 갈래발풀, 쑥국화, 월계수잎 같은 약초들이었다. 이모는 불구덩이 곁에 책상다리를 하고 앉아선 굽슬굽슬한 검은 머리칼 사이로 더니를 꼬느어보면서 염소들에게 무슨 말을 했느냐, 그게 무슨 말인지 알고 말했느냐 어떠냐고 다그쳐 물었다. 더니가 아무것도 모른다는 것, 그런데도 염소들에게 주문을 걸어 다가오고 따라오게 만들었다는 것을 알게 되자 이모는 조카아이의 내부에 힘이 숨어 있다는 사실을 깨달았다.

언니의 아들은 그녀에게 별것이 못 되었으나, 이제 그녀는 더니를 다시 보았다. 이모는 더니를 치켜세우며 더 근사한 시구들을 가르쳐 주겠다고 말했다. 달팽이를 껍질 밖으로 나오게 만드는 주문이며 하늘에서 매를 불러 내릴 수 있는 이름을 가르쳐 주겠다는 것이었다.

"네, 가르쳐 주세요!"

영리하다고 칭찬을 들어 우쭐해진 더니는 염소 때문에 놀랐던 일을 다 떨쳐버렸다. 마녀 이모가 말했다.

"그걸 가르쳐 준다면 절대 딴 애들한텐 말하지 않겠지?"

"약속할게요."

단박에 대답한 더니의 순진함에 이모는 웃음을 띠었다.

"그래, 좋다. 하지만 난 네 약속을 구속할 거다. 네 혀는 내가 풀어 줄 때까지 굳어 있을 것이야. 그리고 그걸 풀어 준 뒤에도, 말은 할 수 있겠지만 다른 사람이 들을 만한 곳에서 내가 가르쳐 준 단어를 말할 순 없을 거다. 우린 우리 재주를 비밀로 지켜야 해."

"좋아요."

더니는 놀이 친구들에게 비밀을 누설할 생각이 전혀 없었다. 다른 아이들은 모르는 것, 할 수 없는 것들을 자기만 알고 할 수 있게 된다는 게 마음에 들었다.

더니가 가만히 앉아 있는 동안 이모는 부스스한 머리카락을 뒤로 추슬러 묶고 허리띠를 두른 다음 다시 책상다리를 하고 앉아 잎사귀 한 줌을 화로 속으로 던져 넣었다. 그러자 연기가 퍼져 나와 어둠침침한 오두막집 안을 가득 채웠다. 이모는 노래를 부르기 시작했다. 흡사 또 하나의 목소리가 그녀를 통해 노래하는 양 중간중간 음성이 낮았다 높았다 하며 바뀌었다. 노래는 계속되고 계속되어 더니는 자기가 깨어 있는지 잠들어 있는지 알 수 없게 되었다. 결코 짖는 법이 없는 마녀의 늙은 검둥개는 그러는 내내 연기로 충혈된 눈을 한 채 곁에 앉아 있었다. 마침내 마녀는 더니를 향해 이해할 수 없는 말을 중얼거리더니 무슨 주문 시구를 따라 읊게 했다. 그러자 마법이 더니를 덮어 꼼짝 못하게 만들었다.

이모는 주문을 시험해 보려고 했다.

"말해 봐라!"

소년은 말은 할 수 없었지만 대신 소리 내어 웃었다.

그러자 이모는 조카의 힘에 조금 두려움을 느꼈다. 지금 것은 그녀가 엮을 줄 아는 주문 중에서도 꽤 강한 주문이었다. 말을 하고 못하는 것을 통제할 뿐 아니라, 마술의 재주에 있어 더니를 자기 도제로 구속해 놓으려고 했던 것이다. 그런데 그 주문에 걸린 채로도 더니는 웃음을 터뜨렸다. 이모는 아무 말 없이 깨끗한 물을 불 위에 부어 연기가 가시게 한 뒤 소년에게 물을 주어서 마시게 했다. 공기가 맑아져서 더니가 다시 말을 할 수 있게 되자 이모는 매의 진짜 이름을 가르쳐 주었다. 그것으로 부르면 매는 반드시 오게 되어 있었다.

이것이 더니가 이후 일생 동안 따르게 된 마법의 길에 내디딘 첫걸음이었다. 그 길은 훗날 그로 하여금 그림자를 뒤쫓아 바다와 땅을 건너 죽음 왕국의 빛 없는 해안까지 이르게 했다. 하지만 처음 발을 떼어 놓았던 이때엔 넓고 환한 길로 여겨졌다.

더니가 이름을 불러 소환하면 야생 매가 바람을 가르고 미끄러져 내려와선 벼락 같은 날갯짓으로 몸을 가누며 귀족들의 사냥매처럼 팔뚝에 내려앉았다. 그리하여 더니는 그런 이름들을 더 많이 알고 싶어 견딜 수가 없었고, 이모를 찾아가 새매와 물수리와 독수리의 이름을 가르쳐 달라고 졸랐다. 힘 있는 말들을 얻어 내기 위해 더니는 마녀 이모가 하라는 일은 뭐든지 하고 가르쳐 주는 것은 전부 배웠다. 그런 일들이나 지식들이 다 바람직한 것만은 아니었지만 더니는 개의치 않았다.

곤트에는 "여자의 마술처럼 약하다."라는 속담이 있다. 그리고 "여자의 마술처럼 음험하다."는 말도 있다. 더니의 이모인 오리나뭇골의 마녀는 이제 사실 흉악한 여마술사도 못 되고, 상급 마법에 관여하거나 '옛 힘'과 거래하고 있지도 못했다. 순박한 사람들 속에 살며 순박한 촌여자가 되어 버렸기에 그녀는 자기가 지닌 재주를 그저 하찮고 데데한 일에만 써먹었다. 진짜 마법사라면 당연히 알며 그것을 이루고자 힘쓸 '균형'과 사물의 본질에 관하여, 그녀는 아무것도 몰랐다. 마법사라면 이것들을 위하여 정말로 필요할 때가 아니라면 주문을 사용하지 않도록 마법을 억제한다. 더니의 이모는 온갖 자잘한 일들에 쓸 주문들을 알고 있어서 끊임없이 술수를 꾸몄다. 지니고 있는 마술 지식 중 많은 것이 허섭스레기에 헛것이었지만, 뭐가 가짜고 뭐가 진정한 주문인지 구분하지도 못했다. 그녀는 저주법을 많이 알고 있었고, 아마 치료하기보다 병을 내는 데 더 재주가 있었을 것이다. 여느 시골 마녀처럼 그녀도 사랑의 묘약을 조제할 수 있었으나 인간의 질투와 증오에 소용될 흉한 약들도 만들었다. 그래도 나어린 제자에게는 그러한 가르침을 삼가고 되도록 정직한 기술들을 가르치려고 했다.

처음 마법 기술을 접한 더니는 어린아이답게도 새와 짐승을 다스리는 힘과 그에 관한 지식을 얻을 수 있다는 점에 기뻐했다. 그 기쁨은 분명 일생 동안 그와 함께했다. 더니는 높은 산 위 풀밭에서 새매를 불러 데리고 있기가 일쑤였기에 다른 아이들은 더니를 '새매'라고 불렀다. 그리하여 그의 진정한 이름이 알려지지 않았던 동안 그는 쭉 그 이름을 평소 쓰는 이름으로 삼았다.

마녀 이모로부터 사람들을 지배하고 재물과 영광을 얻을 수 있는 대단한 힘에 관해 이야기를 들은 끝에, 더니는 좀 더 쓸 만한 지식들이 배우고 싶어졌다. 그는 매우 빨리 그런 지식들을 익혔다. 마녀는 칭찬했고, 마을 아이들은 더니를 두려워하기 시작했다. 더니 자신도 자기가 이제 곧 대단한 사람이 될 거라고 확신했다. 그래서 더니는 마녀와 함께 이 말에서 저 말로 이 주문에서 저 주문으로 쑥쑥 나아가 열두 살이 되자 이모가 아는 것의 대부분을 익히게 되었다. 그래 봐야 대단한 것은 아니었으나 조그만 마을에서 마녀 노릇 하기엔 충분했고, 열두 살짜리 소년에게는 너무 지나쳤다. 이모는 약초와 치료에 관한 지식 전부를 전해 주고 찾아내기, 묶기, 고치기, 봉인 열기, 드러내기 마법에 대해 아는 한도껏 가르쳐 주었다. 찬미자들의 이야기와 위대한 무용담을 아는 대로 불러 주고 마술의 스승에게서 배운 '진정한 언어'의 단어들도 모조리 전수해 주었다. 더니는 또 북골짝과 '동쪽 숲'의 마을 마을을 떠돌아다니는 요술쟁이들과 날씨술사들로부터 여러 가지 속임수며 재밋거리 마술이며 환각 마법들을 배웠다. 더니의 내부에 위대한 힘이 있음이 처음으로 드러나게 된 것은 이러한 가벼운 주문들 중 하나를 통해서이다.

그 당시에는 카르그 제국이 강성했다. 북원해와 동원해 사이에 네 개의 큰 섬들이 있어 카레고앗, 아투안, 후랏후르, 앗니니라고 불렸다. 그쪽 사람들이 쓰는 말은 군도나 다른 원해의 말과 달랐다. 그들은 하얀 피부에 노란 머리를 한 흉폭한 야만인들로서 피를 보길 좋아하고 마을이 타는 냄새를 즐겼다. 한 해 전 그들은 붉은 돛을 단 선단에 어마어마한 병력을 싣고서 토리클 제도와 튼튼한 섬 토르헤븐을 습격해 왔다. 이 소식은 북으로 곤트 섬까지 전해졌지만, 곤트의 영주들은 자기들의 해적질에 바빠 다른 섬의 재앙에 아랑곳하지 않았다. 그 후엔 스페비 섬이 카르그에 함락되어 약탈과 파괴를 당했다. 섬 사람들은 노예로 잡혀가 버려서 1년이 지난 지금까지도 그 섬은 폐허로 남아 있었다. 정복의 야욕에 젖은 카르그 인들은 다음으로 곤트 섬을 향해 배를 몰아 와 거대한 긴 배 서른 척에 대부대를 싣고 '동쪽 항구'에 다다랐다. 그러곤 항구 도시에서 전투를 벌여 그곳을 함락시킨 다음 불태웠다. 이어서 아르 강 하구에 배를 남겨 두어 지키게 하곤 골짜기를 따라 올라오며 가축과 사람들을 죽이고 약탈과 파괴를 자행했다.

그렇게 올라오면서 여러 분대로 갈라진 카르그 인들은 무리별로 자기네가 점찍은 곳을 노략질했다. 그 와중에 도망친 사람들이 산꼭대기 마을들에 와서 위험을 알렸다. 머잖아 열 그루 오리나무 마을의 사람들은 동쪽 하늘을 검게 물들인 연기를 볼 수 있었다. 그날 밤 낭떠러지에 기어올라 갔던 이들의 눈에는 온통 뿌연 연기 속에 군데군데 타는 불로 붉은 줄이 그어진 골짜기가 내려다보였다. 추수 준비를 끝낸 들판이 불타고 과수원이 불탔다. 따닥거리며 불똥을 튀기는 굵은 가지들 위에서 과일들이 타고 헛간과 농장 집들은 연기를 뿜으며 무너져 갔다.

마을 사람들 중 얼마는 좁은 골짜기로 도망쳐 올라가 숲 속에 숨었고, 몇몇 사람들은 죽을 각오로 싸울 준비를 했다. 아무것도 하지 않고 비탄에 잠겨 우두커니 선 사람들도 있었다. 마녀는 도망친 사람들 중 하나였는데, 혼자 캐퍼딩 비탈의 동굴에 숨어 굴 입구를 주문으로 봉해 버렸다. 더니의 아버지인 청동 대장장이는 마을에 머문 사람들 중 하나였다. 15년 동안이나 잡고 일해 온 도가니와 모루를 떠나고 싶지 않았던 것이다. 대장장이는 그날 밤새 대장간에 있던 쓸 만한 쇠붙이를 두들겨 창촉을 만들었다. 다른 사람들은 그 창촉들을 괭이자루와 부지깽이에 묶었다. 제대로 자루를 만들 시간이 없었기 때문이다. 사냥용 활과 단검을 빼면 마을엔 무기라 할 만한 게 없었다. 곤트의 산 사람들은 싸움을 좋아하지 않았다. 곤트는 염소 도둑과 해적과 마법사로 유명했지 전사로 유명한 것은 아니었다.

동이 터 왔다. 가을 아침이면 섬의 높은 지대에 흔히 끼곤 하는 짙은 흰 안개가 끼었다. 열 그루 오리나무 마을의 삐뚤삐뚤한 거리 아래 오두막과 집들 사이에서 사람들은 사냥용 활과 새로 벼린 창을 들고 멀리 있는지 가까운지 모를 카르그 인들을 기다렸다. 한 사람도 빠짐없이 숨을 죽인 채, 사물의 형태와 거리 감각을 무디게 하며 그 속에 위험을 숨기고 있는 안개를 뚫어지게 살피고 있었다.

더니도 거기 함께 있었다. 밤새 풀무질을 하며 일하고 난 터였다. 염소 가죽으로 만든 두 개의 긴 풀무 주머니를 밀었다 당겼다 해 센 바람을 불어넣어 불을 살리는 일이었다. 이젠 팔이 빠질 듯 아픈 데다 후들거리고 떨려, 골라 잡은 창을 쥐고 있을 수조차 없었다. 더니는 자기가 싸울 수 있을지, 자기 자신에게나 마을 사람들에게 과연 무슨 도움이 될는지 알 수 없었다. 한 카르그 인의 창에 푹 찔려서 이렇게 어린 나이에 죽고 말 거라는 생각이 마음속에 사무쳤다. 그래서 자신의 이름, 한 인간으로서의 진정한 이름을 알지도 못한 채 어두운 땅으로 가고 말 것이다. 더니는 차가운 안개 이슬에 젖은 가느다란 팔을 내려다보고 그 나약함에 화가 났다. 자신의 힘을 알고 있었기 때문이다. 자신의 내부엔 힘이 있었다. 그 힘을 어떻게 사용할지 알기만 한다면, 알고 있는 온갖 주문들 중에서 우리 편을 유리하게 만들 계책을 찾아낸다면, 아니 최소한 어떤 기회라도 만들 수 있다면! 그러나 필요하다는 것만으로 힘이 발휘되지는 않는다. 구체적인 방법을 찾아야만 했다.

이제 태양이 빛을 비추어 밝은 하늘을 배경으로 산봉우리를 드러내고, 그 열기에 안개가 엷어져 갔다. 떠 흐르며 가느다란 줄기로 갈라져 녹는 안개 속에서 산으로 올라오는 한 무리의 전사들이 보였다. 적들은 청동제 투구와 정강이받이에 튼튼한 가죽으로 만든 가슴받이를 하고 나무와 청동으로 된 방패를 갖춘 위에 칼과 기다란 카르그 창으로 무장하고 있었다. 깃털 장식을 단 그들은 철걱거리는 갑옷 소리를 내며 산만한 대오를 이루어 가파른 아르 강둑을 돌아 올라오고 있었다. 거리는 그들의 하얀 얼굴이 보이고 저희들끼리 외치는 알아들을 수 없는 말이 들릴 만큼 줄어들었다. 침략자들은 100명 정도로 그다지 많지 않았다. 그러나 마을엔 어른과 아이를 합쳐 열여덟뿐이었다.

이제 필요가 계책을 불러냈다. 다가오는 카르그 인들 앞을 가로질러 불려 가며 엷어지는 안개를 보고 더니는 도움이 될 만한 주문을 생각해 냈다. 더니를 제자로 삼으려 했던 골짜기의 늙은 날씨술사가 가르쳐 준 마법이 몇 가지 있었다. 그 속임수 중 하나는 '안개짜기'라 불리는 것이었는데, 안개들을 한동안 한곳에 모여 있게 하는 묶기 주문이었다. 환상 기술을 겸비했다면 그 안개로 그럴싸한 형상을 만들어서 잠시 동안 지속시킬 수도 있었다. 더니에겐 그런 재주가 없었지만, 그가 생각한 것은 달랐다. 그리고 그 주문을 자신의 목적에 맞게 이용할 만한 힘은 갖고 있었다. 더니는 재빨리 큰 목소리로 마을 곳곳과 외곽 가장자리의 이름들을 부른 다음 은폐의 주문을 사이사이에 곁들여 넣으며 안개짜기 마법을 외웠다. 그러곤 마지막으로 마법이 실현되게 할 말을 외쳤다.

때마침 아버지가 뒤에서 나타나 옆머리를 세게 후려갈겼으므로 더니는 땅에 나가떨어졌다.

"조용히해, 이 멍청한 놈! 싸울 수 없거든 그 수다스런 주둥이 닥치고 숨기나 해라!"

더니는 일어섰다. 이제 마을 가장자리에 다다른 카르그 인들의 소리를 들을 수 있었다. 적은 무두장이네 마당 곁 커다란 주목(朱木)까지 와 있었다. 그자들의 목소리가 또렷이 들리고 갑옷과 무기가 철그럭대는 소리가 들렸지만 모습은 볼 수 없었다. 안개가 온통 몰려들어 마을을 빽빽이 덮었다. 안개는 빛을 가리고 천지를 침침하게 만들어 마침내 자기 손조차도 보기 힘들 지경이 되었다.

"우리 모습이 안 보이게 만들었어요."

더니가 축 처진 목소리로 말했다. 아버지에게 얻어맞은 머리가 띵했고 이중의 주문을 거느라 힘이 고갈되었던 것이다.

"할 수 있는 대로 안개가 계속 끼어 있도록 할게요. 다른 사람들과 함께 저자들을 '낭떠러지'로 유인해 가세요."

대장장이는 그 괴상한 축축한 안개 속에 유령처럼 서 있는 아들을 바라보았다. 그는 아들이 무슨 소리를 하는 건지 금방 알아채지 못했다. 하지만 일단 이야기를 알아듣자 한달음에 달려갔다. 대장장이는 마을의 울타리와 모퉁이들을 속속들이 알고 있었으므로 소리없이 다른 사람들을 찾아내어 해야 할 일을 가르쳐 주었다.

문득 잿빛 안개 속에 흐릿하게 붉은 빛이 피어났다. 카르그 인들이 어느 집 지붕에 불을 놓은 것이다. 그들은 아직 마을에 들어서지 않고 아래에서 안개가 걷혀 약탈물과 먹잇감을 드러내길 기다리고 있었다.

불질러진 집의 주인인 무두장이가 두어 명의 소년을 시켜 카르그 인들 바로 코앞까지 갔다가 도망치게 했다. 소년들은 그들을 놀리고 소리를 지르다 연기 속의 연기처럼 도로 숨었다. 그러는 사이에 어른들은 울타리 뒤에 몸을 숨기면서 집에서 집으로 옮겨 가 마을 반대편에 결집한 다음, 한데 모여 서 있던 전사들을 향해 일제히 화살과 창을 퍼부었다. 갓 벼려내 아직까지도 따뜻한 창이 한 카르그 인의 몸을 꿰뚫자 그는 몸부림치며 땅에 쓰러졌다. 화살에 쪼인 자들도 있었다. 카르그 인들은 불같이 성이 났다. 그들은 보잘것없는 습격자들을 쳐 눕히려고 반격했으나 주위엔 안개 속에 목소리들만 가득했다. 깃털 장식이 달린

피 묻은 큰 창을 안개 속에 내지르며 그들은 목소리를 추격했다.

그들은 고함을 치며 길 끝까지 추격했고, 자신들이 그대로 마을을 뚫고 지나 버렸다는 것을 까맣게 몰랐다. 빈 오두막과 집들이 출렁이는 잿빛 안개 속에 도로 모습을 감췄기 때문이다. 마을 사람들은 뿔뿔이 달아났다. 그곳을 잘 알고 있었으므로 대개는 무사히 달아났지만 소년과 늙은이 몇은 행동이 느렸다. 그들에게 걸려 비틀거린 카르그 인들은 창과 칼로 마구 찌르며 자신들의 전투 외침인 아투안의 백색 형제신 이름을 외쳤다.

"울루아! 아트와!"

무리 중 몇몇은 발밑의 땅이 점점 험해지는 것을 느끼고 멈춰 섰지만, 다른 자들은 그대로 밀고 나가 희미하게 흔들리며 바로 코앞에서 달아나는 형체들을 뒤쫓아 허깨비 같은 마을을 찾으려 했다. 안개 전체가 마치 살아 있는 것처럼 이 달아나는 형체들과 함께 움직이며 신속하게 비켜나, 언뜻언뜻 보였다 안 보였다 하며 사방으로 녹아들었다. 한 무리의 카르그 인들이 그 허깨비들을 뒤쫓아 아르 강의 샘 위로 높직이 솟은 낭떠러지까지 똑바로 내달았다. 그들이 쫓던 형체들은 허공으로 달려 나가 열어지는 안개 속으로 사라지고, 추적자들은 비명을 지르며 안개를 뚫고 추락하여 갑작스런 햇빛 속에 스무 길이나 아래 바위틈에 고인 얕은 물웅덩이로 떨어져 버렸다. 뒤에서 온 자들은 그 소리를 듣고 절벽 끄트머리에 멈춰 서서 떨어지지 않았다.

카르그 인들의 가슴속에 공포가 찾아들었다. 그 기괴한 안개 속에서 그들은 이제 마을 사람들이 아니라 서로를 찾기 시작했다. 그들은 언덕배기에서 한데 뭉쳤지만 유령과 희미한 형체들이 여전히 불쑥불쑥 그들 사이에 나타났고, 또 다른 형체들이 달려와 등 뒤에서 창과 칼로 찌른 뒤 도로 모습을 감추곤 했다. 카르그 인들은 두말없이 전원 돌부리에 발이 걸려 비틀거리며 언덕 아래로 달아나기 시작했다. 마구 달려서 아무것도 보이지 않는 잿빛 안개로부터 벗어나자 즉시 환한 아침 햇살 속에 청명히 드러난 마을 아래 강과 좁은 골짜기가 보였다. 그제야 그들은 달아나길 멈추고 한데 뭉쳐 뒤를 돌아보았다. 일렁이며 몸부림치는 회색의 벽이 그 뒤의 모든 것을 숨기며 길을 가로막고 있었다. 그 속에서 뒤떨어졌던 동료 두세 명이 비틀대며 허우적 허우적 뛰쳐나왔다. 어깨에 멘 긴 창이 춤을 췄다. 단 한 명의 카르그 인도 두 번 다시 뒤돌아보지 않았다. 모두 허둥지둥 그 마법에 걸린 장소로부터 도망쳐 내려갔다.

북골짝에서 한참 내려간 지대에서 그 전사들은 실컷 싸울 수 있었다. 오바르크로부터 해안에 이르는 동쪽 숲의 마을들에서 곤트의 침략자들을 맞아 싸우도록 사람을 모아 보낸 것이다. 지원 부대들이 꼬리에 꼬리를 물고 산을 내려와 그날과 그 다음 날 카르그 인들을 동쪽 항구의 해안으로 밀어내며 손상을 입혔다. 해안에 이른 카르그 인들은 자기네 배가 불타 버린 것을 알았다. 그리하여 그들은 그곳에서 바다를 등지고 싸워 남김없이 죽임을 당했으며, 아르 강 하구의 모래밭은 다시 조수가 밀려들 때까지 피로 검게 물들어 있었다.

한편 그날 아침 오리나무 마을과 낭떠러지 위에 한동안 머물던 축축한 잿빛 안개는 문득 바람에 불려 가 떠돌다 흩어져 갔다. 마을 사람들은 저마다 바람 부는 아침의 환한 빛 속에 서서 놀란 듯이 주위를 둘러보았다. 여기엔 카르그 인 하나가 풀어헤친 긴 노란 머리를 피에 적신 채 죽어 있었다. 저기엔 마을의 무두장이가 왕처럼 전사해 쓰러져 있었다.

불질러진 마을 아래쪽 집은 아직까지도 타고 있었다. 싸움에 이긴 사람들은 불을 끄러 달려갔다. 그들은 커다란 주목 가까이의 길 위에 청동 대장장이네 아들 더니가 혼자 서 있는 것을 발견했다. 상처는 없었지만 정신 나간 사람처럼 멍하니 선 채 아무것도 느끼지 못하는 것 같았다. 사람들은 더니가 어떤 일을 해냈는지 잘 알고 있었기에 그를 집으로 데려다 주곤, 동굴에 숨었던 마녀를 찾아 카르그 인들에게 살해당한 네 사람과 불타버린 단 한 집만을 빼고 마을 사람 모두의 생명과 재산을 구해 준 소년을 치료해 달라고 했다.

무기가 남긴 상처는 전혀 없었지만, 더니는 말하지도 먹지도 않고 잠을 자려고도 하지 않았다. 말을 걸어도 못 듣는 듯했고 보러 온 사람들도 못 보는 것 같았다. 그들 중에 이런 상황을 해

결할 만큼 신통한 마법사는 없었다. 이모는 말했다.

"힘을 넘치게 쓴 게지."

그러나 그녀에게도 조카를 도울 재주는 없었다.

더니가 그렇게 움츠러든 채 벙어리가 되어 누워 있는 동안, 안개를 만들어 내고 그림자 덩어리들로 카르그의 칼잡이들을 쫓아 버린 소년의 이야기는 북골짝 아래 지역과 동쪽 숲에 파다하게 퍼졌다. 소문은 산 위 높이까지 전해지고 급기야 산을 넘어 곤트 대항(大港)까지 퍼져 갔다. 그래서 아르 강 하구의 떼죽음이 있은 지 보름째 되던 날, 한 낯선 사람이 오리나뭇골을 찾아오기에 이르렀다.

젊지도 늙지도 않은 그 남자는 망토를 둘렀고 머리에는 아무것도 쓰지 않았다. 손에는 자기 키만 한 커다란 참나무 지팡이를 가뿐히 들고 있었다. 그는 여느 사람들처럼 아르 강 길을 따라 올라온 게 아니라 산등성이 숲으로부터 마을로 내려왔다. 그 사람이 마법사인 것은 마을의 아낙네들도 충분히 알아볼 수 있었다. 그는 자신이 치료사라고 밝혔고, 곧바로 대장장이 집으로 안내받았다. 그 낯선 사람은 소년의 아버지와 이모만 남기고 사람을 모두 내보낸 다음 더니가 어둠 속을 응시하며 누워 있는 자리 위로 몸을 구부렸다. 그는 더니의 이마에 손을 올려놓았고 입술을 한 번 건드렸다.

그러자 더니가 천천히 일어나 앉아 주위를 둘러보았다. 잠시 후에는 말을 했고, 기운과 허기가 되돌아오기 시작했다. 마실것과 먹을것을 조금 갖다 주자 더니는 먹은 후 도로 누웠다. 그때까지도 더니의 어두운 눈길은 궁금한 듯 낯선 사람에게 못 박혀 떨어지지 않았다.

청동 대장장이가 낯선 이에게 말했다.

"댁은 평범한 사람이 아니로군."

그러자 낯선 이가 대답했다.

"이 소년 또한 평범한 사람이 되지 않을 거요. 안개로 대단한 공을 세웠다는 소문이 내 고향 르 알비까지 전해졌소. 나는 그에게 이름을 주기 위해 여기에 왔다오. 아직 성인식을 하지 않았다는 말이 사실이라면 말이오."

마녀가 대장장이에게 속삭였다.

"형부, 이 사람은 틀림없이 르 알비의 현자인 침묵의 오지언이에요. 지진을 달랜 바로 그 사람요."

그 유명한 이름에 기죽지 않으려고 애쓰며 청동 대장장이는 말했다.

"선생님, 제 아들은 돌아오는 달에 열세 살이 됩니다. 하지만 올겨울 해돋이 잔치 때 의식을 가질 생각이었죠."

"되도록 빨리 이름을 받게 하시오. 이 애에겐 이름이 필요하니까. 지금은 다른 일이 있지만 날짜를 정해 주면 이리로 돌아오리다. 그리고 당신이 괜찮다면 내가 떠날 때 데리고 가겠소.

이 애가 그럴 만하다면 내 제자로 삼을 거요. 아니면 재능에 알맞은 교육을 받도록 주선하겠고. 마법사로 태어난 정신을 어둠 속에 놓아두는 것은 위험한 일이라오."

오지언의 말은 매우 부드러우면서도 확고했기에, 그 불퉁스런 대장장이조차 모든 일에 동의했다.

소년이 열세 살이 되던 날, 나뭇잎들이 아직 지지 않고 남아 가을의 이른 광채 속에 반짝이던 그날, 떠나갔던 오지언은 곤트 산을 넘어 다시 마을을 찾아왔다. 그리고 의식이 치러졌다. 마녀가 나서서 소년이 아기였을 때 어머니가 지어 준 더니라는 이름을 빼앗았다. 소년은 이름 없이 알몸으로 차디찬 아르 강의 수원에 걸어 들어갔다. 높은 절벽 아래 바위 틈에서 솟아나는 샘물이었다.

소년이 물속으로 들어갔을 때 구름이 태양의 얼굴을 가리며 웅덩이 물 위로 커다란 그림자가 스르르 드리워졌다. 소년은 반대편 둑을 향해 물을 건너갔다. 추위 때문에 몸이 떨렸지만, 얼음같이 차고 약동하는 그 물을 반드시 통과해야 했기에 몸을 곧게 세우고 천천히 걸어갔다. 둑에 이르자 기다리고 있던 오지언이 손을 뻗어 소년의 팔을 잡고 진정한 이름을 속삭여 주었다, "게드"라고.

잔치는 끝나려면 멀었고, 마을 사람들은 모두들 풍성한 음식과 맥주를 즐기며 노는 중이었다. 골짜기 아래로부터 올라온 노래꾼이 「용주의 위업」을 노래하고 있었다. 그때 현자가 그 조용한 음성으로 게드에게 일렀다.

“가자, 얘야. 친지 분들께 작별을 고해라. 여러분이 잔치하시게 두고 우리는 떠나자꾸나.”

게드는 갖고 갈 것들을 가지고 나왔다. 아버지가 벼린 좋은 청동 칼과 무두장이 과부가 몸에 맞게 잘라 준 가죽 외투와 이모가 마술을 걸어 준 오리나무 지팡이. 짧은 바지와 윗옷을 빼면 그가 지닌 모든 것이었다. 게드는 사람들에게 인사를 했다. 그들이 온 세상에서 그가 알아 온 이들 전부였다. 다음으로 절벽 아래 강의 시발점 위로 삐뚤삐뚤 웅숭그린 집들이 이룬 동네를 한번 둘러보았다.

그러고 나서 게드는 새로운 스승과 함께 길을 떠났다. 가파르게 경사진 산 섬의 숲을 통과하는, 반짝이는 가을의 나뭇잎들과 그림자들 사이로 이어진 길이었다.

그림자

게드는 위대한 현자의 제자가 되면 바로 신비로운 힘의 세계에 입문하여 온갖 것을 다스리게 될 줄 알았다. 짐승들과 숲 속 나뭇잎들의 말을 알아듣고, 한마디 말로 바람을 부리고, 마음대로 변신도 할 수 있을 것이다. 스승과 나란히 수사슴이 되어 달리거나 독수리의 날개를 달고 산을 넘어 르 알비로 날아갈 수도 있을 거라 생각했다.

그러나 전혀 그렇지 않았다. 두 사람은 그저 걸었다. 우선 골짜기로 내려갔다가 점점 남쪽으로 방향을 틀어 산을 끼고 서쪽으로 돌기까지, 그들은 내내 도보로 여행하며 작은 마을에 묵든가 인적 없는 벌판에서 밤을 보냈다. 가난한 떠돌이 마술사나

땜장이나 거지들처럼. 이건 신비스러운 세계와는 아무 상관도 없었다. 특별한 일이라곤 하나도 없었다. 게드가 처음에 경외감에 가득 차 바라보았던 현자의 참나무 지팡이도 길 가는 데 짚는 튼튼한 지팡이일 뿐이었다. 사흘이 지나고 나흘이 지나도록 게드가 듣기에 오지언은 주문 한마디 외지 않았고 단 하나의 이름도, 룬 문자도, 마법도 가르치려 하지 않았다.

오지언이 아주 과묵하긴 해도 너무나 온화하고 조용한 사람이었으므로 게드의 어려워하는 마음은 금세 줄어들었다. 며칠이 지나자 게드는 급기야 이렇게 질문할 정도로 대담해졌다.

"선생님, 언제부터 절 가르쳐 주실 건가요?"

"이미 가르치기 시작했단다."

게드는 나오려던 말을 삼키느라고 잠깐 쉬었다.

"하지만 전 아직까지 아무것도 못 배웠는데요!"

"내가 무엇을 가르치고 있는지 아직 몰라서 그렇지."

오바르크와 위스 사이 높은 고갯길을 특유의 꾸준한 큰걸음으로 걸어가면서, 현자는 그렇게 대답했다. 곤트 사람들이 대개 그렇듯 오지언도 거무스름한 구릿빛 피부를 지니고 있었다. 머리는 희끗희끗했지만 사냥개처럼 군살 하나 없이 단단한 체구에 좀처럼 지칠 줄을 몰랐다. 말은 거의 없다시피 한 데다 먹기도 적게 먹고 잠도 적었다. 그의 눈과 귀는 매우 예민했고, 얼굴에는 종종 무엇인가에 귀기울이는 듯한 표정이 떠오르곤 했다.

게드는 대답하지 못했다. 현자에게 말대답하기란 쉽지 않을 때가 많았다.

성큼성큼 걸어가던 오지언이 이윽고 말했다.

"주문을 시험해 보고 싶은 게로구나. 너는 우물에서 너무 많은 물을 퍼 올렸다. 기다리렴. 어른이 된다는 건 참는 것이지, 힘을 다스리는 이가 된다는 건 아홉 배나 더 인내한다는 것이고. 저 길가에 난 게 뭐냐?"

"깔깔이국화요."

"그리고 저건?"

"모르겠는데요."

"네잎새풀이다. 그렇게들 부르지."

오지언은 멈춰 서서 구리로 촉을 댄 지팡이 끝을 그 풀 가까이 갖다 댔다. 그래서 게드는 그 식물을 자세히 들여다보다가 마른 열매 꼬투리 하나를 따냈다. 오지언이 더 이상 아무 말도 하지 않았으므로 게드는 마침내 질문했다.

"이건 뭐에 쓰는 거죠, 스승님?"

"내가 알기론 아무 쓸모도 없다."

게드는 얼마 동안 그 열매를 쥐고 걷다가 휙 내던져 버렸다.

"모양과 향기와 씨앗으로 사시사철 어느때라도 그것이 네잎새풀의 뿌리와 잎과 꽃임을 알게 되면 비로소 그 진정한 이름을 배우고 그 존재를 깨닫게 될 게다. 존재라는 건 그 사물이 가진

쓰임새 이상이란다. 결국 넌 뭐에 쓰겠느냐? 또 나는? 곤트 산이나 난바다에 무슨 쓸모가 있니?"

두 마장쯤 더 간 다음 오지언이 최종적으로 말했다.

"듣기 위해선, 침묵해야 한단다."

소년은 얼굴을 찡그렸다. 바보 취급당한 느낌이 들어서 못마땅했다. 화도 나고 조바심이 일었지만 속내를 숨기고 고분고분하려고 애썼다. 그러면 언젠가는 오지언도 뭔가를 가르쳐 줄 것이다. 게드는 그토록 배움에 굶주려 있었고, 힘을 얻고 싶었다.

그런데 배우는 것으로 말하면 약초꾼이나 동네 마술사와 함께 길을 가기보다 나을 게 없을 듯했다. 산을 서쪽으로 빙 둘러가서 위스 건너편 쓸쓸한 숲 속에 접어들었을 때쯤엔 이 대단한 마법사 오지언의 위대함이나 기적이라는 게 뭘까 게드는 점점 더 의심스러워졌다. 왜냐하면 오지언은 비가 내려도 어떤 날씨 술사라도 알 '궂은 날씨 피하기' 주문을 말하지 않았기 때문이다. 곤트나 인라드 제도처럼 마법사가 우글우글한 고장에선 항상 누군가가 구름을 비켜 가게 하는 주문을 외우고 있기에 비구름이 어쩔 줄 모르고 이리저리 밀려나다가 결국 평화롭게 비를 뿌릴 수 있는 바다 위로 흘러가곤 하는 모습을 볼 수가 있다. 그러나 오지언은 비가 오면 오는 대로 그냥 두었다. 가지가 튼실한 전나무를 찾아 그 밑에 몸을 누일 뿐이었다. 물이 뚝뚝 떨어지는, 축축하고 찝찝한 덤불 사이에 웅크리고 앉은 채 게드는 현명이 지나쳐 힘을 쓸 수도 없을 정도라면 힘을 갖는 게 무슨 소용일까 고민했다. 차라리 골짜기의 늙은 날씨술사한테 견습생으로 갔더라면 하는 후회도 들었다. 그랬으면 최소한 마른자리에서 잘 수 있었을 것이다. 그러나 그런 생각들을 입 밖에는 전혀 내지 않았다. 게드는 입을 꾹 다물고 한마디도 하지 않았다. 스승은 미소를 짓고 빗속에서 잠들었다.

해돌이 절기가 가까워 오자 곤트의 가장 높은 지대엔 첫눈이 푸지게 내렸다. 두 사람은 오지언의 집이 있는 르 알비에 다다랐다. 르 알비라는 이름은 '매의 둥지'를 뜻했다. 높직이 솟아오른 '큰벼랑'의 바위산 끄트머리에 자리잡은 그 마을에서는 저 멀리 항구가 내려다보이고 곤트 항의 탑들이며 '창칼벼랑' 사이를 오가는 배들이 보일 뿐 아니라 바다 건너 서쪽 멀리로 내해도(內海島) 최동단의 섬 오래네아의 푸른 언덕들까지도 바라다보이곤 했다.

현자의 집은 통나무를 써서 큼지막하고 튼튼하게 지은 것으로 바닥을 파서 만든 화덕이 아니라 제대로 된 벽난로와 굴뚝을 갖추고 있었지만, 집 전체가 하나의 방으로 되어 있고 한켠에는 염소 우리가 붙어 있는 것은 오리나뭇골의 오두막집들과 별로 다르지 않았다. 이 집의 하나뿐인 방 서쪽 벽에는 벽이 움푹 들어가 골방처럼 된 곳이 있었는데 게드는 거기서 잤다. 잠자리 위로 바다가 보이는 창문이 하나 있었지만 겨우내 서쪽과 북쪽에서 불어오는 매서운 바람을 막기 위해 거의 꽉 닫아 둔 채였다. 게드는 그 집의 어둑시근한 온기에 묻혀 그 겨울을 보냈다. 바깥을 내달리는 비바람 소리를 듣거나 소리 없이 내리는 눈송이에 귀기울이며 하드 어의 600가지 룬 문자를 읽고 쓰는 법을 배웠다. 게드는 열의를 가지고 그 오래된 지식에 덤벼들었다. 그러한 것들을 모르고 단순히 기계적으로 익힌 마법이나 주문은 진정한 힘을 부여할 수 없다. 군도에 통용되는 하드 어는 그 뿌리를 '옛 언어'에 서려 두고 있었다. 비록 이제는 온갖 다른 인간어와 마찬가지가 되어 더 이상 어떤 신비한 힘을 내포하고 있지 못하지만 말이다. 옛 언어에서는 모든 것이 저마다 진정한 이름으로 불렸다. 이 언어를 이해하기 위해서는 먼저 룬을 익혀야 했다. 바로 어스시의 섬들이 바다 위로 떠오른 태초에 쓰인 문자들이다.

놀라운 일이나 마음을 확 끄는 신기한 사건은 아직까지도 일어나지 않았다. 겨우내 룬 책의 무거운 책장들이 사락사락 넘어가고 비가 오고 눈이 내릴 뿐 다른 일은 없었다. 오지언은 얼어붙은 숲을 거닐거나 염소들을 돌보고 돌아와 집에 들어서며 발을 굴러 장화에 묻은 눈을 떨어낸 뒤 조용히 불 옆에 가 앉곤 했다. 그러면 길고 귀기울이는 듯한 현자의 침묵이 그 방을 채우고 게드의 마음까지 채워 갔다. 때로 그 침묵은 말하는 법을 잊어버린 게 아닐까 싶을 만큼 길게 이어졌다. 그래서 마침내 오지언이 말을 꺼내면 흡사 그 순간 그가 최초로 언어를 창조해 낸 것처럼 보였다. 그러나 그 말들은 전혀 대단할 게 없었다. 빵이나 물, 날씨나 잠에 관한 단순한 것들뿐이었다.

봄이 와 시시각각 날씨가 화창해지자 오지언은 자주 게드를 내보내 르 알비의 목초지에서 약초들을 모아 오게 했다. 있고 싶은 만큼 있다가 와도 좋다고 했기 때문에 게드는 하루 종일 자유롭게 빗물로 불어난 냇가와 숲 속과 햇살 아래 촉촉이 물기를 머금은 초록빛 들판을 돌아다니며 시간을 보냈다. 게드는 약초 모으러 가는 일에 신이 나 매번 밤까지 있다가 돌아오곤 했지만, 그래도 할 일을 까맣게 잊는 법은 없었다. 기어오르고 돌아다니고 헤쳐 나가며 탐험을 하는 중에도 약초가 보이면 눈여겨 두었다가 돌아올 때는 항상 얼마큼씩 갖고 왔다. 하루는 돌아오는 길에 두 줄기 시냇물 사이에 낀 풀밭에 가 봤더니 '하얀 성자'라고 불리는 꽃들이 무성했다. 이 꽃이 피는 것은 짧은 동안뿐으로 치료사들이 귀하게 여기는 것이라 게드는 다음 날 다시 그곳을 찾아갔다. 그런데 다른 사람이, 웬 계집아이가 있었다. 게드는 그 애를 알아보았다. 르 알비 노영주의 딸이었다. 게드는 말을 건넬 생각이 없었는데 소녀가 다가와 명랑하게 인사했다.

"나 네가 누군지 알아. 우리 마법사를 따라다니는 '새매' 맞지? 나한테 마술 얘기 좀 해 주지 않을래?"

게드는 소녀의 하얀 치마에 스치는 하얀 꽃들을 내려다보았다. 처음에 그는 수줍음을 타서 뚱하니 대답도 제대로 하지 않았다. 그러나 소녀가 계속해서 제멋대로 조잘거리며 스스럼없이 굴자 조금씩 마음이 편해졌다. 소녀는 게드와 비슷한 또래에 키가 컸으며, 거의 하얘 보일 정도로 피부 빛이 옅었다. 마을에선 소녀의 어머니가 오스킬인가 하는 이국 땅에서 왔다고들 했다. 까만 물방울이 뚝뚝 떨어지는 듯한 머리채는 길고도 매끄러웠다. 게드는 소녀가 영 못생겼다고 생각했지만 그 애를 기쁘게 해 주어 감탄을 받고 싶은 생각이 들었다. 그런 마음은 얘기를 하는 사이에 점점 커졌다. 소녀는 게드로 하여금 안개를 이용해 카르그 전사들을 물리친 이야기를 속속들이 털어놓게 했다. 하지만 신기하고 놀라운 듯 열심히 귀기울이면서도 칭찬하는 말은 한마디도 하지 않았다. 그러고는 금세 또 다른 이야기로 넘어갔다.

"너, 새나 짐승들을 부를 수 있니?"

"부를 수 있지."

게드는 목초지 위 절벽에 매 둥지가 있다는 것을 알고 있었다. 그래서 그 새의 이름을 불러 모습을 나타내라고 명령했다. 매는 오긴 했지만 소녀를 경계해 손목에는 내려앉으려 하지 않았다. 매는 날카롭게 울부짖으며 굵게 줄무늬진 날개를 퍼덕이더니 바람을 타고 날아올랐다.

"그런 주문을 뭐라고 부르니? 매를 오게 한 거."

"소환 주문."

"죽은 사람의 영혼도 불러낼 수 있니?"

게드는 매가 부름을 제대로 듣지 않았기 때문에 그런 질문을 하는 거라 생각했다. 조롱을 받다니 참을 수 없었다. 게드는 태연스레 말했다.

"하려고만 하면 할 수 있을걸."

"영혼을 불러내는 건 아주 어렵고 위험하지 않니?"

"물론 어렵지. 위험하냐고?"

그는 어깨를 으쓱했다. 이번엔 소녀의 눈에 찬탄하는 빛이 어렸다고 거의 확신할 수 있었다.

"너, 사랑의 주문을 걸 수 있니?"

"그 정돈 하나도 어렵지 않아."

"맞아. 촌구석 마녀들도 다 하는 거지. 그럼 변신 주문은 할 수 있어? 모습을 바꾸는 것 말야. 마법사들은 할 수 있다던데?"

또다시 게드는 소녀가 자신을 놀리는 게 아닌가 미심쩍어졌다. 그래서 다시 대답했다.

"하려고만 하면 할 수 있어."

그러자 소녀는 매나 소나 불이나 나무나 뭐라도 좋으니 딴 모습으로 변신해 보라고 조르기 시작했다. 게드는 스승을 흉내 내어 몇 마디 비밀스러운 말로 잠시 상대의 주의를 흩어 놓았지만, 소녀가 다시 졸라 대기 시작하자 딱 잘라 거절할 방법을 찾을 수 없었다. 사실 제 입으로 자랑스레 떠벌린 말을 자기 자신은 믿고 있는지도 의심스러웠다. 게드는 스승인 마법사가 집에서 기다린다는 핑계를 대고 그 자리를 떠났다. 그리고 이튿날엔 목초지에 가지 않았다.

그러나 그 다음 날, 꽃들이 피어 있는 동안 좀 더 많이 모아두어야 한다고 혼자 구실을 대며 게드는 다시 그곳으로 갔다. 소녀가 있었다. 둘은 묵직한 하얀 성자의 꽃송이를 따면서 여기저기 수렁이 진 풀밭을 맨발로 거닐었다. 화창한 봄볕 속에 소녀는 게드네 고향 마을의 염소치기 계집애들처럼 명랑하게 이야기했다. 소녀는 또다시 마법에 관해 물었고, 눈을 동그랗게 뜬 채 열심히 이야기를 듣는 모습에 게드는 그만 우쭐해져서 또 큰소리를 치고 말았다. 그러자 소녀는 변신 주문을 해 보라고 조르며, 게드가 피하려 하자 검은 머리카락을 뒤로 넘기면서 그를 빤히 쳐다보았다.

"겁나서 그래?"

"아니, 겁 안 나."

소녀는 약간 깔보는 듯한 미소를 지었다.

"아직 너 어린앤가 보구나."

도저히 참을 수 없었다. 입 밖으로 내어 말하진 않았지만 게드는 소녀가 자기를 다시 보게 만들겠다고 결심했다. 그러면 내일 다시 목초지로 오라고 말하고 소녀에게 작별을 고한 다음, 게드는 스승이 아직 밖에 있을 시간에 집으로 돌아왔다. 그러곤 곧바로 선반으로 가 두 권의 전승책을 꺼냈다. 오지언은 한번도 게드가 보는 앞에서 그 책들을 펼친 적이 없었다.

게드는 '자기 변신' 주문을 찾았다. 그러나 아직까지 룬 읽기에 서툰 데다가 읽었더라도 내용을 잘 깨우칠 수 없었기에 잘 찾아지지 않았다. 이 책들은 아주아주 오래된 것들이었다. 오지언은 스승인 '천리안' 헬레스로부터 이 책들을 물려받았고 헬레스는 그 스승인 페레갈의 현자로부터 물려받았으며, 그런 식으로 신화 시대까지 유래가 거슬러 올라간다. 책 속에 새겨진 작고 기묘한 글자들 위로 많은 손들이 거쳐 가 덧붙이고 밑줄을 그었다. 이 모든 서로 다른 필체들이 이제는 묵은 때에 잠겨 있었다. 그래도 읽어 보려고 애를 쓰자 군데군데 조금씩은 이해할 수 있었고 또 마음속에 새겨진 그 소녀의 질문과 조롱에 힘입어서, 게드는 결국 어느 쪽에선가 죽은 사람의 영혼을 불러내는 주문을 찾아냈다.

그 부분을 읽기 시작하여 룬과 상징들을 하나하나 풀어 나감에 따라 게드의 가슴속엔 두려움이 엄습했다. 그러나 두 눈이 주문에 못박혀 읽기를 끝낼 때까지 뗄 수 없었다.

끝까지 읽은 후 고개를 들자 집 안은 캄캄했다. 방금까지 한 점 불빛도 없는 어둠 속에서 주문을 읽어 내려간 것이다. 책을 내려다보니 룬들은 이제 무슨 글자인지조차 분간할 수 없었다. 마음속의 두려움은 점점 자라나 그를 의자에 묶어 버릴 듯했다. 추웠다. 어깨 너머로 문 바로 옆에 무엇인가 도사리고 앉아 있는 것이 보였다. 그것은 어둠보다 더 캄캄한 어둠이며 일정한 형체가 없는 그림자 덩어리였다. 그것은 게드를 향해 뻗쳐 오며 속삭이는 듯했다, 속삭이며 게드를 부르는 것 같았다. 그러나 그 말들을 알아들을 수는 없었다.

문이 활짝 열렸다. 작열하는 백색의 광채에 에워싸여 한 사나이가 들어왔다. 너무나도 환한 빛을 내뿜는 그 인물이 큰 소리로 단호하게 말하자 어둠과 속삭임은 그 앞에서 뚝 그치며 쫓겨 사라졌다.

온몸에 지폈던 소름 끼치는 공포는 사라졌지만, 게드는 여전히 겁에 질려 있었다. 전신에 환한 빛을 두른 채 흰 광휘를 내뿜는 참나무 지팡이를 들고 문간에 서 있는 사람은 바로 현자 오지언이었던 것이다.

현자는 아무 말 없이 게드 옆을 지나쳐 등잔에 불을 붙이고는 선반 위의 책들을 멀리 치웠다. 그런 다음 소년을 향해 돌아섰다.

"네 힘과 목숨이 위험에 처했을 때가 아니라면 절대로 그 주문을 사용해서는 안 된다. 그 주문을 찾으려고 책들을 폈느냐?"

"아니요, 스승님."

소년은 작은 목소리로 중얼거렸다. 그러고는 너무나도 부끄러운 심정으로 무엇을 찾고 있었는지, 왜 그것을 찾고 있었는지를 털어놓았다.

"그 애의 어머니인 영주 부인이 여마술사라고 내가 일러 뒀던 게 기억나지 않느냐?"

오지언은 분명히 그 말을 한 적이 있었지만 게드는 그 당시 흘려들었다. 게드는 이제야 비로소 오지언이 해 주는 말들엔 괜한 소리가 없다는 것을 깨달았다.

"그 애도 벌써 반쯤은 마녀가 되었지. 그 애를 보내 너에게 말을 걸게 한 건 아마 그 어머니일 게다. 네가 읽은 그 쪽을 펼치게 한 사람도 그녀일 테고. 그 여인이 섬기는 힘은 내가 섬기는 힘들과는 달라. 그녀가 무엇을 원하는지는 모르지만 내게 좋은 뜻을 품고 있지 않은 줄은 안다. 게드야, 내 얘기를 잘 들어라. 어둠이 빛을 감싸고 있는 것처럼 힘 주위에 얼마나 큰 위험이 에워싸고 있는지 생각해 본 적이 없느냐? 마법은 시합이 아니란다. 시합은 재미로 하고 또 남들에게 뻐기려고 하지. 이걸 염두에 둬라, 우리의 기술은 말 하나 행동 하나가 선이 아니면 악에 봉사하는 것이야. 뭔가를 말하거나 행하기 전에 그로써 치러질 대가를 알아야만 한단 말이다!"

게드는 창피한 나머지 소리를 질렀다.

"스승님께서 아무것도 안 가르쳐 주시는데 어떻게 제가 그런 것들을 알겠어요? 스승님과 함께 살기 시작한 후로 전 아무것도 한 게 없어요, 아무것도 본 게 없다고요……."

"이제 확실히 뭔가를 봤겠지. 문 옆의 어둠 속에서, 내가 들어왔을 때 말이다."

게드는 침묵했다.

집 안이 추웠기 때문에 오지언은 무릎을 꿇고 벽난로에 불을 지폈다. 잠시 후 그는 무릎을 꿇은 채로 조용히 말했다.

"게드, 내 어린 매야, 너는 나에게나 내가 섬기는 것에 묶여 있지 않단다. 네가 나에게 온 게 아니라 내가 널 찾았지. 이런 선택을 하기에 넌 너무 어리다. 하지만 내가 대신해서 선택할 일이 아니구나. 네가 원한다면 로크 섬으로 보내 주마. 그곳에선 온갖 상급 마법들을 가르친단다. 배우고 싶은 마법은 뭐든지 익히게 될 게다. 네 힘은 아주 크니까. 네가 지금 자만하고 있는 것보다도 훨씬 더 큰 힘일 거라고 나는 기대하고 있다. 여기 있겠다면 내가 너를 보살피마. 나는 네게 부족한 것을 갖고 있으니까. 하지만 네가 원하지 않는데 너를 지켜 줄 수는 없다. 이제 르 알비와 로크 중에서 선택을 하렴."

게드는 우뚝 선 채 말문이 막혔다. 당혹스러웠고, 마음이 갈팡질팡했다. 게드는 자신을 어루만져 치료해 주었고 어느 때건 성내는 일이 없는 이 남자 오지언을 깊이 좋아하게 되었다. 그러나 이제야 그 사실을 깨달은 것이다. 게드는 굴뚝 모서리에 기대 놓은 참나무 지팡이를 쳐다보고, 어둠에서 스며나온 악을 태워 버린 그 광휘를 떠올렸다. 오지언과 함께 있고 싶은 심정이 북받쳤다. 그와 함께 살면서 오래도록 멀리까지 숲을 거닐고, 침묵하는 법을 배우고……. 그러나 그의 마음속에는 다른 열망들 또한 여전히 용솟음쳤다. 영광을 지향하는 마음, 무엇인가를 해 보고 싶다는 의지. 오지언은 위대한 마법에 이르는 길을 멀리 돌아가고 있는 듯했다. 게드가 따라가기에 그것은 너무나 멀리 도는 길이었다. 그 대신 바닷바람을 업고 곧장 내해로, 마법으로 찬란한 하늘 아래 대현자가 경이 속을 거닐고 있을 현자의 섬으로 갈 수도 있는 것이다.

마침내 게드는 말했다.

"스승님, 로크 섬으로 가겠습니다."

며칠 후 햇볕 좋은 봄날 아침에 오지언은 게드를 데리고 큰 벼랑의 가파른 비탈길을 성큼성큼 걸어 내려와 60리 떨어진 곤트 대항으로 향했다. 용의 조각이 양편에 장식된 관문이 그들을 맞았다. 현자를 본 곤트의 경비병들은 칼집에서 칼을 빼고 무릎을 꿇어 환영의 뜻을 표했다. 그들은 오지언을 알고 있었으며, 주군의 명령 때문만이 아니라 마음에서 우러나온 존경심으로 그를 대했다. 10년 전 오지언은 이 도시를 지진으로부터 구해냈다. 지진은 부자들의 탑을 흔들어 땅 속에 묻어 버릴 참이었고, 금방이라도 산사태가 창칼벼랑 사이의 해로를 막아 버릴 듯했다. 오지언은 겁에 질린 짐승을 달래듯이 곤트 산에 말을 걸어 진동하는 큰벼랑의 바위 벽을 진정시켰다. 게드는 이미 그에 관한 몇몇 이야기들을 들은 적이 있었다. 그리고 지금 그토록 얌전한 스승 앞에 무장한 경비병들이 무릎 꿇는 놀라운 광경을 보고는 그 이야기들을 떠올렸다. 게드는 지진을 멈춘 사나이를 곁눈으로 쳐다보며 의경에 가까운 감정을 맛보았다. 그러나 오지언의 얼굴은 언제나처럼 평온했다.

두 사람은 부둣가로 내려갔다. 항구 감독이 오지언을 맞이하러 서둘러 달려왔다. 그리고 무엇을 도와드릴까 물었다. 현자가 말을 하자 그는 바로 내해로 떠날 배를 거명했다. 게드는 그 배에 선객으로 타게 될 터였다.

"아니면 바람술사로 데리고 갈 겁니다. 이 애가 마법을 쓸 줄 안다면요. 저 배엔 날씨술사가 한 사람도 없거든요."

"안개에 대해서라면 얼마간 솜씨가 있지만, 바닷바람에 대해선 아무것도 모른다오."

그렇게 말하면서 오지언은 게드의 어깨에 가볍게 손을 얹었다.

"바다와 바닷바람을 가지고는 아무 짓도 하지 마라, 새매야. 너는 아직 육지 사람이야. 항구 감독님, 그 배의 이름이 무엇인가요?"

"그림자 호입니다. 안드라드 제도에서 출발하여 모피와 상아들을 싣고 호트 읍으로 간답니다. 좋은 뱁니다, 오지언 님."

현자는 그 배의 이름을 듣고 안색이 어두워졌다.

"할 수 없지. 새매야, 이 편지를 로크 학교의 수호자께 전해 드리렴. 좋은 바람을 타고 가기를 빈다. 잘 가거라!"

오지언이 할 수 있는 것은 여기까지였다. 그는 돌아서서 부두를 떠나 성큼성큼 길을 되짚어 올라갔다. 혼자 남은 게드는 스승이 가는 것을 지켜보았다.

"따라오너라, 얘야."

항구 감독은 그렇게 말하고 그림자 호가 항해 준비를 하고 있는 선창가로 게드를 데려갔다.

겨우 200리 폭밖에 안 되는 섬, 영세토록 바다를 바라보고 선 절벽 밑 마을에서, 소년이 자라나 어른이 되도록 배에 한 발을 올려 본 적도 짠물에 손가락 하나 담가 본 적도 없다는 것은 이상한 얘기다. 그러나 사실이 그랬다. 농부나 염소치기, 소치기, 사냥꾼이나 직공 같은 육지 사람들은 바다를 자신과는 아무 상관도 없는, 울렁울렁 불안하고 소금내 풍기는 뭔가로 보았다. 그들에겐 마을에서 도보로 이틀 정도밖에 떨어져 있지 않은 고장도 낯선 땅이고, 살고 있는 섬에서 배로 하룻길이 걸리는 다른 섬은 아예 뜬소문에 지나지 않았다. 바다 너머 보이는 희미한 언덕들은 자기 발이 딛고 있는 단단한 땅과는 다른 것이다.

그러니 산 밑으로 내려와 본 적이 한번도 없었던 게드에게 곤트 항은 놀랍고 경이로웠다. 웅장한 집들, 돌을 다듬어 지어 올린 탑들과 선창, 조선소, 정박소들이 있었다. 쉰 척이나 되는 범선이며 갤리 선들이 부둣가에 대어져 있거나 수리를 위해 끌어올려져 뒤집혀 있거나 돛을 말아 올리고 노 문을 닫은 채 닻을 내려 정선해 있었다. 선원들은 낯선 말로 외쳐 대고, 부두의 일꾼들은 짐을 가득 담은 큰 통과 상자들과 밧줄 사리와 쌓아 놓은 노 더미 사이를 바쁘게 오갔다. 수염을 기르고 모피 옷을 입은 상인들은 서로 조용조용 얘기를 나누면서 물 고인 데 고개를 내민 미끄러운 돌들을 골라 밟으며 천천히 걸어갔다. 어부들은 잡은 고기를 배에서 내리고, 통장이는 테를 박고, 배를 짓는 일꾼들은 망치질하고, 대합 파는 사람들은 노래를 부르고, 선주들은 고함을 쳐 댔다. 그리고 완벽한 침묵 속에 찬연히 빛나는 작은 만이 있었다. 보고 듣고 느끼는 것들로 얼이 빠진 채, 게드는 항구 감독을 따라 그림자 호가 묶여 있는 넓은 선창으로 갔다. 거기서 항구 감독은 배의 선장에게 그를 넘겼다.

몇 마디 말을 주고받은 후 선장은 게드를 로크까지 승객으로 태우고 가기로 승낙했다. 현자의 부탁인 것이다. 항구 감독은 소년을 선장 손에 맡기고 가 버렸다.

그림자 호의 선장은 덩치가 크고 뚱뚱한 남자로, 안드라드 제도의 상인들이 입곤 하는, 펠라위 털로 가장자리를 장식한 붉은 망토를 입고 있었다. 그는 게드에게 눈길조차 주지 않고 큰 소리로 물었다.

"날씨를 다룰 줄 아느냐, 꼬마?"

"압니다."

"바람을 불러올 수는 있니?"

못한다고 말할 수밖에 없었다. 그러자 선장은 알아서 방해되지 않을 만한 데 처박혀 있으라고 했다.

노잡이들이 배에 올랐다. 밤이 오기 전에 닻을 내릴 만한 곳까지 배를 저어 가 새벽녘 썰물과 함께 항해를 시작해야 했기 때문이다. 배 위에 방해되지 않을 만한 곳이란 한군데도 없었다. 그러나 게드는 고물 쪽에 튼튼하게 묶고 포장을 씌워 놓은 화물짝들 위로 어찌어찌 기어 올라가 자리를 잡고 아래쪽에서 벌어지는 일들을 샅샅이 구경했다. 우람한 팔을 가진 기운찬 사내들이 배에 뛰어오르고, 부둣가의 일꾼들이 물통을 굴려 와 뱃전 너머로 추어 넘겨 실었다. 물통들은 노잡이들 자리 밑에 보관되었다.

이 잘 건조된 배는 떠날 준비를 끝내고 실은 짐의 무게로 깊숙이 잠긴 채 뱃전에 찰싹이는 물결에 조금씩 흔들리고 있었다. 이윽고 키잡이가 이물 오른쪽에 자리를 잡고 선장의 신호를 기다렸다. 선장은 뱃머리 중앙의 판자 위에 섰다. 뱃머리 장식은 안드라드의 옛 뱀을 본뜬 것이다. 선장이 우렁차게 명령을 내리자 그림자 호는 부두에서 풀려나 두 척의 작은 배로 예인되었다. 마침내 선장이 큰 소리로 외쳤다.

"노 문을 열어라!"

그러자 덜거덕덜거덕 소리와 함께 배의 양옆으로 열다섯 쌍의 큼지막한 노가 내밀어졌다. 선장 옆에 선 소년이 쉬지 않고 두드리는 북소리에 맞추어 노잡이들은 강인한 허리를 굽혀 노를 저었다. 배는 날아오르려고 물 위를 달리는 갈매기처럼 가뿐히 나아가, 시끌벅적한 도시가 갑자기 뒤로 멀어졌다. 조용한 만으로 나오자 곤트 산의 흰 봉우리가 바다 위에 걸려 있는 듯 머리 위로 떠올랐다. 배는 창칼벼랑의 남쪽 그늘에 들어 그곳의 얕은 만에 닻을 내리고 그날 밤을 보냈다.

일흔 명의 선원들 중에는 성인식은 마쳤지만 아직 게드와 비슷한 나이인 소년들이 있었다. 그들은 게드를 불러 먹을것을 나눠 주고 함께 마셨다. 말투는 거칠고 쓸데없는 농담과 야유로 가득 차 있었으나 친절한 소년들이었다. 게드는 곤트 사람이었으므로 그들은 대놓고 그를 염소치기라 불렀다. 그러나 그 이상으로 심한 말은 하지 않았다. 게드는 열다섯 살짜리만큼이나 크고 힘이 셌으며, 좋은 말에나 악의 없는 조롱에나 곧바로 대꾸했다. 그렇게 그들 속에 섞여 들어가 첫날 밤부터 한식구처럼 지내며 일을 배우기 시작했다. 게으른 선객을 모실 자리 따윈 없는 배였기에 선장은 게드의 태도를 좋게 보았다.

선원들을 위한 공간 이외에는 남는 자리가 없는 배 위에서,

편안함이란 찾아볼 수 없었다. 칸막이도 없는 선실엔 사람과 온갖 선구와 뱃짐이 꽉꽉 들어찼다. 그러나 게드는 편안함 따위 기대해 본 적도 없었다. 북쪽의 섬에서 온, 돌돌 말아 묶어 놓은 털 천 위에서 그날 밤을 보내며, 게드는 항구의 바닷물 위로 떠오르는 별들을 보고 고물 쪽으로 바라다보이는 도시의 작고 노란 불빛들을 보았다. 그러다 잠이 들었고, 기쁨에 부푼 가슴으로 잠이 깨었다. 동이 트기 전에 조수가 바뀌었다. 배는 닻을 거두고 노를 저어 창칼벼랑 사이를 매끄럽게 빠져나갔다. 아침놀이 곤트 산을 붉게 물들일 무렵, 배는 돛을 올리고 남서쪽을 향해 곤트 해를 힘차게 달려 나갔다.

그들은 가벼운 바람을 받으며 바니스크와 토르헤븐 사이를 항해했다. 이틀째엔 군도의 심장이자 화롯불인 대도(大島) 해브너가 시야에 들어왔다. 동쪽 해안선을 따라 항해해 간 사흘 내내 해브너의 푸른 언덕이 보였지만 육지로 들어가지는 않았다. 게드가 해브너 영내에 들어가 세계의 중심에 있는 해브너 대항(大港)의 하얀 탑을 본 것은 더 뒤의 일이다.

배는 '길' 섬의 북쪽 항구인 켐버 하구에 하룻밤 정박하고, 그 다음 날은 펠크웨이 만 입구에 있는 작은 읍에 들었다. 그리고 그 이튿날 오 섬의 북쪽 곶을 지나 에바브너 해협에 들어섰다. 거기서는 돛을 내리고 노를 저어 나아갔다. 양쪽으로 계속해서 육지가 보였고 크고 작은 상선과 무역선들로부터 인사가 끊이지 않았다. 몇 년 동안의 항해 끝에 낯선 물건들을 싣고 원해로부터 들어오는 배가 있는가 하면 내해의 이 섬 저 섬을 참새처럼 왔다갔다 하는 배도 있었다. 복작대는 해협을 빠져나온 그림자 호는 해브너를 뒤로 한 채 남쪽으로 방향을 돌려 난간들과 탑들로 장식된 아름다운 섬 '방주'와 일리엔 사이를 항해해 갔다. 그리하여 로크 섬을 향해 내해를 가로지르려 할 무렵, 바람이 거세지며 빗방울이 몰아치기 시작했다.

밤이 되자 역풍은 더욱 심해져 배는 돛을 내리고 돛대도 접었다. 그 다음 날은 하루 종일 노를 저어서 나아갔다. 이 긴 배는 파도에도 흔들리지 않고 씩씩하게 항해했다. 그러나 방향타를 맡은 고물의 키잡이에게 보이는 것이라곤 바다를 때리는 빗줄기뿐이었다. 나침반이 가리키는 방향을 따라 남서쪽으로 나아가고 있다는 사실은 알 수 있지만 지금 어디쯤 와 있는 건지는 몰랐다. 게드는 로크 섬 북쪽의 얕은 암초 지대며 동쪽의 보릴러스 바위에 관해 오가는 이야기들을 들었다. 또 다른 사람들은 배가 항로를 한참 벗어나 이제 캐머리 섬 남쪽의 빈 바다에 와 있는 거라고도 했다. 바람은 더욱 거칠어져 거대한 파도의 끝을 갈가리 찢으며 포말을 날렸다. 그들은 여전히 바람을 안고 남서쪽으로 노를 저었다. 일이 너무나 힘들었으므로 노잡이들의 교대 간격은 더 짧아졌다. 어린 축에 드는 소년들은 노 하나에 두 명씩 매달렸고, 게드도 곤트를 떠난 후 죽 그랬듯 남들처럼 번갈아 노를 잡았다. 바닷물이 엄청나게 넘어 들어와, 노 담당이 아닌 사람들은 물을 퍼냈다. 산더미 같은 파도가 바람을 맞은 불길처럼 치솟아 오르고, 젖먹던 힘까지 다 내어 용을 쓰는 사람들의 등을 차가운 빗줄기가 세차게 때렸다. 요란한 폭풍 속으로 북소리는 심장 박동처럼 울려 퍼졌다.

한 남자가 게드를 부르러 와서 대신 노를 맡곤 그를 선장에게 보냈다. 술통처럼 굳건히 판자 위에 버티고 선 선장의 외투 단에서 빗물이 뚝뚝 방울져 내렸다. 그가 게드를 보고 물었다.

"이 녀석, 너 이 바람을 누그러뜨릴 수 있겠느냐?"

"아니요, 선장님."

"금속에 관한 기술은 있느냐?"

선장은 게드가 나침반 바늘이 북쪽이 아니라 원하는 방향으로 가게 만들어 목적지인 로크를 가리키게 할 수 있는지를 묻는 것이었다. 그 기술은 바다 마법사들의 비밀이었으므로 게드는 또다시 못한다고 대답해야 했다.

비바람 속에서 선장은 목청을 높였다.

"아 그래, 그럼 너는 호트 읍에서 로크로 데려다 줄 다른 배를 찾아봐야겠다. 로크 섬은 이제 분명 서쪽에 있을 게다. 마법이 아니고선 이 바다를 건너 거기에 다다를 재주가 없어. 우리는 남쪽으로 계속 가야 해."

게드에게 그건 반갑지 않은 이야기였다. 호트 읍에 관해서 선원들에게 들은 바가 있었던 것이다. 그곳은 악당들이 난무하는 무법 천지로, 그자들은 사람을 잡아다 남원해에 노예로 팔아 버린다고들 했다. 게드는 노 젓는 자리로 돌아와 북소리를 들으며 씩씩한 안드라드 제도 소년과 나란히 노를 당겼다. 그리고 고물에 달려 마구 출렁거리며 꺼질 듯 깜박이는 등불을 바라보았다. 빗줄기 몰아치는 어둠 속에서 불꽃은 고통스러운 듯 바람에 휘말렸다. 둔중한 북소리에 맞추어 노를 끌어당기며 게드는 계속해서 서쪽을 보고 또 보았다. 그리고 배가 물마루에 올라선 순간, 어두운 물보라 너머 구름 사이로 비치는 일몰의 마지막 반짝임 같은 어떤 빛을 보았다. 하지만 놀과 달리 그 빛은 붉지 않고 청명했다.

함께 노를 젓던 소년은 그것을 보지 못했지만, 게드는 소리를 쳤다. 솟아오르는 거대한 파도 속에 게드가 다시 그 빛을 본 순간 키잡이도 주의해 바라보다 함께 보았다. 그러나 키잡이는 돌아보면서 저건 단지 지는 햇빛일 뿐이라고 소리쳤다. 그래서 게드는 물을 퍼내던 젊은이들 중 한 사람을 불러 잠깐 동안 노 당번을 맡기곤 가깝게 끼어 앉은 노잡이들 사이를 비집고 다시 앞으로 나갔다. 그러고는 갑판에서 떨려 나가지 않으려고 조각된 뱃머리의 버팀대를 붙잡은 채 선장에게 소리쳤다.

"선장님! 서쪽의 저 빛은 로크 섬이에요!"

"나한텐 아무것도 안 보인다."

선장이 큰 소리로 말했다. 그러나 그 말이 떨어진 순간 게드가 급히 팔을 뻗어 가리켰다. 세차게 몰아치며 들끓는 해수면 위로 서쪽에 반짝 비친 밝은 빛을 이번엔 모든 사람이 보았다.

선객인 게드를 위해서가 아니라 위험한 폭풍으로부터 배를 건지기 위해, 선장은 즉시 빛을 향해 서쪽으로 배를 돌리라고 키잡이에게 소리쳤다. 그러나 게드에게는 이렇게 말했다.

"이놈, 제법 바다 마법사처럼 굴었겠다? 하지만 이런 날씨에 네녀석이 우릴 잘못 이끌었다면 로크 섬까지 헤엄쳐 가게 바다에 내던져 버릴 줄 알아라!"

이제 그들은 폭풍을 등에 업고 내달리는 대신 바람에 직각으로 노를 저어야 했다. 몹시도 힘든 일이었다. 뱃전을 똑바로 후려치는 파도는 배를 끊임없이 남쪽으로 밀어붙였고, 선체가 좌우로 요동치며 넘쳐 든 바닷물이 배 안에 흥건했다. 끊임없이 물을 퍼내지 않으면 안 되었다. 배가 심하게 기우뚱거리는 통에 노잡이들은 노가 들려서 헛돌지 않도록 신경을 써야 했다. 잘못하다가는 노를 끌어당기려다 벌렁 자빠지기 십상이었다. 폭풍구름 밑으로 날은 거의 저물었으나 서쪽의 빛은 이제 좀 더 자주 보였다. 방향이 맞는지 고민할 필요가 없었기에 모두 계속해서 열심히 노력했다.

마침내 바람이 약간 잦아들고 전방의 빛이 점점 환해졌다. 그리하여 한 번 노를 당긴 후 다음번 노질을 하기 전, 마치 무슨 장막을 헤치고 나가는 것처럼 선체가 돌연 빛 속으로 나왔다. 하늘과 바다에 일몰 후의 빛이 어려 있었다. 물거품을 뿌리는 파도 너머 그리 멀지 않은 곳에 높고 둥그스름하고 푸른 언덕이 보였다. 그리고 그 밑으로 작은 만 위에 마을이 세워져 있었다. 배들이 한가로이 닻을 내리고 있고 모든 것이 평화로웠다.

기다란 키에 몸을 기댄 키잡이가 고개를 돌려 외쳤다.

"선장님! 저게 진짜 육지입니까, 아니면 허깨비일까요?"

"배를 챙겨라, 이 넋 나간 바보 놈아! 노를 저어, 이 맥없는 노예 자식들아! 저게 스윌 만과 로크 동산이란 건 멍청이라도 알 게다! 노를 저어!"

배는 북소리에 맞추어 만을 향해 노 저어 갔다. 정적 속에 마을 사람들의 목소리와 종소리를 들을 수 있었다. 폭풍의 포효와 찢어지는 바람 소리는 저 멀리 아득했다. 섬 주위로 너더댓 마장 간격을 두고 북쪽과 동쪽과 남쪽 전체가 먹장구름에 뒤덮여 있었다. 그러나 로크 섬 위의 맑고 조용한 하늘에는 별들이 하나 둘 얼굴을 드러내는 중이었다.

마법사들의 학교

게드는 그날 밤을 그림자 호에서 자고 다음 날 일찍 처음 사귄 바닷사람들과 헤어졌다. 그들은 부두에 올라서는 게드에게 잘 가라고 큰 소리로 명랑한 인사를 던졌다.

스월의 마을은 그리 크지 않아서 가파르고 좁은 길 몇 줄기를 따라 높은 집들이 오밀조밀 모여 있었다. 그러나 게드에게는 도시나 다름없었고, 어디로 가야 할지 알 수 없었다. 게드는 처음으로 만난 스월 읍내 사람에게 어디로 가면 로크 학교의 수호자를 만날 수 있느냐고 물었다. 그 남자는 한동안 곁눈으로 게드를 쳐다보더니 말했다.

"현명한 사람이라면 물을 필요가 없겠고, 어리석은 자들은 쓸데없는 질문을 하는 법."

그러고는 가던 길을 가 버렸다.

게드는 언덕을 올라가 광장에 다다랐다. 광장의 세 면은 뾰족한 함석 지붕을 인 집들로 에워싸였고 나머지 한 면은 커다란 건물 벽이 막고 있는데, 그 벽에 난 작은 창문 몇 개는 다른 집들의 굴뚝 꼭대기보다도 높았다. 큼직큼직한 회색 돌로 지어져 있어 요새나 성처럼 보이는 건물이었다. 건물 아래 광장엔 물건을 사고 파는 노점들이 들어서 있어 사람들이 오갔다. 게드는 홍합 바구니를 든 노파를 잡고 다시 물었다. 노파의 대답은 이랬다.

"수호자는 늘 있는 데 있지는 않아, 가끔은 없는 데서 찾아질걸."

그러고는 홍합을 사라고 외치며 가 버렸다.

그 거대한 건물 한모퉁이에 초라하고 작은 나무 문이 있었다. 게드는 그리 가서 쾅쾅 두드렸다. 그러곤 문을 열어 준 늙은이에게 말했다.

"저는 곤트의 오지언 현자께서 이 섬 학교의 수호자께 보내는 편지를 갖고 있습니다. 그분을 뵙고 싶어요. 수수께끼 같은 말이나 비웃는 소린 더 듣고 싶지 않다고요!"

그 늙은이가 온화하게 말했다.

"여기가 학교라네, 나는 문지기고. 들어올 수 있거든 들어오게나."

게드는 발걸음을 내딛었다. 그는 자신이 문을 통과한다고 생각했다. 그러나 여전히 원래 서 있던 바깥 보도 위에 선 채였다.

다시 한번 발을 내딛었지만, 또다시 문 바깥쪽에 서 있게 되었다. 문지기는 안쪽에서 온화한 눈으로 바라보고 있었다.

게드는 당황스럽기보다 화가 났다. 이건 더 심한 놀림 같았다. 게드는 주문과 손짓으로 문 열기 마법을 펼쳤다. 오래전에 이모에게서 배운 것으로서, 그가 아는 마법들 중에서도 제일 잘 할 수 있는 것이었고 지금도 멋지게 성공시켰다. 그러나 그 주문은 하찮은 마술사의 마술에 지나지 않았다. 문을 지키는 힘은 꿈쩍도 안 했다.

게드는 들어서지 못하고 한참 동안 길 위에 서 있었다. 그런 뒤 마침내 안쪽에서 기다리고 있는 문지기를 바라보고 마지못해 말했다.

"도와주시지 않으면 못 들어가겠군요."

문지기가 답했다.

"자네 이름을 말하게."

게드는 또다시 한동안을 서 있었다. 확실히 안전하다고 믿기 전에는 결코 자신의 이름을 소리내어 말해선 안 되는 법이었다.

"게드입니다."

게드는 큰 소리로 말한 다음 발을 내딛었다. 그러자 문이 열리고 안으로 들어설 수 있었다. 빛은 뒤에서 비추고 있었는데도 그림자가 발뒤꿈치에 걸렸다. 또 방금 지나온 문을 돌아보자, 생각했던 것과는 달리 평범한 나무 문이 아니었다. 이음새 없이 통으로 만들어진 거대한 상아제 문이었다. 나중에 알게 된 것이지만 그것은 위대한 용의 이를 깎아 만든 것이었다. 게드의 등 뒤로 문지기 늙은이가 문을 닫았다. 문은 반짝이는 뿔처럼 희미한 광택을 머금고 있는데, 그 안쪽 면에는 천 개의 잎을 가진 나무가 조각되어 있었다.

"이곳에 온 것을 환영하네, 젊은이."

문지기는 그렇게만 말하곤 여러 개의 큰 방들과 복도를 지나서 건물 담에서부터 한참 들어간 깊숙한 안뜰로 게드를 데리고 갔다. 땅에는 부분적으로 돌을 깔아 놓았지만 지붕은 없고, 어린 나무들 아래 잔디밭 위로 햇살을 받으며 장난치는 작은 분수가 있었다. 거기서 게드는 잠시 혼자 기다렸다. 침착하게 서 있기는 했지만 가슴은 더욱 세게 두방망이질 쳤다. 보이지 않는 힘과 존재들이 가까이에 움직이고 있음을 느꼈기 때문이다. 그는 현자의 집 핵심부에 서 있었다. 그곳은 하늘을 향해 열린 공간이었다. 문득 게드는 하얀 옷을 입은 한 남자가 떨어지는 분수 물방울들 사이로 자신을 쳐다보고 있는 것을 깨달았다.

그 사람과 눈이 마주친 순간, 나뭇가지 위에서 한 마리 새가 큰 소리로 지저귀었다. 그 순간 게드는 새의 노래를 이해했으며 분수의 수반 밑으로 떨어지는 물방울들의 말을 이해했고, 구름의 모습을 알고 나뭇잎을 흔드는 바람의 시작과 끝을 알았다. 마치 자기 자신이 햇빛으로 말해진 하나의 단어인 것 같은 느낌이었다.

그 순간이 지나가고 그와 세계는 이전대로 돌아갔다. 아니, 완전히 이전대로는 아니었다. 게드는 앞으로 나아가 대현자 앞에 무릎을 꿇었다. 그리고 오지언이 쓴 편지를 건네 드렸다.

로크의 수호자인 대현자 넴머를은 나이 든 사람이었는데, 이 세상에 살아 있는 누구보다도 더 나이가 많을 거라고들 했다. 게드에게 부드럽게 환영하는 말을 건네는 그의 목소리는 새소리처럼 떨렸다. 머리카락도 수염도 몸에 걸친 예복도 흰색이었다. 오랜 세월을 통하여 어둠과 무거움이 깡그리 걸러져 나가, 오랫동안 정처 없이 흘러다닌 유목처럼 하얗게 바랜 빛만 남은 듯했다. 새 같은 목소리로 그가 말했다.

"내 눈이 노쇠하여 네 스승이 무어라 썼는지 읽을 수가 없구나. 얘야, 그 편지를 내게 읽어 다오."

그래서 게드는 정신을 가다듬고 큰 소리로 편지를 읽었다. 하드 어 룬으로 된 편지엔 간단히 이렇게만 씌어 있었다.

"넴머를 대현자님! 바람이 옳게 불어 준다면 곤트의 마법사들 중 가장 훌륭하게 될 사람을 보냅니다."

편지엔 서명이 되어 있었지만 게드가 아직 알지 못하는 오지언의 진짜 이름이 아니라 오지언의 룬인 '다문 입술'이었다.

"지진을 막은 이가 널 보냈다니 더욱 환영할 일이로구나. 젊은 오지언은 내가 아끼던 사람이지, 그가 곤트에서 이곳을 찾아와 머물던 시절에 말이다. 이제 여행 중에 겪은 바다와 이상한 일들에 대해 말해 보아라, 얘야."

"좋은 여행이었습니다, 수호자님. 어제의 폭풍우를 빼면요."

"어느 배를 타고 왔느냐?"

"그림자 호입니다. 안드라드 제도로부터 물건을 싣고 온 배였어요."

"널 이리 보낸 건 누구의 뜻이냐?"

"제 뜻입니다."

대현자는 한동안 게드를 바라보다가 시선을 거두고는 게드가 알아듣지 못하는 말로 이야기하기 시작했다. 흡사 오랜 세월 수많은 섬들을 헤맨 끝에 이제 총기를 잃어버린 호호백발 늙은이의 혼잣말 같았지만, 그 중얼거림 속에는 새들이 지저귀던 말과 물방울이 떨어지며 한 말들이 들어 있었다. 주문을 읊는 것이 아닌데도 그 목소리엔 힘이 있어 게드의 정신을 흔들었다. 소년은 까무룩 현실감을 잃고 한순간 낯설고 광활한 황무지에서 그림자들 사이에 홀로 선 자신을 바라보는 듯한 느낌을 받았다. 그러나 그는 여전히 햇볕 따사로운 큰 건물에 서 있었고, 분수 물 떨어지는 소리가 들렸다.

커다란 검은 새가 돌 난간을 지나 풀밭을 걸어왔다. 오스킬의 갈까마귀였다. 온통 새까만 몸에 비수 같은 부리와 조약돌 같은 눈을 지닌 그 새는 대현자의 옷단 가까이 와 서더니 게드를 곁눈으로 뚫어지게 보았다. 까마귀가 넴머를이 짚고 기댄 하얀 지팡이를 세 번 쪼자 늙은 마법사는 중얼거리기를 멈추곤 빙그레 웃었다. 그런 다음 마침내 조그만 아이에게 이르듯 이렇게 말했다.

"달려가서 뛰놀아라, 얘야."

게드는 다시 한번 한쪽 무릎을 꿇었다. 게드가 일어섰을 때 대현자는 사라지고 없었다. 갈까마귀만이 거기에서 그를 지켜보며 사라진 지팡이를 쪼려는 것처럼 부리를 내밀었다.

새가 말했다.

"테레논 우스벅!"

게드는 그게 오스킬의 말일 거라고 짐작했다. 새는 까악까악 울어 대며 말했다.

"테레논 우스벅 오렉!"

그러고는 왔을 때처럼 으스대며 사라졌다.

게드는 어디로 가야 하는 건가 궁금해하며 뜰을 떠나려고 돌아섰다. 아치를 올린 문간에서 그는 키 큰 젊은이를 만났다. 상대방은 매우 예의 바르게 게드를 맞아 머리 숙여 인사했다.

"소생은 '보옥(寶玉)' 이라고 하오. 엔위트의 아들이며 해브너 섬 에올그 땅 출신이오. 오늘 그대를 시중들어 이곳 로크의 대학당을 보여 드리고 궁금한 게 있거든 최선을 다해 대답해 드리리다. 귀하, 이름은 뭐라고 불러 드릴까요?"

게드는 한번도 부유한 상인이나 귀족의 아들들 사이에 섞여 본 적이 없는 촌사람이었다. 지금 이 친구가 일부러 '시중을 든다'느니 '귀하'라는 말을 쓰고 오른발을 뒤로 빼서 인사를 하는 모습은 자신을 놀리는 것으로 여겨졌다. 그는 짧게 대답했다.

"새매요. 그렇게들 불러요."

상대방은 뭔가 좀 더 예절 바른 응답이 나오리라 생각했는지 잠시 몸을 똑바로 펴지 않고 약간 옆으로 기웃한 채 기다렸다. 게드보다 두세 살 더 먹은 훤칠한 소년으로, (게드가 보기엔) 무용수 같은 몸가짐을 하며 점잔을 뺐다. 회색 망토를 입었는데 두건은 벗어 넘긴 채였다.

보옥은 게드를 우선 옷이 있는 방으로 데려갔다. 게드도 이곳 학교의 학생으로서 어울리는 망토를 찾아야 했고, 다른 옷들도 필요할 것이기 때문이다. 게드가 암회색 망토 하나를 골라 입자 그가 말했다.

"이걸로 너도 우리 무리의 일원이 됐군."

보옥은 말할 때 그 예의 바른 말 속에 비웃음이 숨어 있는 게 아닌가 찾게 만드는 그런 희미한 웃음을 지었다. 게드는 기분이 언짢아서 대꾸했다.

"옷이 마법사를 만드나요?"

손위 소년이 받아쳤다.

"아니지. 예절이 사람을 만든다는 얘긴 들어 봤지만 말이야. 이제 어딜 갈까?"

"좋을 대로 안내해요. 나는 이 집을 모르니까."

보옥은 게드를 이끌고 대학당의 복도를 따라 천장이 트인 뜨락이며 지붕 있는 방들을 구경시켜 주었다. 전승집이며 룬으로 씌어진 책들이 보관되어 있는 서가실과 축제 날이면 학교의 사람들 전체가 모이는 '화로의 방'을 보여 주고, 위층으로 올라가 스승들과 학생들이 잠자는 탑의 방들과 지붕 아래 작은 방들을 보여 주었다. 게드의 방은 남쪽 탑에 마련되었다. 다른 침실들과 마찬가지로 한구석에 놓인 짚을 채운 요를 빼면 아무 가구도 없는 방이었다. 바다로 향한 창이 하나 있어서 스윌 읍의 뾰족한 지붕들이 내려다보였다.

"이곳 생활은 아주 검소하지. 하긴 넌 별로 힘들어할 것 같지 않군."

"나는 그런 데 익숙해요."

게드는 이렇게 말하고는 잠시 후 이 그럴싸하게 폼을 재는 청년과 동등해 보이려고 애쓰며 덧붙였다.

"당신은 안 그랬겠죠, 처음 여기 왔을 때는."

보옥이 그를 바라보았다. 아무 말도 하지 않았지만 표정은

'해브너 섬 에올그 땅 영주 아들인 내가 무엇에 익숙하고 안 익숙한지 네가 알아?' 하고 말하고 있었다. 그러나 입 밖에 내어 한 말은 간단했다.

"이쪽으로 와."

아직 위층에 있는 동안 큰 종소리가 울렸으므로 그들은 점심 식사를 하러 '긴 탁자'가 있는 식당으로 내려갔다. 백 명도 더 돼 보이는 소년과 청년들이 긴 탁자를 따라 앉아 있었다. 모두들 차례를 기다리며 식당으로 뚫린 배식구를 통해 요리사들과 장난을 치고, 뭉클뭉클 김이 오르는 커다란 음식 그릇에서 자기 접시에 음식을 덜어다 좋을 대로 긴 탁자에 가서 앉곤 했다. 보옥이 말했다.

"이 탁자엔 아무리 많은 인원이 앉아도 항상 빈자리가 있다고들 하지."

분명히 거기엔 맹렬히 떠들어 대며 먹어 대느라 시끌시끌한 한 떼거리의 소년들을 위한 자리가 충분히 있었다. 그리고 그보다 손위인 학생들을 위한 자리도 충분했다. 그들은 회색 망토를 은장식으로 목에 고정시키고 친구와 함께가 아니면 혼자서, 소년들보다는 조용히 앉아 있었다. 생각할 게 무척이나 많은 듯 심각하고 골똘한 얼굴들이었다.

보옥은 게드를 데리고 '들콩'이라 불리는 땅딸막한 친구 곁에 가서 앉았다. 들콩은 별로 말이 없이 열심히 음식을 떠 넣었다. 그는 동원해(東遠海) 억양을 가진 아주 까무잡잡한 젊은이로, 게드나 보옥 그리고 군도 사람들 대부분이 가진 적갈색 피부가 아니라 흑갈색 피부를 갖고 있었다. 들콩은 별달리 점잔을 빼지 않는 소탈한 사람이었다. 방금 먹어 치운 음식에 관해 투덜거리면서도 게드를 돌아보곤 이렇게 말했다.

"최소한 이건 이 동네에 넘쳐 나는 환상은 아니지. 먹으면 배가 든든해지니까."

그 말을 제대로 알아듣진 못했어도 게드는 그에게 호감을 느꼈고 식후에도 함께 있고 싶은 생각이 들었다.

게드에게 길을 알려 주기 위해 그들은 함께 마을로 내려갔다. 짧고 몇 줄기 안 되는 스윌의 길들은 높은 지붕을 인 집들 사이로 엿보듯이 이리저리 굽어 들어 있어서 길을 잃기 십상이었다. 스윌은 참으로 이상한 마을이었으며, 거기 사는 사람들도 이상했다. 다른 고장과 마찬가지로 그들도 어부나 장인이나 직공들이었지만 현자의 섬에서 늘 벌어지는 마법에 너무도 익숙해 있어 반쯤 마술사나 다름없었다. 모두들 (게드가 겪었듯이) 수수께끼로 말을 하고, 소년이 물고기로 모습을 바꾸거나 집이 허공에 붕 떴다가 사라져 버려도 눈 하나 깜짝하지 않았다. 꼬마애들 장난쯤으로 치부하며 아무 관심을 보이지 않는 것이었다.

세 사람은 뒷문을 지나 대학당의 정원을 돌아 나와선 깨끗하게 흐르는 스윌 개울을 나무 다리로 건너 북쪽으로 숲과 목초지를 지나갔다. 길은 가파르고 험했다. 그들은 참나무 숲을 지났다. 햇빛이 빛나고 있었지만 숲은 나무 그늘에 잠겨 컴컴했다. 왼쪽으로 그리 멀지 않은 곳에 결코 보통으로는 보이지 않는 숲이 있었다. 길은 닿을 듯 닿을 듯 그곳에 미치지 않았다. 그게 어떤 종류의 나무들인지도 알 수 없었다. 게드가 유심히 바라보는 것을 알아챈 들콩이 부드럽게 말했다.

"저건 '내재(內在)의 숲'이야. 우린 저기에 갈 수 없어, 아직까진……."

뜨거운 햇볕이 내리쬐는 목초지에는 노란 꽃들이 피어 있었다. 보옥이 말했다.

"불티풀이지. 저것들은 에레삭베가 '불의 주인'으로부터 내해도를 지켰을 때, 바람이 불타 오르는 일리엔의 재를 실어다 떨어뜨린 곳에서 자라."

게드가 말라빠진 꽃의 윗부분을 훅 불자 바람을 타고 후르르 날아오르는 씨앗들이 햇빛 속에 반짝이는 불티 같았다.

나무 없이 밋밋한 동산 자락에 이르러 길은 비탈을 감아 돌며 올라갔다. 마법이 지배하는 로크 섬 해역에 들어서면서 배에서 본 그 동산이었다. 보옥이 멈춰 섰다.

"해브너의 고향 집에 있을 때 곤트 마법사들 얘기를 무수히 들었지. 순 찬사뿐이더라고. 그러니 오랫동안 그 마법을 한번 구경하고 싶다고 생각했는데, 이제 여기 곤트 사람이 한 명 생졌군. 그리고 우리는 로크 동산 기슭에 서 있지. 이 동산은 땅의 중심까지 뿌리 박혀 있고, 여기선 모든 주문이 강력하지. 새매, 재주를 보여 줘 봐. 네 마법이 어떤지 한번 보자."

게드는 당황하고 놀라 아무 말도 못했다. 들콩이 특유의 소박한 태도로 말했다.

"나중에 해, 보옥. 너무 그러지 마."

"기술이든 힘이든 이 녀석도 갖고 있어. 그렇지 않았다면 문지기가 들여놓지 않았을 거야. 왜 보여 줄 수 없다는 거지? 나중이나 지금이나 뭐가 달라? 안 그러냐, 새매?"

게드는 대꾸했다.

"기술도 힘도 있어. 뭘 하라는 건지 보여 줘 보시지."

"환상이지, 뻔하잖아! 겉모습을 바꾸는 속임수 놀이 말야. 이런 것!"

보옥은 손가락질을 하며 알아들을 수 없는 말을 몇 마디 했다. 그가 가리킨 언덕 위 초록빛 풀들 사이로 작은 물줄기가 생겨나더니 점점 커졌다. 그리고 이내 세차게 솟는 샘물이 되어 언덕 아래로 내달렸다. 게드가 물줄기 속으로 손을 뻗자 손이 젖는 것이 느껴졌고 떠서 마시니 차가웠다. 그러나 그건 단지 환상이었으므로 목마름은 전혀 가시지 않았다. 보옥은 다른 말을 해 물을 그치게 했다. 그러자 풀들은 물기 하나 없이 햇빛 속에 물결쳤다.

"이제 네 차례야, 들콩."

독특한 차가운 미소를 지으며 보옥이 말했다.

들콩은 내키지 않는 듯 머리를 긁적거렸다. 그러나 손에 흙을 조금 집더니 거기 대고 어설픈 가락의 노래를 부르기 시작했다. 그러면서 가무잡잡한 손가락으로 그것을 주물러 치대며 모양을 빚었다. 그러자 갑자기 그것은 꿀벌이 아니면 털북숭이 파리 같은 자그마한 생물로 화하여 잉잉거리며 로크 동산 위로 날아가 사라졌다.

게드는 기가 꺾여 멍하니 바라보며 서 있었다. 단순한 촌구석 마술, 염소를 부르고 혹을 낫게 하고 짐을 옮기고 깨진 그릇들을 고치는 주문들 말고 자신이 아는 게 뭐가 있단 말인가?

"나는 이런 속임수 재주는 안 부려."

"왜 안 해?"

"마법은 시합이 아냐. 우리 곤트 사람들은 재미로나 칭찬받으려고 마법을 쓰지 않아."

게드는 당당하게 말했다.

"그럼 뭣 때문에 마법을 부리지? 돈 때문인가?"

"아냐!"

그러나 게드는 무지를 숨기고 자존심을 세울 수 있는 신통한 말을 생각해 낼 수 없었다. 보옥은 기분이 나쁘지 않은 듯 빙긋이 웃으며 로크 동산을 빙 둘러 길을 인도했다. 게드는 속이 상해 부루퉁해서 따라갔다. 그는 자기가 바보가 되었다는 걸 알았고 그게 모두 보옥 탓이라고 생각했다.

그날 밤 게드는 불기운 없이 싸늘한 석실의 요 위에 겉옷으로 몸을 감싸고 누워서 로크 대학당의 완벽한 침묵과 낯섦과, 무겁게 내리눌러 오는 온갖 주문과 마법들 생각에 휩싸여 있었다. 어둠이 둘러싸고 두려움이 마음을 채웠다. 어디라도 좋으니 로크 아닌 다른 곳에 있었으면 했다.

그때 들콩이 찾아왔다. 그는 길을 밝히기 위해 머리 위로 푸르스름하게 빛나는 작은 구체를 거느리고 와서 들어가 잠시 얘기해도 괜찮겠느냐고 묻더니, 게드에게 곤트 이야기를 시키고 동원해에 있는 자기 고향 섬에 관해 살갑게 얘기했다. 코프와 콥, 홀프, 벤웨이, 베미시, 이피시, 콥피시, 스네그 등의 우스운 이름을 지닌 작은 섬들 사이로 깔려 있는 잔잔한 바다며, 저녁 무렵이면 그 섬들의 마을들로부터 화롯불 연기가 바다를 건너 불어오곤 한다는 이야기였다. 들콩은 그 섬들의 모양을 보여 주려고 손가락으로 돌벽에 그림을 그렸다. 그가 그은 선들은 은막대로 그은 듯 잠시 희미하게 빛나다 사라졌다. 들콩은 3년 동안 이 학교에 있었고 머잖아 정식으로 마술사가 될 터였다. 그는 새가 아무 생각 없이 하늘을 나는 것보다도 더 쉽게 마법을 썼다. 그러나 그보다 훨씬 더 큰 재능, 배운 것이 아니라 타고난 재능은 바로 친절함이었다. 들콩은 그날 밤부터 내내 게드에게 우정을 베풀었다. 게드로서도 보답하지 않을 수 없는 미덥고 스스럼없는 애정이었다.

하지만 들콩은 첫날 로크 동산에서 게드를 창피 준 보옥에게도 똑같이 친절했다. 게드는 그 일을 결코 잊지 않았고 보옥도 마찬가지인 듯했다. 게다가 보옥은 늘 점잔빼며 말하지만 비웃는 듯한 미소를 띠고 있었다. 흘려 버릴 수 없는 일이었다. 자존심 강한 게드는 모욕당하고 업신여김을 받는 것을 참을 수 없었다. 게드는 보옥과 그 패거리 전부에게 본때를 보여 주고 말겠다고 맹세했다. 언젠가는 자신의 힘을 똑똑히 보여 줄 것이다. 꾀바른 속임수 재주는 피울 수 있겠지만 마법으로 마을을 구한 자가 누가 있는가? 녀석들 중 누가 오지언한테서 곤트의 가장 위대한 마법사가 될 거라는 말을 들어 보았는가?

그렇게 자존심에 치받쳐서 게드는 열성적으로 수업에 임했다. '아홉 스승'이라 일컬어지는, 회색 망토를 두른 로크의 대마법사들이 교훈과 재주와 역사와 기술들을 가르쳤다.

하루 중 얼마 동안은 찬미사와 함께 공부했다. 영웅들의 위업을 배우고, 모든 노래들 중 가장 오래된 노래인 「에아의 창조」를 비롯한 전승 창가들을 배우는 것이었다. 그런 뒤 소년들 무리에 섞여 풍향사의 지도하에 바람과 날씨에 관한 기교들을 연습했다. 소년들은 화창한 봄과 초여름 내내 로크 만에 작고 가벼운 배를 띄우며 나날을 보냈다. 주문으로 방향을 잡고 파도를 잔잔하게 하고 세계풍과 대화를 나누며 마법풍을 불러일으키는 연습을 했다. 이런 것은 아주 까다로운 기술이라, 갑자기 뒤에서 불어온 바람에 배가 요동치며 춤추는 활대에 호되게 머리를 얻어맞는 일도 심심찮게 있었다. 또는 배 몰기엔 더없이 좋은 만 안에서 다른 배와 부딪치는가 하면, 뜻하지 않은 큰 물결에 배가 뒤집혀 배에 탔던 세 소년이 갑자기 바닷물에 헤엄치게 되기도 했다. 좀 더 조용히 해변을 탐험하는 날들도 있었다. 약초사는 식물이 어떻게 자라며 어떤 특성을 지니고 있는지를 가르쳤다. 그리고 기예사는 속임수와 요술과 변신에 관한 가벼운 기술들을 가르쳤다.

이 모든 과목들에 게드는 소질이 있었고, 한 달이 되기 전에 1년 먼저 로크에 온 소년들을 따라잡고 앞섰다. 환각 속임수들은 특히 아주 쉽게 금방 익힐 수가 있어서, 마치 태어나면서부터 알고 있었던 것이며 단지 되살릴 기회만이 필요했던 것 같았다. 기예사는 친절하고 쾌활한 늙은이였다. 그는 자신이 가르치는 재미있고 매혹적인 기술들로부터 한없는 기쁨을 느꼈다. 게드는 곧 그를 전혀 두려워하지 않게 되어 이 주문을 가르쳐 달라, 저 주문을 가르쳐 달라 질문을 해 댔다. 그 대마법사는 그래도 항상 웃음을 지우지 않고 응답해 주었다. 그러나 언젠가 꼭 보옥에게 창피를 주겠다고 마음속에 벼르던 게드는 어느 날 '겉보기의 뜰'에서 기예사에게 이렇게 말했다.

"선생님, 이 마법들은 전부 비슷비슷해요. 하나를 알면 전부 알 수 있다고요. 그리고 주문 짜기를 멈추면 곧바로 환상이 사라져 버리죠. 그러니 조약돌을 금강석으로 만들려면……"

게드는 말과 함께 손목을 한번 내둘러 돌을 금강석으로 만들었다.

"이 금강석이 계속 금강석으로 남아 있게 하려면 어떻게 해야 하지요? 어떻게 하면 이 변화 주문이 지속될까요?"

기예사는 게드의 손바닥에서 반짝이는 그 보석을 바라보았다. 그것은 용의 보물들 중에서도 특별히 값진 보석처럼 영롱히 빛났다. 늙은 대마법사가 한마디 중얼거렸다.

"톨크."

그러자 그것은 전혀 값진 보석이라 할 수 없는 울퉁불퉁한 회색 돌 조각으로 바뀌었다. 대마법사는 그것을 집어 자기 손위에 놓곤 온화한 표정으로 게드를 쳐다보았다.

"이건 돌이지. 진정한 언어로는 '톨크'고. 이건 로크 섬의 일부다. 사람들이 사는 굳은 땅의 작은 부분인 거야. 이건 이 자체이며 세상의 일부야. 겉모습을 바꿔서 금강석처럼 보이게 할 수야 있지. 아니면 꽃이나, 파리나, 눈이나, 불꽃으로 보이게 할 수도 있고."

그렇게 한마디씩 할 때마다 돌은 슬쩍슬쩍 모습을 바꾸다가 마지막엔 원래대로 돌이 되었다.

"그러나 그건 오로지 겉모습뿐이란다. 환영은 보는 사람의 감각을 속이지. 마치 그것이 변한 것처럼 보이고 들리고 느껴지게 하는 거야. 하지만 환각으로 사물을 바꿀 수는 없다. 이 돌을 보석으로 만들기 위해선 그 진정한 이름을 변화시켜야 한단다. 그리고 그렇게 하는 건, 얘야, 그게 세상의 아주 작은 일부분이라 할지라도, 세상을 바꾸어 버리는 것이야. 그렇게 할 수 있지, 물론 가능하단다. 그게 변화사의 재주다. 장차 준비가 되면 배우게 될 게다. 하지만 그러한 행동에 어떠한 선과 악이 뒤따르는지 알기 전엔 단 하나의 사물, 하나의 조약돌, 한 줌의 모래라도 바꾸어서는 안 된다. 세상은 '평형'을 이루고 균형 잡혀 있단다. 변화와 소환에 관한 마법사의 힘은 그 세계의 균형을 뒤흔들 수 있어. 위험한 것이야, 그 힘은 말이다. 아주 파괴적인 힘이지. 거기엔 지식이 뒷받침되어야 하고 꼭 필요해서 사용하는 것이라야 해. 촛불 하나를 켜는 건 곧 하나의 그림자를 던지는 거란 말이다……."

기예사는 다시 조약돌을 바라보았다. 그런 다음 좀 덜 엄숙하게 말했다.

"돌도 좋지 않으냐, 응? 봐라, 만약 어스시의 섬들이 죄다 금강석으로 만들어졌다면 우리가 살아가기가 얼마나 힘들겠느냐. 환영을 즐겨라, 얘야. 그리고 돌은 돌로 놔두려무나."

그는 웃었지만, 게드는 여전히 불만족스러웠다. 마법의 비밀을 알아내려고 조금만 밀어붙이면 현자들은 매양 오지언처럼 균형과 위험, 그리고 어둠을 들먹였다. 하지만 이런 단순한 환각 재주들을 거쳐서 소환과 변신에 관한 진정한 기술들을 익힌 마법사는 원하는 말을 할 힘을 가질 게 틀림없었다. 그들은 자신의 필요에 따라 세계를 균형 잡고 자신의 빛으로 어둠을 물리친다.

게드는 복도에서 보옥과 마주쳤다. 게드가 학교에서 칭찬받기 시작한 후로 보옥은 얼핏 좀 더 친근하게 구는 듯했지만 사실은 더욱 비웃는 태도를 취했다.

"우울해 보이는군, 새매. 손장난 술법이 잘 안 되나?"

항상 보옥과 대등한 위치에 서고 싶어하는 게드는 비웃는 듯한 말투를 무시하며 대답했다.

"손장난 술법은 이제 넌더리나. 이런 환상 장난엔 질렸어. 이런 건 성이나 영지의 게으른 영주들한테 아첨하는 데나 쓰겠지. 로크 섬에서 배운 진짜 마법이라곤 도깨비불을 만드는 것뿐이야, 날씨에 관한 것 조금하고. 나머지는 다 헛것들이야."

"헛것이라도 바보의 손에 들어가면 위험하지."

그 말에 게드는 얻어맞기라도 한 것처럼 홱 돌아서서 한 발짝 다가섰지만, 손위 소년은 모욕할 생각은 전혀 없었다는 것처럼 웃음 지었다. 그러고는 특유의 깔보는 듯한 우아한 태도로 머리를 끄덕이고는 가 버렸다.

게드는 끓어오르는 울분 속에 거기 서서 보옥의 뒷모습을 바라보며 반드시 이기고야 말겠다고 결심했다. 단순한 속임수 경쟁이 아니라 힘의 시험에서 이길 것이다. 능력을 증명해 보여서 보옥을 깔아뭉개고야 말 테다. 저렇게 서서 거만하게 거드름부리며 미움을 담아 깔보고 있는 저 자식을 절대 그냥 두지 않을 것이다.

게드는 보옥이 왜 자신을 싫어하는지는 생각도 해 보지 않았다. 오로지 자기가 보옥을 미워하는 이유만 생각했다. 다른 학생들은 장난으로든 실제로든 게드를 따라잡을 수 없다는 것을 이내 알게 되었다. 그리고 얼마쯤은 칭찬으로, 얼마쯤은 심술이 나서 말하곤 했다.

"저 녀석은 타고난 마법사야. 저 녀석을 누가 이겨?"

보옥만이 칭찬도 외면도 하지 않았다. 그는 가벼운 미소를 띠고 아무렇지 않다는 듯 게드를 내려다봤다. 결국 게드에겐 보옥만이 경쟁자로 남았다. 기필코 콧대를 꺾어 줘야 할 상대였다.

게드는 자존심이 걸려 있다고 여기고 집착하는 이 경쟁에 기예사가 완곡하게 경고했던 위험하고 어두운 일면이 있다는 것을 깨닫지 못했고, 깨달으려고 하지도 않았다.

분노에 사로잡혀 있을 때가 아니라면, 게드는 자신이 보옥에게나 다른 손위 소년들 누구에게도 아직 미치지 못한다는 것을 아주 잘 알고 있었다. 그래서 게드는 열심히 공부하며 아무렇지 않게 행동했다. 여름 끝 무렵이 되자 수업이 조금 느슨해져 놀 시간이 더 많아졌다. 항구에선 주문으로 배 몰기 시합이 열리고, 대학당 안뜰에서는 마술 묘기가 벌어지고, 긴 저녁 시간 숲에서는 떠들썩한 숨바꼭질 시합이 열렸다. 이 숨바꼭질에선 숨는 사람이나 찾는 사람 모두 모습은 보이지 않은 채 목소리만이 나무들 사이에서 웃고 소리치며 빠르게 나는 희미한 도깨비불을 뒤쫓거나 피하곤 했다. 그리고 가을이 왔다. 소년들은 새롭게 학업에 임하여 새 마법들을 연습했다. 로크에서 게드가 보낸 처음 몇 달은 매우 빨리 지나갔다. 열정과 경이로 가득 찬 시간이었다.

겨울이 되자 사정이 달라졌다. 게드는 다른 소년들 일곱 명과 함께 로크 섬의 반대쪽 끝, 최북단의 곳으로 가게 되었다. 거기 '외딴 탑'이 서 있어서 명명사가 홀로 살았다. 그는 어떤 언어에서도 의미를 갖지 않는 '커렘카르머룩'이라는 이름으로 불렸다. 그 탑 주변 몇 십 리 안으론 농장도 사람 사는 마을도 없었다. 북쪽 해안의 벼랑가에 선 탑은 음산했고, 겨울 바다 위를 덮은 구름은 잿빛이었으며, 명명사의 여덟 학생들이 배워야 할 이름들의 목록에는 끝이 없었다. 커렘카르머룩은 탑의 높은 층에서 소년들을 데리고 높은 자리에 앉아 이름들을 줄줄이 써 내려갔다. 밤이 되면 양피지는 아무것도 씌어 있지 않은 상태로 돌아가기에, 학생들은 먹빛이 흐릿해지기 전에 배워야 했다. 그곳은 춥고 어둠침침하고 항상 정적만이 감돌았다. 마법사의 펜이 무언가를 쓰는 소리, 밤이 오기 전에 익혀야 할 온갖 곶과 갑, 만, 해협, 수로와 운하와 항구, 여울진 곳들의 이름이며 펠니시 해의 작은 섬 로소의 해안에 있는 모래톱과 바위 하나하나의 이름들에 한숨짓는 학생의 한숨소리만이 있었다. 혹시 누가 불평을 한다면 마법사는 다른 말 없이 배워야 할 이름의 목록을 더욱 보태 놓을 터였다. 아니면 이렇게 말할 터였다. "바다에 있는 모든 물방울의 진정한 이름을 아는 사람만이 바다술사가 될 수 있느니라."

게드 또한 때때로 한숨지었지만 불평은 하지 않았다. 그는 온갖 장소와 사물과 존재를 배운다는 이 지루하고 곰팡내 나는 수업 속에 자신이 바라던 힘이, 마른 우물 바닥의 보석처럼 놓여 있다는 것을 알았다. 마법이란 바로 사물의 진정한 이름을 깨우치는 것으로 이루어져 있기 때문이다. 그래서 딱 한번, 소년들이 이 탑에 온 첫날 밤에 커렘카르머룩은 이렇게 말했다. 그는 그 말을 다시 반복하지 않았지만 게드는 잊지 않았다.

"위대한 힘을 지닌 많은 현자들이 단 한 사물의 이름, 유실되었거나 숨겨져 있는 이름 하나를 알아내는 데 전생애를 바쳐 왔다. 아직까지도 그 목록은 끝나지 않았지. 이 세상 끝날까지도 끝나지 않을 것이야. 들어 보아라, 그러면 왜 그런지 알 테니까. 태양 아래 존재하는 이 세상과 빛 없는 다른 세상에 인간이나 인간의 말과 상관없는 것들은 아주 많으며 우리의 힘을 뛰어넘는 힘들도 존재하고 있다. 하지만 마법, 진정한 마법은 어스시의 하드 어나 그 원천이 되는 옛 언어를 하는 자들만이 행할 수 있어. 그건 용의 말이며 세상의 섬들을 만든 세고이의 말이다. 또한 우리가 이야기 시와 노래들, 주문과 마법, 기도에 사용하는 말이지. 우리가 쓰는 하드 어 속에는 그 말이 숨겨져 있단다, 변한 채로 말이야. 우리는 파도의 거품을 '서키엔'이라고 부르지. 이 말은 옛 언어에서 깃털을 뜻하는 '석'과 바다를 뜻하는 '이니엔', 이 두 단어로부터 만들어진 거란다. 하지만 물거품을 '서키엔'이라고 불러서는 마법을 걸 수 없다. 옛 언어 속에 있는 그것의 진정한 이름 '에사'를 사용해야 하지. 마녀들도 옛 언어를 몇쯤은 알고 있고 현자라면 많이 알지만, 옛 언어의 단어들은 훨씬 더 많아. 어떤 것은 세월이 흐르면서 유실되고 어떤 것은 숨겨졌으며, 어떤 것은 용들과 땅의 옛 힘만이 알고 있고 어떤 것은 살아 있는 생명체들에게는 알려져 있지 않다. 그 단어들을 전부 깨우친 사람은 한 명도 없다. 그 단어에는 끝이 없기 때문이야.

여기엔 이유가 있다. 바다의 이름은 '이니엔'이지, 물론 좋다. 그러나 우리가 내해라고 부르는 바다 또한 옛 언어에서 따로 이름을 갖고 있다. 사물이 진정한 이름을 두 개 갖고 있을 수는 없기 때문에 '이니엔'은 내해 아닌 모든 바다만을 의미할 뿐이겠지. 그리고 물론 거기엔 각각 별도의 이름을 지닌 셀 수 없을 만큼 많은 바다와 만과 해협들이 있기 때문에, 정확히 그 의미도 아니란다. 그러니 만약에 세상의 모든 바다에 폭풍우를 불러오거나 잔잔하게 하는 주술을 걸려고 할 만큼 정신이 나간 위대한 바다술사가 있다면 그는 '이니엔'이라는 단어뿐만이 아니라 군도와 원해 전체를 통틀어 작은 부분부분들의 이름까지도 전부 말해야 해. 이름들이 존재하지 않는 저 가장자리에 이르기까지 말이다. 그러니 마법을 쓸 수 있게 해 준 그것이 힘의 한계 또한 정한 것이란다. 현자는 가까이 있는 것들, 자기가 정확하고 완전하게 이름 부를 수 있는 것들만을 다룰 수 있는 것이다. 다행한 일이지. 만약 그렇지 않았다면 삿된 힘이나 어리석은 지자(知者)들이 벌써 오래전에 바꾸지 말아야 할 것을 바꿨을 것이고, 평형은 어그러졌을 테니까. 균형을 잃은 바다가 우리가 위험스레 발붙이고 있는 땅을 뒤덮어 버리고, 고대의 침묵이 돌아와 목소리도 이름들도 상실되어 버렸을 것이다."

게드는 두고두고 이 말들을 곱씹었다. 게드의 배움이 깊어가면서 그 의미도 더 깊어졌다. 그러나 아무리 위대한 일이라고 해도 그 오랜 시간을 탑에서 보내며 공부하는 것이 덜 어렵고 덜 지루해지는 건 아니었다. 그해가 저물 무렵 커렘카르므룩은 말했다.

"출발이 좋구나."

그뿐이었다. 마법사는 진실을 말하는 법이다. 그리고 게드가 그해에 애썼던 이름 익히기가 평생에 걸쳐 배워 나가야 할 것들의 시작일 뿐임은 사실이었다. 게드는 남보다 진도가 빨라 같이 갔던 소년들보다 먼저 외딴 탑에서 풀려났다. 그러나 그가 받은 칭찬은 이것이 다였다.

초겨울, 게드는 혼자서 남쪽을 향해 마을도 인적도 없는 길을 걸어 섬을 가로질렀다. 밤이 오자 비가 내렸다. 비를 피하기 위한 주문을 외지는 않았다. 로크 섬의 날씨는 풍향사의 손에 달려 있어 함부로 바꿀 수 없었기 때문이다. 게드는 커다란 펜딕 나무 밑으로 몸을 피하여 망토를 두르고 누워 옛 스승 오지언을 생각했다. 오지언은 지금쯤 가을의 방랑길에서 아직 돌아오지 않은 채 곤트의 고지대를 거닐며 이파리 없는 가지를 지붕 삼고 떨어지는 빗방울을 벽 삼아 한뎃잠을 자고 있을 것이다. 그런 생각을 하자 웃음이 떠올랐다. 게드는 오지언을 생각하면 항상 평안해진다는 것을 깨달았다. 물 떨어지는 소리 가득한 춥고 어두운 자리에서도 게드는 평안한 마음으로 잠이 들었다.

새벽에 잠이 깨어 머리를 들자 비는 그쳐 있었다. 게드는 망토 주름 속에 도사리고 잠든 작은 동물을 발견했다. 따뜻한 곳을 찾아 기어든 것이다. 게드는 그 동물이 좀처럼 보기 드문 희한한 짐승인 '오탁'임을 깨닫고 신기하게 들여다보았다.

이 생물은 군도 전역을 통틀어 남쪽의 네 섬들 즉 로크, 엔스머, 포디, 그리고 와소트에서만 발견되었다. 몸집이 작고 반지르르하며, 넓적한 얼굴과 짙은 갈색으로 무늬진 털에 커다랗게 빛나는 눈을 지니고 있었다. 이빨이 무시무시하고 성질이 사나워 사람이 기르는 동물은 아니었다. 울지도 짖지도 않고, 소리를 내는 법이 없는 짐승이었다. 게드가 건드리자 녀석은 잠을 깨어 하품을 했다. 작은 갈색 혓바닥과 하얀 이가 드러났지만 위협하려는 기색은 없었다.

"오탁."

게드는 그렇게 말하고 나서 탑에서 배웠던 수천 가지 짐승이름을 떠올려 옛 언어 속에서 그것을 가리키는 진정한 이름을 찾아내었다.

"회그! 나랑 같이 가련?"

오탁은 게드의 손바닥에 앉아 털을 다듬기 시작했다.

어깨 위에 접힌 두건 주름에 오탁을 올려놓자 녀석은 그대로 올라앉아 있었다. 낮 동안 오탁은 때때로 뛰어 내려가 숲으로 쏜살같이 사라지곤 했다. 그러나 꼭 다시 돌아왔고, 한번은 사냥한 숲쥐를 가지고 왔다. 게드는 웃으면서 오탁더러 그 쥐를 먹으라고 했다. 그 밤은 해돌이 축제가 있는 밤이었기 때문에 게드는 금식 중이었다. 땅거미가 질 무렵 추적추적 내리는 빗속에 로크 동산을 지나며 바라보니 대학당 지붕을 두드리는 빗줄기 사이로 도깨비불들이 뛰놀며 반짝이고 있었다. 게드가 불 밝

흰 회당에 들어서자 스승과 동료들이 반갑게 맞아 주었다.

언제든 돌아갈 수 있는 집을 아직 가져 보지 못했던 게드에게 그것은 귀향과 같았다. 그렇게 많은 낯익은 얼굴들을 볼 수 있다는 것은 행복한 일이었다. 가무잡잡한 얼굴로 활짝 웃으며 만나러 나오는 들콩을 보자 게드는 너무나 기뻤다. 탑에서 보낸 한 해 동안 게드는 생각 이상으로 이 친구가 그리웠다. 들콩은 이번 가을에 마술사가 되어 이제는 견습생이 아니었다. 그러나 그와 게드 사이에는 어떤 장벽도 없었다. 둘은 동시에 얘기하기 시작했고, 게드로선 외딴 탑에서 보낸 오랜 기간 했던 말보다 지금 한 시간 동안 들콩에게 한 말이 더 많은 것 같았다.

오탁은 그대로 게드의 어깨에 있었다. 축제 날의 저녁 식사를 위해 벽난로 방에 차려진 긴 식탁에 앉자 녀석은 느긋하게 두건 주름 속에 자리를 잡았다. 들콩은 이 작은 생물을 보고 놀랐다. 한번은 손을 내밀어 보기도 했지만 오탁은 날카로운 이빨을 드러내며 그 손을 내쳤다. 들콩이 웃었다.

"들리는 얘기에 '들짐승이 따르는 그이야말로 돌과 샘의 옛 힘이 인간의 목소리로 말을 걸 사람'이라고 하지, 새매."

"들리는 얘기에 곤트 마법사들은 종종 동물 친구를 기른다더니."

이 말을 한 것은 들콩의 맞은편에 앉아 있던 보옥이었다.

"우리의 주인이신 넴머를 넘은 갈까마귀를 데리고 있고,

방주 섬의 붉은 마법사는 황금 사슬로 야생 수퇘지를 끌고 다녔다고 노래에 전하지. 하지만 두건 속에 쥐를 키우는 마법사 얘긴 들어 본 적도 없는걸!"

그러자 모두가 웃음을 터뜨렸고 게드도 그들과 함께 웃었다. 즐거운 밤이었고, 게드는 시끌시끌 단란한 분위기 속에 동료들의 잔치 자리에 끼어 있다는 것이 기뻤다. 그러나 보옥의 말이 늘 그랬듯 그 농담은 게드의 기분을 상하게 했다.

그날 밤엔 오 섬의 영주가 손님으로 학교에 찾아와 있었다. 영주는 본인이 유명한 마술사로서 대현자의 제자였기에 겨울 축제나 여름철의 '긴 춤' 때면 로크 섬으로 돌아오곤 했다. 영주는 부인을 대동하고 있었다. 날씬하고 젊으며 새 동전처럼 반짝반짝 빛나는 여자로, 새카만 머리에 오팔 장식을 둘렀다. 대학당 회당에 여자가 앉는 일이란 거의 없었기에 나이 든 대마법사들 몇은 못마땅한 눈으로 곁눈질했다. 그러나 젊은이들은 모두 열심히 그녀를 바라보았다.

"저런 사람을 위해서라면 내 능력이 미치는 대로 재주를 보여 줄 텐데……."

들콩이 그렇게 말하고서 한숨 섞인 웃음을 짓기에 게드는 이렇게 대꾸했다.

"그냥 여자잖아."

"엘파란 공주도 그냥 여자였지. 한데 그녀로 인해 인라드 전체가 황폐해지고, 해브너의 영웅적인 마법사가 목숨을 잃고, 솔레아 섬은 바다 밑으로 가라앉아 버렸지."

"옛날 얘기야."

그러나 그렇게 말한 게드 또한 오 섬의 영주 부인을 바라보기 시작했고, 이것이 정말로 옛이야기가 말하는 그런 파멸적인 아름다움은 아닌지 궁금해졌다.

찬미사가 「청년 왕의 위업」을 노래하고, 모두 함께 겨울 축가를 불렀다. 모두가 식탁에서 일어나기 전 잠시 틈이 나자 보옥이 일어나 벽난로 곁 식탁으로 갔다. 대현자와 손님들과 스승들이 앉아 있는 곳이었다. 그는 오 섬 영주 부인에게 말을 걸었다. 보옥은 이제 더 이상 소년이 아니라 키 크고 잘생긴 어엿한 청년이었다. 그가 두른 망토는 목 근처에서 은제 장식쇠로 여며져 있었다. 그 역시 올해 마술사가 된 터였고, 은 장식쇠는 그 상징이었다.

보옥의 말에 영주 부인은 웃음 지었다. 검은 머리카락 속에서 오팔들이 빛을 내며 반짝거렸다. 스승들이 고개를 끄덕여 상냥하게 승낙을 해 주자 보옥은 그녀를 위해 환상 마법을 행했다. 돌바닥에서 하얀 나무가 솟아올랐다. 그 가지들은 홀의 높다란 들보에까지 뻗쳤고, 큰 가지에서 돋아 나온 작은 가지들마다 황금 사과가 빛났다. 그것은 세월의 나무였기에 사과 하나하나는 하루하루의 태양을 뜻했다. 나뭇가지들 사이에서 갑자기 새 한 마리가 날아올랐다. 눈송이 같은 꼬리에서부터 전신이 새하얀 색이었다. 황금 사과는 차차 희미해지다 수정 방울 같은 씨앗으로 변해 떨어져 내렸다. 이것들이 나무에서 떨어지는 소리는 마치 빗소리 같았고, 나무가 파르르 흔들리다 장밋빛으로 불타는 잎새들과 별같이 하얀 꽃들을 피워 내는 것과 동시에 달콤한 향기가 피어올랐다. 환상은 그렇게 끝을 맺었다. 오 섬 영주 부인은 기쁜 나머지 그 마법에 찬사를 보내며 젊은 마술사 앞에 빛나는 머리를 숙였다. 그러곤 근엄한 남편에게 어린아이처럼 졸라 댔다.

"우리와 함께 가요, 오톡네로 와서 함께 살아요. 이분을 데려갈 수 없나요, 나의 주인이여?"

그러나 보옥은 단지 이렇게만 말했다.

"제가 여기 계신 스승님들께 부끄럽지 않은 기술을 익혀 당신의 칭찬에 값할 만한 때가 되면, 마님, 그때에는 기쁘게 가겠습니다. 그리고 영원한 기쁨으로 당신을 섬기겠습니다."

그렇게 그는 게드만 빼고 모두를 기쁘게 했다. 게드는 입으론 남들처럼 칭찬했지만 마음은 그렇지 않았다. '나라면 더 잘할 수 있었어.' 쓰디쓴 질투 속에서 게드는 속으로 중얼거렸다. 그러자 게드에겐 그날 밤의 모든 즐거움이 다 시들해졌다.

풀려난 그림자

그해 봄에 게드는 들콩이나 보옥 모두 거의 보지 못했다. 그들은 이제 마술사가 되어 내재의 숲에 은둔하며 조형사와 함께 공부했기 때문이다. 수련생들은 그곳에 발도 들여놓을 수 없었다. 게드는 대학당에 머물렀다. 그리고 스승들과 함께, 마법을 행하긴 하지만 지팡이는 지닐 수 없는 마술사의 기술을 익혔다. 바람 일으키기, 날씨 다루기, 알아내기, 제어하기, 그리고 주문을 벼려 내고 엮는 기술이며 이야기꾼, 찬미자, 치유자와 약초꾼의 기술들이다. 밤이면 숙소에서 홀로 등잔이나 촛불 대신 책 위에 작은 도깨비불을 띄워 놓고 위대한 주문에 쓰이는 상급 룬과 '에아의 룬'을 공부했다. 그에겐 이 모든 기술들이 쉬웠다.

학생들 사이에선 여러 스승들이 이구동성으로 이 곤트 소년이 이제껏 로크에 있었던 학생들 중에서 가장 빨리 배우는 학생이라고 말씀하신다는 얘기가 돌았다. 오탁에 관한 이야기들도 점점 부풀어서 그것이 참모습을 숨긴 영혼으로서 게드의 귀에 지혜를 속삭여 준다고까지 소문이 났다. 심지어는 게드가 처음 왔을 때 대현자의 갈까마귀가 그를 보고 소리 높여 "대현자가 될 자"라고 떠들어 댔다는 얘기까지 있었다. 그런 얘기들을 믿든 안 믿든, 게드를 좋아하든 좋아하지 않든, 동료들은 거의가 게드를 우러러봤다. 그래서 가끔 게드가 기분을 밝게 갖고 한데 어울려 봄밤 내 벌이는 시합을 주도하거나 하면 다들 기꺼이 따랐다. 그러나 보통 게드는 공부에 빠져 있었고, 너무나 자존심이 세고 성미가 불 같은 데다 늘 따로 놀았다. 들콩이 없어지자 게드에겐 소년들 중에 단 한 명의 친구도 없었다. 게드는 자신이 친구를 원한다는 사실을 알지 못했다.

게드는 열다섯 살이었다. 지팡이를 지닌 마법사나 현자들의 고급 마법을 익히기에는 정말이지 아직 어린 나이였다. 그러나 가짜 환영을 만들어 내는 기술들을 너무나 빨리 떼었다. 때문에 그 자신도 젊은 나이였던 변화사는 게드를 특별히 따로 가르치기 시작했다. 진정한 '형태 만들기 주문'에 관한 강의가 시작되었다. 변화사는 한 사물을 진짜로 다른 사물로 바꾸려면 주문을 지속시킬 동안 그것을 새로이 이름 지어야 한다는 것을 설명했다. 그리고 그렇게 변화된 사물이 주위에 있는 것들의 이름과 특성에 영향을 미친다는 것을 가르쳤다. 그는 변신의 위험에 대해, 무엇보다도 마법사가 변신했을 때 자칫하면 자신의 주문에 묶여 버릴 수 있는 위험에 대해 이야기했다. 소년이 확실히 알아들었다고 대답하는 바람에 젊은 대마법사는 조금씩조금씩 말려들어 가서, 그러한 비밀스러운 마법에 관해 이야기해 주는 데 머물지 않고 선을 넘고 말았다. 위대한 변화의 주문을 하나 또 하나 가르쳐 주고, 게드가 공부하도록 『형태 만들기 책』을 건네 주게까지 된 것이다. 대현자에게는 알리지 않은 채였다. 현명한 처사가 아니었지만, 나쁘게 되라고 한 일은 물론 아니었다.

게드는 이제 소환사와도 함께 공부했다. 그러나 이 선생님은 엄격하고 나이가 지긋한 데다 심오하고 딱딱한 마법들을 가르치는 탓인지 무뚝뚝했다. 그는 환상에는 관여치 않고 진정한 마법만을 다뤘다. 그것은 빛과 열, 자력, 그리고 무게, 형태, 빛깔, 소리와 같이 사람의 감각에 미치는 힘을 소환하는 것이었다. 그런 것들은 실제적인 힘이며, 거대하고 근원 모를 우주의 힘들로부터 유래한다. 인간이 그 어떤 주문을 읊고 어떻게 이용한다 할지라도 그 힘은 고갈되거나 교란될 수 없다. 바람과 물을 부르는 날씨술사와 바다술사의 기술은 게드도 이미 배운 뒤였지만, 왜 진정한 마법사는 꼭 필요한 때에만 그러한 주문들을 사용하는가를 가르쳐 준 이는 바로 소환사였다. 그와 같은 세계의 힘들을 소환하는 것은 그것들로 구성되어 있는 이 세계를 바꾸는 것이었다.

"로크에 비를 내리게 하느라 오스킬에는 가뭄을 불러올 수 있는 게다. 그리고 자신이 무슨 짓을 하는지도 모른 채 동쪽을 잔잔하게 하면서 서쪽에는 폭풍우를 불러일으켜 땅을 망쳐 버릴 수도 있어."

진짜 사물을 나타나게 하거나 살아 있는 사람을 부르는 것, 죽은 자의 영혼을 불러일으키는 것, 보이지 않는 것에 기원하는 주문들은 소환사의 기술과 힘 중에서도 최고의 것들이었다. 그는 좀처럼 그것들에 관해 이야기하는 법이 없었다. 한 번인가 두 번 게드는 그 비밀에 관한 이야기를 조금이라도 끄집어내 보려고 했지만, 소환사는 그때마다 입을 다물고 게드가 마음이 불편해져 아무 말도 못할 때까지 오랫동안 무섭게 쳐다보았다.

아닌 게 아니라 가끔 소환사가 가르쳐 준 별것 아닌 주문들조차도 거북하게 느껴질 때가 있었다. 거기엔 두 권의 전승책 어느 쪽인가에서 본 룬들이 있었다. 정확히 어느 책에서 보았는지는 기억할 수 없어도 눈에 익은 룬이었다. 소환 주문을 욀 때 꼭 들어가야 할 구절들 중엔 말하고 싶지 않은 것들이 있었다. 순간적으로 어두운 방의 그림자가, 닫힌 문과 문 옆 구석에서 그를 향해 뻗쳐 오던 그림자가 떠오르곤 했다. 그러나 게드는 얼른 그런 생각들을 제쳐 버리고 계속해 나갔다. 그런 공포와 어둠의 순간들은 단지 자신의 무지가 드리운 그림자일 뿐이라고 게드는 스스로를 달랬다. 더 많이 배우면 두려움은 누그러지리라. 마침내 마법사로서 힘이 충만해지면 이 세상 무엇도, 그 무엇도 두려울 게 없을 것이라고 그는 생각했다.

그 여름의 둘째 달, '달의 밤'과 '긴 춤' 절기를 지내기 위해 학교 사람들 모두가 또다시 대학당에 모였다. 이 해는 두 축제의 밤이 연이은 해로서 이런 일은 52년에 한 번씩 돌아왔다. 한 해 중 가장 짧은 만월의 밤, 모든 밤 중 가장 앞선 이 밤에 들판에선 플루트가 노래하고 스윌의 좁은 골목마다 북과 횃불들이 가득 찼다. 달빛 비친 로크 만의 바닷물 위로 노랫소리가 퍼져나갔다. 다음 날 해가 떠오르기 시작하자 로크의 창가대는 기나긴 「에레삭베의 위업」을 노래하기 시작했다. 이 노래는 해브너의 하얀 탑들이 지어진 사연이며 '옛 섬' 에아로부터 군도와 원해 전체를 거쳐 마침내 아득한 서원해 끝 난바다의 가장자리에서 용 오름을 만나기까지 에레삭베의 행적을 이야기해 나갔다. 그의 뼈는 갈가리 찢어진 갑옷에 싸여 외로운 섬 셀리더의 바닷가 용의 뼈들 사이에 널려 있지만, 그의 검은 해브너에서 가장 높은 탑 꼭대기에 세워져 오늘날에도 석양 무렵이면 내해 위에 붉게 타오른다.

찬가가 끝나자 긴 춤이 시작되었다. 해질 무렵 바닷가로 뻗어내린 로크의 거리거리마다 주민들과 마법사, 학생과 농부들이 남녀를 가리지 않고 한데 어울려 북소리와 피리와 플루트의 지절대는 가락에 맞춰 신나게 춤을 췄다. 만월에서 하루가 지난 달빛 아래 사람들은 춤추며 바닷물로 뛰어들었고, 음악 소리는 철벅이는 물소리와 파도 소리에 묻혔다.

동녘이 밝아 올 무렵 사람들은 다시 해변과 길 위로 돌아왔다. 북소리는 잦아들어 플루트만이 부드럽고 가냘프게 울고 있었다. 이 밤에는 모든 섬에서 이런 일이 벌어진다. 하나의 춤, 하나의 음악이 바다로 나뉜 육지들을 하나로 묶어 주었다.

긴 춤이 끝나자 사람들은 대부분 온종일 잠을 잤다. 그런 다음 저녁에 다시 모여 먹고 마셨다. 수련생이나 마술사인 젊은 축들은 대학당 안뜰에서 자기들끼리 잔치를 하려고 식당에서 저녁거리를 들고 나왔다. 들콩과 보옥, 게드도 거기에 끼어 있었고 그들 말고 예닐곱 명이 더 있었다. 외딴 탑에서 잠시 풀려난 손아래 소년들도 있었다. 이 잔치는 커렘카르머룩조차도 바깥으로 끌어냈던 것이다.

모두들 먹고 웃고 순전히 장난으로 마법을 부렸다. 왕의 궁정에서 여흥으로 선보일 법한 마술 재주들이었다. 한 소년이 백 개의 도깨비불로 안뜰을 밝혔다. 불빛들은 보석처럼 갖가지 색으로 반짝이며 사람들과 진짜 별들 사이에서 춤을 췄다. 다른 소년 둘은 초록 불꽃에 휩싸인 공과, 공이 가까이 오면 깡충깡충 뛰어 달아나는 핀을 가지고 볼링 게임을 했다.

그동안 들콩은 내내 공중에 다리를 꼬고 앉아 닭구이를 먹고 있었다. 막내 격의 소년 한 명이 끌어내려 보려 했지만, 들콩은 손이 안 닿게 약간 더 올라가서는 공중에서 빙긋이 웃음 지을 뿐이었다. 이따금씩 그가 닭뼈를 던지면 그것은 부엉이로 변해 부엉부엉 울며 성좌를 이룬 가짜 별들 사이를 날아다녔다. 게드는 빵 부스러기로 만든 화살을 쏘아 부엉이들을 맞혀 떨어뜨렸다. 땅에 닿는 순간 그것들은 뼈와 빵 부스러기로 돌아왔고 환상은 사라졌다.

게드는 또 들콩과 함께 공중에 떠 있으려고 했다. 그러나 그 주문의 요령을 몰랐던 탓에 계속 떠 있기 위해 팔을 퍼덕거려야 했다. 게드가 날면서 허우적대고 이리저리 박는 것을 보고 모두들 웃었다. 게드는 웃는 사람들을 위해 바보짓을 계속하며 그들과 함께 웃었다. 춤과 달빛과 음악과 길고도 마술 같은 이틀 밤을 보낸 후라 흥분되어 있었고, 무슨 일이 닥치건 아무렇지 않을 것 같은 쾌활한 마음이었다.

마침내 게드는 가볍게 땅에 내려섰다. 바로 보옥 옆이었다. 한번도 소리 내어 웃지 않고 있던 보옥은 게드를 피하면서 중얼거렸다.

"날지 못하는 새매라……."

게드가 빙그레 웃으며 맞받아쳤다.

"보옥은 어디 값진 보석이던가?"

춤추는 불빛들을 만들어 낸 소년이 그중 하나를 아래로 내려 보내 보옥의 머리 주위에서 반짝이게 했다.

"오, 마술사들 중의 보석이여, 오, 해브너의 보배시여, 우리를 위해 반짝여 주소서!"

보통 때만큼 냉정하지는 못한 태도로, 보옥은 얼굴을 찡그리곤 도깨비불을 떨쳐 내더니 손짓 한 번으로 꺼뜨려 버렸다.

"어린 녀석들과 난리법석과 바보 같은 짓들에는 정말 넌더리가 나."

그러자 위에서 들콩이 한마디 했다.

"이제 중년에 접어들고 있는 거지, 넌."

손아래 소년들 중 하나가 끼어들었다.

"괴괴하고 적막한 게 좋으면 언제라도 탑에 가 있으면 되잖아요."

게드가 그에게 말했다.

"이런 게 싫다면 좋은 건 뭔데, 보옥?"

"나와 동격인 친구지. 가세, 들콩. 수련생들은 장난감이나 갖고 놀라고 하고."

게드는 돌아서 보옥을 똑바로 마주했다.

"마술사가 수련생보다 나을 게 뭐지?"

게드의 목소리는 차분했지만, 소년들 모두가 즉각 굳어 버렸다. 이제 그의 목소리에도 보옥의 목소리에도, 그들 사이에 존재하던 경멸감이 칼집에서 뽑혀 나와 날을 드러낸 칼처럼 뚜렷하고 공공연하게 내비쳤던 것이다.

보옥이 대답했다.

"힘이지."

"실제로 해 본다면 내 힘이 당신에게 뒤지지 않을걸."

"나한테 도전하는 건가?"

"도전하는 거다."

들콩이 땅에 내려서 엄한 표정을 짓고 끼어들었다.

"마법 대결은 금지되어 있어. 너희도 잘 알잖아. 이제 그만둬!"

게드와 보옥 둘 다 말없이 서 있었다. 분명 그들은 로크의 규칙을 알고 있었고 들콩이 애정으로 행동하고 있는 줄도 알았다. 반면에 자신들은 미움으로 움직이고 있다. 그러나 분노는 시들지 않았고 그저 조금 켕겼을 뿐이었다. 잠시 후 보옥이 몸을 움직이더니 특유의 차가운 미소를 짓고 들콩한테만 들으라는 것처럼 말했다.

"네 염소치기 친구에게 규칙이 있어 다행이라는 걸 좀 일깨워 주지 그래? 저 녀석은 어디가 잘못된 모양이야. 그래, 내가 도전을 받아 줄 거라고 생각한 걸까? 염소 냄새 나는 자식, 초급 변신술도 모르는 수련생의 도전을 내가 수락할 거라고?"

"보옥, 내가 뭘 아는지 당신이 아나?"

아무도 주문 외는 소리를 듣지 못했는데 한순간 게드의 모습이 시야에서 사라지고 그 자리엔 거대한 매가 굽은 부리를 벌려 막 째지는 소리를 내지르려 했다. 그리고 다시 한순간 만에 게드가 팔락이는 횃불 빛 속에 어두운 눈초리로 보옥을 보며 서 있었다.

보옥은 한 발짝 뒤로 물러섰다. 놀란 기색이 역력했다. 그러나 곧 어깨를 으쓱하곤 한마디로 말했다.

"환상이야."

다른 소년들은 웅성거렸다. 들콩이 말했다.

"환상이 아니었어, 진정한 변신이었지. 이거면 충분해. 보옥, 자……."

"변화사님 등 뒤에서 『변화의 책』을 훔쳐 봤다는 것을 증명하기에 충분하지. 그래서? 계속해 봐, 염소치기야. 제 목에 올가미를 거는 게 꼴보기 좋군. 네가 나한테 뒤지지 않는다는 것을 증명하려고 하면 할수록 네 처지가 어떤지 더 똑똑히 드러내게 될 게다."

이렇게 되자 들콩은 보옥을 놔두고 지성으로 게드를 달랬다.

"새매야, 어른답게 이제 그만둬. 나랑 같이 가자."

게드는 친구를 보고 웃음을 지었지만 말한 것은 이랬다.

"잠깐 회그를 맡아 줘, 그래 주겠어?"

게드는 보통 때처럼 어깨에 태워 두었던 작은 오탁을 들콩의 손 안에 내려놓았다. 지금까지 게드 이외엔 누구도 녀석을 만지지 못했다. 그러나 지금은 들콩에게로 가더니 팔을 타고 올라가 어깨 위에 도사리고 앉았다. 그 커다랗고 빛나는 눈은 주인에게서 떨어질 줄 몰랐다.

게드는 보옥을 향해 아까처럼 조용히 말했다.

"이제 나보다 뛰어나다는 걸 보여 주기 위해서 뭘 할 건가, 보옥?"

"나는 아무것도 할 필요가 없어, 염소치기야. 하지만 해 주마. 네게 기회를 주겠어. 도전할 기회다. 사과 속의 벌레처럼 시기심이 널 좀먹고 있지. 이제 그 벌레를 끄집어내자고. 예전에 로크 동산에서 곤트 마법사들은 시합을 하지 않는다고 큰소리쳤겠다? 그럼 그 대신 뭘 하는지 이제 로크 동산으로 가서 구경시켜 줘 보시지. 그러고 나면 혹시 나도 약간의 마술을 보여 줄지 모르지."

"좋아, 보고 싶군."

나이 적은 축들은 조금만 무시해도 벌컥 화를 터뜨리는 게드의 성깔을 보아 왔기 때문에 지금처럼 냉정한 태도를 보고 놀랐다. 들콩은 놀라움이 아닌 점점 커지는 두려움을 품고 게드를 보았다. 그가 다시 말리려고 했지만 보옥이 말했다.

"아, 자넨 빠져, 들콩. 내가 준 기회에 뭘 할 참이지, 염소치기? 환각을 보여 줄 건가? 불덩어리를 만들 건가? 아니면 옴 걸린 염소를 치료하는 주문이라도 읊을래?"

"뭘 했으면 좋겠나, 보옥?"

손위 소년이 어깨를 으쓱했다.

"내 알 바 아냐. 죽은 자의 영혼이라도 불러내지 그래."

"불러오겠어."

"넌 못해."

보옥이 그를 똑바로 보았다. 돌연 그의 경멸적인 태도 위로 분노가 불타올랐다.

"넌 못해. 할 수 없다고. 큰소리만 쳐 대는 자식아!"

"내 이름을 걸고, 불러낼 테다!"

모두가 잠시 동안 완벽하게 굳어 선 채 움직일 줄 몰랐다.

게드는 온 힘으로 말리려는 들콩을 떨치고 뒤도 돌아보지 않고 성큼성큼 안뜰을 나갔다. 머리 위에 춤추던 도깨비불들이 꺼져 내렸다. 보옥은 아주 잠깐 머뭇거리다 게드를 뒤따랐다. 나머지 소년들도 입을 다문 채 호기심과 두려움에 젖어 우르르 그 뒤를 쫓아갔다.

*

로크 동산의 비탈은 달이 떠오르기 전 여름밤의 어둠 속으로 뻗어 올라가 그 정상부는 어둠 속에 묻혔다. 무수한 경이를 간직한 동산의 존재는 묵직했다. 그들을 둘러싼 공기마저도 무게를 지닌 듯했다. 동산 자락을 오르며 소년들은 이 동산이 얼마나 깊이 뿌리 박혀 있는지를 생각했다. 그 뿌리는 바다보다도 깊이 뻗어내려 세계의 핵심에서 비밀히 타는 해묵은 불덩이에까지 닿아 있을 터였다.

그들은 동쪽 비탈에 이르러 멈춰 섰다. 머리 위로 별들이 동산 정상의 검은 풀 너머 걸려 있었다. 바람 한 줄기 없었다.

게드는 다른 사람들로부터 떨어져 비탈을 조금 올라갔다. 그러곤 돌아서며 카랑카랑한 목소리로 말했다.

"보옥! 누구의 영혼을 부를까?"

"맘대로 불러. 아무도 듣지 않을 테니."

보옥의 목소리는 약간 떨렸다. 분노 때문인 듯했다. 게드는 조롱하듯이 부드럽게 응대했다.

"무서운가?"

보옥이 대답을 했더라도 게드는 듣지 않았다. 그는 더 이상 보옥을 신경 쓰지 않았다. 이제 그들은 로크 동산에 서 있었다. 미움과 분노는 사라져 버리고 완전한 확신이 그 자리에 들어찼다. 어느 누구에게도 시기심을 가질 필요가 없었다. 게드는 자신의 힘을 알았다. 이 밤, 이 어둡고 마법에 걸린 땅 위에서 그 힘은 그 어느 때보다도 커져 그를 가득 채웠다. 간신히 통제하고 있는 힘의 느낌에 게드는 전율했다. 이제 보옥이 자신보다 훨씬 못하다는 것을 알 수 있었다. 아마도 그는 그저 오늘밤 게드를 이리로 이끌어 오는 역할을 위해 존재했을 것이다. 그는 전혀 게드의 적수가 되지 못하고, 단순히 게드의 운명에 이용된 하인에 지나지 않았다.

발밑으로 동산의 뿌리가 암흑 속에 깊이깊이 뻗어 내려 있는 것이 느껴져 왔다. 그리고 머리 위로 메마르고 먼 불덩어리인 별들이 보였다. 그 사이의 모든 것이 게드의 명령과 요구를 기다리고 있었다. 게드는 세계의 중심에 서 있었다.

"겁내지 마."

게드는 웃음을 지었다.

"여자의 영혼을 불러 올리지. 여자는 무섭지 않겠지? 엘파란을 부르겠어, 「인라드의 위업」에 나오는 그 아름다운 아가씨를."

"엘파란은 천 년 전에 죽었어. 그녀의 뼈는 에아의 바다 밑에 가라앉았고. 그리고 어쩌면 그런 여자는 없었을지도 몰라."

"죽은 이에게 시간이나 거리가 문제가 될까? 노래들이 거짓을 말할까?"

똑같이 부드러운 조롱조로 대꾸한 뒤 게드는 말했다.

"내 양손 사이의 공기를 봐."

그러곤 다른 사람들로부터 돌아섰다.

게드는 크고 느린 동작으로 팔을 뻗었다. 죽은 자를 향해 열어 보이는 환영의 몸짓이었다. 그러면서 입을 열어 말하기 시작했다.

게드는 2년 남짓 전에 오지언의 책에서 이 소환 주문을 이루는 룬들을 읽었고 그 후론 다시 본 적이 없었다. 그때 그는 어둠 속에서 주문을 읽었더랬다. 지금의 이 어둠 속에서 게드는 마치 그날 밤 앞에 펼쳐져 있던 그 책의 글자들을 다시 읽는 것만 같았다. 그러나 이제는 자신이 읽은 것을 이해하고 있었다. 한 마디 한 마디를 큰 소리로 말하는 동안 그 내용을 생생히 깨닫게 되었고, 목소리와 몸짓과 손짓을 어떻게 주문에 엮어야 하는지 나타낸 표시들이 눈앞에 똑똑히 보였다.

다른 소년들은 지켜보며 서 있었다. 그들은 아무 말도 움직임도 없이 조금씩 떨 뿐이었다. 위대한 주문이 이루어지려 하고 있었다. 게드의 목소리는 아직 부드러웠지만 그 속에 깊은 울림을 띠며 점점 바뀌어 갔다. 그가 말하는 단어들을 다른 소년들은 알지 못했다.

게드가 침묵에 빠졌다. 갑자기 풀밭에서 바람이 휘몰아쳐 일어났다. 게드는 털썩 무릎 꿇으며 큰 소리로 불렀다. 그러고는 뻗친 팔로 땅을 껴안듯이 고꾸라졌다. 게드가 다시 일어서자 손과 팔 안에 무언가 거무스름한 것이 잡혀 있었다. 게드는 몹시도 무거운 듯 힘에 겨워 부르르 떨며 간신히 일어섰다. 언덕 위 검게 흐르는 풀들 사이로 뜨거운 바람이 스치며 가늘게 울었다. 혹시 별이 빛나고 있었더라도 아무도 그것들을 보지 못했다.

마법의 말들이 게드의 입술로부터 속삭이듯 웅얼거리듯 새어 나왔다. 이윽고 게드는 큰 소리로 분명하게 외쳤다.

"엘파란!"

다시금 그는 그 이름을 외쳐 불렀다.

"엘파란!"

그가 들어 올린, 형태가 없는 검은 덩어리가 갈라졌다. 그것이 뜯어지며 물레바늘 모양의 창백한 빛이 게드의 벌린 팔 사이에서 비쳐 나왔다. 땅에서부터 그가 들어 올린 손 높이까지 오는 갸름하고 희미한 광채였다. 그 광채로부터 잠시 동안 어떤 형체가, 사람 모양을 한 것이 움직였다. 그것은 어깨 너머로 돌아보는 키 큰 여인의 모습이었다. 그녀의 얼굴은 아름다웠고 슬픔에 가득 차 있었으며 두려움에 질려 있었다.

그 영혼이 거기서 반짝인 건 아주 짧은 동안이었다. 곧 게드의 팔에 안긴 그 누룻한 타원형 광채가 더욱 밝게 불타올랐다. 대지와 밤의 어둠을 찢은 빛의 틈새가 점점 크게 미어져 나갔다. 그것은 세계라는 커다란 천을 찢어 벗겨 내고 있었다. 무시무시한 빛이 그 찢긴 틈을 통해 비쳐 나왔다. 그리고 그 그릇된 빛을 통하여 시커멓게 뭉친 그림자 같은 무언가가 섬뜩한 모습으로 순식간에 기어 올라와 그대로 게드를 덮쳤다.

게드는 그것의 무게에 뒤로 비틀거리며 짧고 거친 비명을 내질렀다. 들콩의 어깨 위에서 지켜보고 있던 작은 오탁, 소리 낼 줄 모르는 그 짐승 또한 찢어지는 소리를 지르며 공격하려고 날

뛰었다.

게드는 고통스럽게 몸부림치며 싸웠다. 세계의 어둠을 찢고 열린 밝은 틈새는 게드 위에서 점점 넓고 크게 벌어져 가고 있었다. 구경하던 소년들은 도망쳤고, 보옥은 끔찍한 빛에 두 눈을 가리고 땅에 엎어졌다. 들콩 혼자만이 친구에게 달려갔다. 그래서 게드에게 달라붙어 몸을 쥐어뜯는 그림자 덩어리를 본 사람은 그뿐이었다. 그것은 검은 짐승처럼 보이는 물체로서, 부풀어 올랐다 꺼져 내렸다 하고 있기는 했으나 작은 아이만 한 크기였다. 머리도 얼굴도 없이 무시무시한 발톱이 돋친 네 발만 있었다. 놈은 그 발로 움키고 찢었다. 들콩은 공포로 흐느끼면서도 손을 뻗어 게드에게서 그것을 떼어 내려고 했다. 그러나 그것에 미처 닿기 전 그대로 묶여 버려 움직일 수 없게 되었다.

견딜 수 없는 광채가 약해지기 시작했다. 세계가 찢어진 틈이 서서히 도로 아물어 들었다. 가까운 곳에서 속삭이는 나무나 노니는 분수처럼 부드럽게 말하는 한 음성이 있었다.

별빛이 다시 반짝이고, 산허리의 풀들은 막 떠오른 달빛을 받아 희었다. 밤은 치유되었다. 빛과 어둠의 균형이 회복되고 안정을 찾았다. 그림자 괴물은 사라지고 없었다. 게드는 하늘을 보고 널브러져 있었다. 아직까지도 환영과 소환의 큰 몸짓을 하고 있는 양 두 팔을 쫙 뻗친 채였다. 얼굴은 피로 검게 물들고 윗옷에도 커다랗게 검은 얼룩이 졌다. 작은 오탁은 어깨춤에 옴

츠린 채 떨고 있었다. 거기 한 늙은이가 서 있었다. 그가 입은 망토가 떠오르는 달빛을 받아 희끄무레한 광택을 머금었다. 대현자 넴머를이었다.

넴머를의 지팡이 끝이 게드의 가슴 위를 더듬으며 은빛 광채를 뿜었다. 한 번 살짝 심장 부위를 건드리고 다시 입술을 건드리며 넴머를은 입속으로 뭐라고 말했다. 게드가 몸을 움직였고, 입을 벌려 숨을 쉬었다.

늙은 대현자는 지팡이를 거두어 땅에 짚었다. 그러고는 머리를 푹 수그리고 매달리다시피 지팡이에 기댔다. 서 있을 힘도 없는 듯했다.

들콩은 몸이 움직일 수 있게 된 것을 깨달았다. 주위를 둘러보자 이미 다른 사람들도 와 있었다. 소환사와 변화사였다. 커다란 마법의 행위가 일어났는데 그런 마법사들이 깨지 않을 리 없었다. 그들은 사태를 깨달은 즉시 일각의 지체도 없이 달려왔다. 그러나 대현자가 가장 빨랐다. 이제 호출을 받고 도착한 사람 몇은 대현자에게 갔다. 다른 몇 사람은 (들콩도 그중에 있었는데) 게드를 약초사 방으로 옮겼다.

소환사는 밤새도록 로크 동산에 머물러 주위를 경계했다. 세계가 찢어져 열렸던 산허리에선 아무 움직임도 찾아볼 수 없었다. 달빛을 뚫고 기어서 그 찢어진 틈을 찾아 나타나는 그림자는 없었다. 놈이 그곳을 통해 원래 영역으로 돌아갈지 모른다고 생각되었던 것이다. 놈은 넴머를의 손을 빠져나갔을 뿐 아니라 로크 섬을 둘러싸고 보호하는 엄청난 마법의 벽도 뚫고 도망쳤으나 아직 이쪽 세계에 있었다. 그것은 이 세계 어딘가에 숨었다. 만약 그날 밤 게드가 죽었더라면 그것은 게드가 열었던 출구를 찾아내어 죽음의 왕국으로 그를 따라갔거나, 아니면 그게 어디였든 제가 왔던 곳으로 되돌아갔을 터였다. 소환사가 로크 동산에 지켜 서서 기다린 것은 그 때문이었다. 그러나 게드는 살았다.

그들은 치료의 방에 게드를 뉘었다. 약초사가 그의 얼굴과 목과 어깨에 난 상처들을 돌보았다. 깊고 너덜너덜한, 지독한 상처였다. 상처에 고인 검은 피는 좀처럼 멎지 않았다. 주문을 걸고 거미집으로 감싼 페리옷 잎으로 상처를 싸맸지만 피는 싸맨 것을 비집고 계속 흘러나왔다. 게드는 아무것도 못 보고 듣지도 못한 채 서서히 타 들어가는 불 속의 막대기처럼 열을 내며 누워 있었다. 주문은 그를 태우는 것을 식혀 주지 못했다.

거기서 멀지 않은 곳 분수가 장난질하는 지붕 없는 뜨락에 누운 대현자 또한 조금도 움직이지 않았다. 그러나 그의 몸은 찼다, 아주 차가웠다. 오직 눈만이 살아서 달빛을 받은 물과 나뭇잎들의 움직임을 지켜보고 있었다. 그와 함께 있는 사람들은 아무 주문도 외지 않고 치료하느라 애쓰지도 않았다. 가끔씩 서로 조용히 얘기를 주고받고는 돌아서서 다시 자신들의 영주를 지켜볼 뿐이었다. 고요히 누운 대현자의 매부리코와 높은 이마와 하얗게 센 머리가 모두 달빛에 바래어 뼈처럼 희었다.

넴머를은 통제되지 않은 주문의 힘을 제어하고 게드로부터 그림자를 쫓아 버리는 데 가진 힘을 다 썼으며, 그와 함께 그의 육체적인 힘도 쇠했다. 넴머를은 누운 채 죽어 가고 있었다. 그러나 일생 동안 죽음 왕국의 메마르고 가파른 언덕길을 걸었던 위대한 마법사의 죽음이라는 것은 특별한 것이다. 그 죽어 가는 이는 앞길을 보지 못한 채 가는 것이 아니라 그 길을 알고서 확고하게 나아간다. 넴머를이 나무 사이로 올려다보고 있을 때, 그가 동틀 녘 희미해져 가는 여름의 별들을 보는지 아니면 결코 새벽을 맞은 적 없는 언덕 위의 결코 지는 일 없는 또 다른 별들을 보고 있는지, 함께 있던 사람들은 알 수 없었다.

그가 30년 동안이나 기르던 짐승인 오스킬의 갈까마귀는 사라지고 없었다. 아무도 그것이 어디로 갔는지 보지 못했다.

"그분보다 먼저 날아가는군요."

밤샘을 하던 조형사는 그렇게 말했다.

밝아 온 날은 따뜻하고 청명했다. 스웰의 거리는 숨죽이고 있었다. 정오 무렵 찬미사의 탑에서 쇠종이 크고 거친 소리를 토하며 울릴 때까지 아무도 큰 소리로 말하지 않았다.

다음 날 로크의 아홉 스승들은 내재의 숲 어두운 나무 밑 어디쯤에 모였다. 그들은 그곳에서조차 주위로 아홉 겹 침묵의 벽을 세웠다. 어스시의 모든 마법사들 가운데 새로운 대현자가 될 이를 선택할 때, 어떤 사람도 어떤 힘도 말을 걸거나 엿들을 수 없게 한 것이다. 뽑힌 이는 '길' 섬 사람인 겐셔였다. 배 한 척이 급히 내해를 가로질러 서쪽 섬으로 보내졌다. 대현자를 로크로 모셔 오기 위한 것이다. 풍향사가 배 고물에 서서 돛에 마법풍을 끌어올렸고, 배는 빠르게 출발해 모습을 감췄다.

이러한 일들을 게드는 전혀 몰랐다. 그 무더운 여름의 넉 주 동안 그는 눈멀고 귀먹고 아무 말도 할 수 없는 채 누워 있었다. 가끔씩 짐승처럼 신음하거나 울 따름이었다. 약초사의 끈질긴 기술들이 끝내는 치유의 힘을 발휘하기 시작했다. 상처는 아물기 시작했고 열도 내렸다. 아주 조금씩 청각도 되돌아오는 듯했다. 그러나 말은 전혀 할 수 없었다.

가을의 어느 화창한 날, 약초사는 게드가 누워 있는 방의 덧창을 열었다. 로크 동산에서의 그날 밤 이후로 게드에겐 오직 어둠만이 있었다. 이제 그는 낮의 빛을, 내리비치는 햇살을 보았다. 그는 손으로 흉터 난 얼굴을 가리고 슬피 울었다.

겨울이 올 때까지도 게드는 더듬거리면서 겨우 말을 하는 정도였다. 약초사는 그를 치료의 방에 머물러 둔 채 심신의 힘을 되찾게끔 정성을 기울였다. 그는 초봄이 되어서야 마침내 게드를 풀어 주며 제일 먼저 대현자 겐셔에게 충성의 맹세를 하도록 보냈다. 겐셔가 로크에 도착해 학교의 모든 사람들이 그 의무를

행했던 때 게드는 거기 낄 수 없었던 것이다.

게드가 앓고 있던 몇 달 동안 동료 중 누구도 면회 허락을 받지 못했다. 이제 지나쳐 가는 게드를 보고 몇몇 사람들은 서로 물었다.

"저건 누구지?"

예전의 게드는 가뿐하고 유연하며 강했다. 지금은 고통으로 절룩이며 태도는 주춤주춤, 얼굴도 똑바로 들지 못했다. 그의 얼굴 왼쪽에는 허옇게 흉터가 져 있었다. 게드는 아는 사람도 모르는 사람도 모두 피하면서 곧바로 분수의 뜰로 갔다. 한때 게드가 넴머를을 기다렸던 그곳에서 겐셔가 그를 기다리고 있었다.

예전의 그 늙은 대현자처럼 새로 온 대현자도 하얀 망토를 두르고 있었다. 그러나 길 섬을 비롯한 동원해 사람들이 대부분 그렇듯 겐셔는 피부가 검었고 짙은 눈썹 아래 바라보는 두 눈도 검었다.

게드는 무릎을 꿇고 충성과 복종의 맹세를 했다. 겐셔는 잠시 동안 아무 말이 없었다. 그러곤 마침내 말했다.

"자네가 저지른 일은 알고 있네. 그러나 자네가 무엇인지는 모르겠군. 나는 자네의 충성 맹세를 받아들일 수가 없네."

게드는 일어섰고, 침착을 찾기 위해 분수 옆의 어린 나무 줄기를 붙잡았다. 말을 하려면 아직도 시간이 걸렸다.

"제가 로크를 떠나야 합니까, 대현자님?"

"로크를 떠나고 싶은가?"

"아닙니다."

"어떻게 하고 싶나?"

"여기 있고 싶습니다. 배우고 싶어요. 그 악한 것을……, 도로 없애고……."

"넴머를도 그 일은 할 수 없었네. 아니야, 자넬 로크에서 떠나보내지는 않겠네. 로크 대마법사들의 힘과 모든 악한 것들의 근접을 막는 이 섬의 방어물들이 아니면 그 무엇도 자네를 지켜줄 수 없으니까. 지금 떠난다면 자네가 풀어놓은 그것이 즉시 자네를 찾아내어 자네 속으로 들어가 자네를 지배할 걸세. 자네는 더 이상 인간이 아니라 자네가 햇빛 아래로 끌어올린 악한 그림자의 의지대로 하는 꼭두각시 '겝베스'에 지나지 않게 될 테지. 자네는 여기 머물러야 해. 그것으로부터 자신을 지키기에 충분할 만큼의 힘과 지혜를 얻을 때까지……, 그렇게 될 수 있다면 말이지만. 바로 이 순간조차도 그것은 자네를 기다리고 있네. 틀림없이 기다리고 있어. 그날 밤 이후로 그것을 본 적이 있는가?"

"꿈속에서요, 대현자님."

잠시 뜸을 들인 후 게드는 고통과 수치심에 잠겨 말을 이었다.

"겐셔 님, 저는 그게 무엇이었는지 모르겠습니다. 주문으로부터 뛰쳐나와 저에게 들러붙었던 그……."

"나도 모른다네. 그건 아무 이름도 없어. 자네는 아주 뛰어난 힘을 타고났네. 하지만 그 힘을 잘못 사용했지. 자네가 통제할 수 없는 것에 주문을 행한 거야. 그 주문이 빛과 어둠, 삶과 죽음, 선과 악의 균형에 어떤 영향을 미치는지도 모르면서 말일세. 그저 자존심과 미움 때문에 그런 짓을 했지. 그 결과가 이렇게 지독하다는 게 놀랄 일이겠나? 자네는 죽은 이의 혼을 불러냈네. 하지만 혼과 함께 생명 없음의 힘에 속한 것 하나가 왔어. 이름이 없는 곳에서 온 그것은 부르지 않았어도 나타났지. 악이야, 그것은 자네를 통해 악을 행하려고 해. 그것을 불러낸 자네의 힘이 그것에게 자네를 지배할 힘을 준 것일세. 자네는 이제 그것과 연결되어 있어. 그것은 자네 오만의 그림자이고, 자네 무지의 그림자이며, 자네가 던진 그림자일세. 그림자에 이름이 있을까?"

게드는 초췌한 모습으로 메스꺼움을 느끼며 우두커니 서 있었다. 그러다 간신히 내뱉었다.

"죽었으면 좋았을걸."

"자네가 그런 판단을 할 수 있나, 자네를 위해 넴머를이 자기 생명을 내주었는데? 여기 있으면 안전해. 자네는 여기서 살아야 하네. 여기서 수련을 계속해야지. 자넨 똑똑했다더군. 가서 할 일을 하게. 잘하게, 그게 자네가 할 수 있는 전부일세."

그렇게 이야기를 끝내고 겐셔는 마법사들이 하는 식대로 홀연히 사라졌다. 햇빛 아래 분수 물이 퐁퐁 솟고 있었다. 게드는 한동안 그것을 바라보고 그 조잘거림을 들으면서 넴머를을 생각했다. 언젠가 이 뜰에서 자신이 햇빛으로 말해진 단어인 양 느꼈던 적이 있었다. 이제 어둠 또한 말해졌다. 취소할 수 없는 한마디가 말해졌다.

게드는 뜰을 떠나 남쪽 탑에 있는 방으로 돌아갔다. 그 방은 그가 쓰도록 비어 있었다. 게드는 그 방을 혼자 썼다. 저녁 식사를 알리는 종이 울리자 그는 식당으로 갔다. 그러나 긴 탁자의 다른 젊은이들과 말을 나누지 않았고, 얼굴을 들어 사람을 마주 보지도 않았다. 가장 친절하게 맞이해 준 이들에게도 마찬가지였다. 하루 이틀 지나자 아무도 게드를 건드리지 않았다. 혼자가 되는 건 그가 원하는 바였다. 자기도 모르는 새 행동이나 말로 악을 저지를까 봐 두려웠다.

들콩도 보옥도 보이지 않았지만 게드는 그들 소식을 묻지 않았다. 게드가 선두를 달리며 압도했던 아이들이 이제는 모두 그를 앞지르고 있었다. 게드는 여러 달을 잃어버린 것이다. 그 봄과 여름 내내 그는 손아래 소년들과 함께 공부했고, 그들 가운데서도 전혀 뛰어나지 못했다. 주문을 말하려 하면, 심지어 가장 쉬운 환상 주문을 쓰려 해도 혀가 굳었고, 손 또한 기술을 사용하는 데 멈칫거렸다.

가을이 되자 게드는 다시 한번 명명사에게 배우러 외딴 탑으로 갔다. 전에는 지긋지긋했던 이 일이 지금은 기뻤다. 침묵, 어떤 주문도 엮지 않는 기나긴 배움의 시간, 그리고 여전히 자신의 내부에 있음이 느껴지는 힘을 발휘하지 않는 것이야말로 게드가 찾던 바였다.

탑으로 가기 전날 밤 게드의 방을 찾아온 사람이 있었다. 갈색 여행 망토를 걸치고 쇠로 마구리한 참나무 지팡이를 든 이였다. 마법사의 지팡이를 보고 게드는 일어섰다.

"새매야."

그 목소리에 눈을 들자, 거기 서 있는 사람은 들콩이었다. 늘 그랬듯 견실하고 튼튼한 모습이었다. 그의 검고 무뚝뚝한 얼굴은 좀 더 나이 들어 보였지만 미소는 예전과 다름없었다. 들콩의 어깨 위에는 얼룩무늬 털에 반짝이는 눈을 가진 작은 짐승이 올라앉아 있었다.

"네가 아픈 동안 얘는 나와 같이 있었어. 이제 헤어져야 한다니 섭섭하구나. 그리고 너, 새매와 헤어지는 일은 더 섭섭하다. 하지만 나는 고향으로 돌아갈 참이라서. 자, 회그! 진짜 주인에게 가거라!"

들콩은 오탁을 가볍게 쓰다듬어 주고는 바닥에 내려놓았다. 그 짐승은 게드의 잠자리에 자리를 잡고 마른 잎사귀 같은 작은 갈색 혀로 털을 다듬기 시작했다. 들콩은 웃었지만 게드는 웃을 수가 없었다. 게드는 얼굴을 감추려고 몸을 굽혀 오탁을 어루만졌다.

"찾아오지 않을 줄 알았는데, 들콩."

탓하려고 한 말은 아니었다. 그러나 들콩은 대답했다.

"오려고 해도 올 수 없었던 거야. 약초사께서 막으셨거든. 그리고 겨울부터는 쭉 숲의 스승님과 함께 틀어박혀 있었지. 지팡이를 얻기 전까지는 자유롭지 못했어. 들어 봐, 자유로워지거든 너도 동원해로 오렴. 기다리고 있을 테니. 그곳의 작은 마을들은 활기가 넘치고 마법사를 환영한단다."

"자유라……."

게드가 중얼거렸다. 그러고는 웃으려고 노력하며 조금 어깨를 들썩였다.

들콩이 그를 바라보았다. 예전에 바라보던 눈빛과 정확히 똑같지는 않았다. 우정이 깃든 눈빛임에는 변함이 없지만 이제 좀 더 마법사다운 표정을 띠었다. 그가 부드럽게 말했다.

"영원히 로크에 묶여 머물러 있게 되진 않을 거야."

"글쎄……. 그에 대해 생각해 봤지. 아마도 난 탑의 스승님과 함께 연구하게 될 거야. 잃어버린 이름을 찾아 책들을 뒤지고 별을 탐구하는 사람들 중 하나가 되겠지. 그러면……, 그러면 더 이상 피해를 끼치진 않을 테지, 크게 좋은 일은 못하더라도……."

"글쎄다. 내가 예지자는 아니지만 네 앞길이 보이는걸. 네 앞길엔 방이나 책들이 아니라 머나먼 바다와 용이 뿜어내는 화염과 도시의 탑처럼, 높고 멀리 나는 매가 볼 만한 그런 것들이 있구나."

"그럼 뒤엔, 내 뒤엔 뭐가 보이지?"

게드가 그렇게 말하며 몸을 꼿꼿이 세웠으므로 둘 사이에 빛나던 도깨비불이 벽과 바닥에 그의 그림자를 던졌다.

게드는 이윽고 옆으로 고개를 돌리곤 더듬거리며 말했다.

"그래도 어디로 갈 건지, 뭘 할 건지 얘기해 줘."

"고향에 갈 거야, 아우들이랑 누이를 보러. 전에 얘기했지? 난 누이가 아주 조그맸을 때 떠났어. 그 애도 곧 이름을 갖게 되지. 생각하면 정말 이상한 기분이야! 거기 작은 섬들 사이 어디서 마법사로 일하려고 해. 아, 더 있으면서 얘기하고 싶은데 그럴 수가 없구나. 내가 탈 배는 오늘 밤에 떠나. 벌써 조수가 바뀌었어. 새매야, 혹시 언제든 네 발길이 동쪽으로 향하게 되거든 날 찾아와. 언제라도 내가 필요하다면 내 진짜 이름으로 나를 부르렴, '에스타리올'이라고."

그 말에 게드는 흉진 얼굴을 들어 친구와 눈을 마주쳤다.

"에스타리올. 내 이름은 게드야."

그런 뒤 둘은 조용히 서로 작별을 고했다. 들콩은 몸을 돌려 돌 깔린 회랑을 걸어 나가 그대로 로크를 떠났다.

게드는 마치 굉장한 소식을 들어 그것을 받아들이기 위해 마음을 넓혀야 하는 사람처럼 한참 동안 가만히 서 있었다. 들콩이 준 것은 진정 엄청난 선물이었다. 자신의 진정한 이름을 알려 준 것이다.

본인과 이름을 지어 준 사람을 빼고는 어느 누구도 사람의 참 이름을 알지 못한다. 친동기간이나 아내나 벗에게라면 혹시 그 이름을 가르쳐 줄 수 있겠지만, 그런 소수의 사람들조차도 남이 들을 수 있는 데선 그 이름을 사용하지 않았다. 다른 사람들 앞에서는 그들도 남들처럼 평소 쓰는 이름 즉 '새매'니 '들콩'이니 솔방울을 뜻하는 '오지언' 같은 별명으로 사람을 부른다. 평범한 사람들이 그와 같이 전적으로 사랑하고 신뢰하는 몇몇 사람을 제외한 모두에게 자신의 참 이름을 숨겨야 한다면, 마법 재능을 지닌 사람들이 이름을 숨겨야 할 이유는 훨씬 더 컸다. 마력을 지닌 이들은 그들 자신이 위험 인물인 것과 똑같이 위험에 노출돼 있기도 하기 때문이다. 어떤 이의 이름을 안다는 것은 그 사람의 생명을 손아귀에 쥐는 것이다. 그러므로 자기 자신에 대한 믿음을 잃어버린 게드에게, 들콩은 친구만이 줄 수 있는 선물을 한 셈이었다. 그것은 지금껏 흔들리지 않았고 장차도 결코 흔들리지 않을 신뢰의 증거였다.

게드는 잠자리에 주저앉아 도깨비불이 꺼져 나가도록 내버려 두었다. 불은 꺼지면서 희미하게 늪지의 썩은 내를 풍겼다.

게드가 오탁을 어루만지자 녀석은 느긋하게 기지개를 켜더니 늘 그랬다는 듯이 무릎 위에 도사리고 잠이 들었다. 대학당은 조용했다. 그 조용함은 게드에게 처음 길을 떠났던 날, 오지언이 자신의 참 이름을 알려 주었던 그날을 떠올려 주었다. 그로부터 4년이 지났다. 게드는 발가벗고 이름도 갖지 못한 채 걸어 지났던 그 산속 샘물의 차가움을 기억했다. 그의 생각은 반짝이던 또 다른 물웅덩이들, 곧잘 수영을 하던 아르 강의 물웅덩이들의 추억에 빠져들었다. 장대한 산비탈 숲 아래 자리 잡은 오리나무 마을의 기억들도 떠올랐다. 아침이면 먼지 날리는 마을 거리에 서서히 걷혀 가던 산그림자와, 겨울날 오후 대장간 불가마 속에서 풀무 바람에 피어오르던 불길과, 주문과 연기로 가득 차 공기조차 묵직한 마녀 오두막의 콜콜한 냄새 같은 것들을 게드는 추억했다. 오랫동안 떠올린 적이 없는 것들이었다. 이제 그것들이 되돌아왔다. 이 밤, 열일곱 살이 된 지금에야 게드의 짧고 조각난 삶을 구성한 시간들과 장소들 전부가 의식 안에 되돌아와 완전해졌다. 이토록 오래 쓰라리고 헛된 세월을 보낸 후 게드는 마침내 다시 한번 알게 되었다, 자신이 누구이며 어디에 있는가를.

그러나 닥쳐올 세월 속에 앞으로 가게 될 곳은 볼 수 없었다. 그는 그것을 보기가 두려웠다.

다음 날 아침 게드는 도보로 길을 나서 섬을 가로질렀다. 어깨 위에는 예전처럼 오탁이 올라타고 있었다. 이번엔 외딴 탑까지 걸어가는 데 이틀이 아니라 사흘이 걸렸고, 우르릉 철썩 파도 소리 요란한 바다 위로 고개를 든 북쪽 곶의 그 탑이 시야에 들어왔을 때에는 아주 기진맥진해 버렸다. 탑 안은 게드가 기억하던 대로 어둡고 싸늘했으며 커렘카르머룩은 높은 자리에 앉아 이름들을 줄줄이 적어 내려가고 있었다. 그는 한번 흘끗 눈길을 주었을 뿐 흡사 게드가 탑을 떠난 적도 없었던 것처럼 어서 오라는 인사 한마디 하지 않았다.

"가서 자라. 지치는 건 어리석지. 내일부터 『창조자들의 과업』 책을 펼쳐 그 속에 있는 이름들을 배우자꾸나."

겨울의 끝무렵 게드는 대학당으로 되돌아왔다. 그는 마술사가 되었고, 그때는 대현자 겐셔도 충성의 맹세를 받아들였다. 그로부터 게드는 고급 기술을 익히며 탐구하기 시작하여, 환상 기술을 졸업하고 진정한 마법을 다루며 마법사로서 지팡이를 얻기 위해 알아야 할 것들을 배웠다. 주문을 말할 수 없었던 증세는 몇 달에 걸쳐 점차 나았다. 손의 재주들도 되돌아왔다. 그러나 공포를 통해 배운 길고 고된 교훈으로 인해 게드는 결코 예전처럼 서두르지 않았다. 하지만 무슨 나쁜 일은 일어나지 않았고 일어날 조짐도 보이지 않았다. '창조'와 '형태 만들기'에 관한 대단히 중요한 주문들을 다루면서도 아무 일이 없었다. 그것들은 가장 위험한 주문들이었다. 게드는 때때로 자신이 해방

시킨 그림자가 혹시 약해졌는지, 혹시 이 세계 밖으로 도망간 건 아닌지 궁금해했다. 더 이상 꿈에도 나타나지 않았기 때문이다. 그러나 마음속으로는 그런 희망이 부질없는 것임을 알고 있었다.

게드는 스승들과 고대 전승집들로부터 자기가 풀어놓은 그림자와 같은 존재들을 다룰 방법을 배우려 했다. 소득은 거의 없었다. 그러한 생물을 꼭 들어맞게 묘사하거나 언급한 기록은 전혀 없었다. 기껏해야 오래된 책들 군데군데 어쩌면 그림자 괴물일지도 모르는 것에 관한 암시가 있는 게 다였다. 그것은 인간의 망령이 아니었으며 땅의 옛 힘이 만들어 낸 것도 아니었다. 하지만 이것들과 어느 정도 연관이 있어 보였다. 『용에 관하여』란 책을 게드는 아주 꼼꼼하게 읽었다. 거기엔 옛 힘들 중 하나에 지배당한 한옛날의 용주 이야기가 나왔다. 먼 북녘 땅의 말하는 돌이 그 사람을 지배한 힘의 본체였다. 책에는 이렇게 나와 있었다. "그 돌의 명령에 따라 그는 죽은 자들의 왕국으로부터 죽은 자의 영혼을 불러내기 위해 입을 열었다. 그러나 그의 마법은 그 돌의 의지에 방해를 받아, 죽은 자의 영혼과 더불어 소환하지 않은 것이 따라왔다. 그것이 안으로부터 그를 먹어치워 그의 형상을 입고 배회하며 사람들을 죽였다." 그러나 그 책엔 그것이 무엇이었는지에 대해선 언급이 없었고, 이야기가 어떻게 끝났는지도 알려 주지 않았다. 학교의 스승들도 그러한 그림자가 어디에서 비롯했는지 몰랐다. 대현자는 생명 없음으로부터 나왔다고 했고 변화사는 세계의 그릇된 측면으로부터 비롯되었다고 말했다. 소환사는 모르겠다고 했다. 소환사는 게드가 앓고 있던 동안 자주 와서 곁에 앉아 있었다. 그는 변함없이 근엄하고 무뚝뚝했으나 이제 게드는 그가 자신을 측은히 여긴다는 것을 알았고 그를 경애했다.

"나는 모르겠다. 아는 것은 이것뿐이야, 정말로 엄청난 힘만이 그런 것을 불러올릴 수 있다는 것. 아마도 단 하나의 힘, 단 한 목소리, 바로 네 목소리만이 그럴 수 있었을 게다. 그러나 그게 대체 무엇인지는 모르겠구나. 너는 알아낼 게다. 알아내야만 해, 아니면 죽게 될 테니. 어쩌면 죽는 것보다 더 나쁜 일이 생길지도 모른다."

그의 말은 부드러웠고 게드를 보는 눈은 침울했다.

"아이 적엔 마법사가 뭐든 할 수 있는 사람인 양 여겨졌겠지. 나도 한때는 그랬단다. 우리 모두 다 그래. 하지만 진실은 진정한 힘이 커지고 지식이 넓어질수록 갈 수 있는 길은 점점 좁아진다는 것이다. 끝내는 선택이란 게 아예 없어지고 오직 해야 할 일만이 남게 된단다……."

게드가 열여덟 번째 생일을 맞은 후 대현자는 그를 조형사에게 보내 공부하게 했다. 내재의 숲에서 배우는 것들에 관해 다른 곳에서 들을 수 있는 바는 적었다. 거기선 주문이 듣지 않지만 그 장소 자체가 하나의 마법이라고들 했다. 그 숲의 나무들은 때로는 보였다가 때로는 보이지 않았고, 늘 한자리에 고정돼 있는 것도 언제나 로크 섬의 일부인 것도 아니었다. 그 숲의 나무들 자체에 지혜가 깃들어 있고 조형사의 최고 마법들은 그 숲에서 배운 것이라는 말이 있었다. 그렇기에 그 나무들이 죽는다면 그의 지혜도 꺼질 것이며, 그때가 되면 물들이 차올라 세고이가 신화 시대보다도 더 전에 심연으로부터 끌어올린 어스시의 섬들, 인간과 용들이 살아가는 모든 땅이 다 잠기게 되리라고 했다.

그러나 이 모든 것이 떠도는 이야기들일 뿐이었다. 마법사들은 그에 관해 함구했다.

여러 달이 지났다. 어느 봄날 게드는 마침내 대학당으로 돌아왔다. 다음으로 어떤 지시를 받게 될지는 알 수 없었다. 들판을 가로질러 로크 동산으로 이어지는 작은 길을 온 게드는 문에서 한 노인과 마주쳤다. 노인은 문간에서 그를 기다리고 있었다. 처음엔 누구인지 알아보지 못했지만 정신을 집중하자 기억이 났다. 5년 전 학교로 들여보내 주었던 그 사람이었다. 노인은 미소를 지었고 게드를 이름 불러 환영하며 물었다.

"내가 누군지 알겠나?"

게드는 이전에 왜 '로크의 아홉 스승'이라고 일컫는지 늘 궁금했다. 게드가 아는 바로 대마법사는 여덟 명뿐이었다. 풍향사,

기예사, 약초사, 찬미사, 변화사, 소환사, 명명사, 조형사. 대현자를 아홉째 사람으로 쳐서 말하는가도 싶었다. 그러나 새로운 대현자가 뽑혔을 때, 그를 뽑기 위해 아홉이 모였더랬다. 게드가 말했다.

"수문사(守門師)님이시군요."

"그렇네. 게드, 자넨 자네 이름을 말함으로써 로크에 들어왔지. 이제 내 이름을 말함으로써 마음대로 드나들 수 있는 자유를 얻을 걸세."

그렇게 말하며 노인은 빙그레 웃었고, 기다렸다. 게드는 멍하니 서 있었다.

게드는 물론 사물과 사람의 이름을 알아내는 방법과 기술과 수단들을 수천 가지라도 알았다. 로크에서 배운 것 가운데 그런 지식을 요하지 않는 것은 하나도 없었다. 그것을 빠뜨리고선 효력이 있는 마법이 거의 없다. 그러나 큰 마법사이자 대가인 분의 이름을 알아내는 것은 또 다른 문제였다. 현자의 이름은 바다 속의 청어보다도 잘 숨겨져 있으며 용의 굴보다도 철저히 지켜진다. 비밀을 캐는 주문은 더 강한 주문을 만나고 교묘한 수단도 허사로 돌아간다. 영악한 심문은 영악하게 분쇄당하고, 힘을 쓰는 건 자멸적인 결과를 돌려받게 될 뿐이었다. 게드는 결국 이렇게 말했다.

"당신이 지키시는 문은 좁군요, 대마법사님. 전 문 밖 이 들판에 앉아 있어야겠습니다. 그 문을 통과할 수 있을 때까지 단식하면서요."

문지기가 웃으며 대답했다.

"그러고 싶거든 얼마든지 그러게."

그래서 게드는 조금 물러나서 스윌 강둑의 오리나무 아래 가서 앉았다. 그는 오탁을 내려놓아 찰흙 둔덕의 민물게를 사냥하고 강물에서 놀게 했다. 해는 늦게 저물어 주변이 환했다. 봄이 무르익었기 때문이다. 대학당의 창문들에서 등불 빛이며 도깨비불 빛들이 비쳐 나오고, 언덕 아래론 스윌 마을의 거리거리가 어둠에 잠겼다. 부엉이가 지붕들 위를 날아 지나며 울음소리를 내고 박쥐들이 강물 위 땅거미 진 대기 속을 날았다. 아직까지도 게드는 힘으로든 꾀로든 아니면 마법으로든 어떻게 문지기의 이름을 알아낼 수 없을까 생각하고 있었다. 생각하면 할수록 아무 생각도 나지 않았다. 그가 이 5년 동안 로크에서 배운 모든 마법 기술들 중 어느 무엇도 그처럼 큰 마법사에게서 그렇게 엄중한 비밀을 쥐어짤 순 없었다.

게드는 들판에 누워 별들 아래서 잠들었다. 오탁은 그의 주머니 안에 둥지를 틀었다. 태양이 뜬 후, 그때까지 아무것도 먹지 않은 채로 게드는 문으로 가서 두드렸다. 문지기가 문을 열었다.

"대마법사님, 전 선생님으로부터 이름을 끄집어낼 수 없습니다. 그렇게 강하진 못하니까요. 선생님을 속여서 이름을 빼앗아

낼 수도 없습니다. 그럴 만큼 지혜롭지도 못하지요. 그러니 저는 여기 머물러 있어도 괜찮습니다. 여기 있으면서 배우거나 섬기거나 무엇이든 하라시는 대로 하겠습니다. 혹시 제 질문에 대답을 해 주신다면 몰라도요."

"물어보게."

"당신의 이름은 무엇입니까?"

문지기는 미소를 지었고 자기 이름을 말했다. 그리고 그것을 따라 말함으로써 게드는 마지막으로 그 집에 들어갔다.

게드가 다시금 그곳을 떠났을 때엔 묵직한 암청색 망토를 두르고 있었다. 그것은 아래 토닝 주민들의 선물이었다. 게드는 그리로 가게 되었다. 거기서 마법사가 와 주길 바랐기 때문이다. 게드는 또 자기 키만 한 지팡이를 들고 있었다. 주목으로 깎아 만들고 청동으로 끝을 댄 지팡이었다. 문지기는 뿔과 이빨로 된 대학당 뒷문을 열어 그를 내보내 주며 잘 가라고 인사했다. 아침 나절 환한 물 위에서 기다리는 배를 향해, 게드는 스윌의 거리를 걸어 내려갔다.

펜더의 용

로크의 서쪽에 놓인 두 개의 큰 섬 호스크와 엔스머 사이는 '아흔 섬'으로 붐볐다. 세르드가 로크에 가장 가깝고 셉피시가 제일 멀었다. 셉피시는 거의 펠니시 해에 속한다. 그 섬들이 모두 합해 아흔 개인지 아닌지는 한번도 확실히 밝혀진 적이 없다. 마실 물이 솟는 섬만을 헤아리면 일흔 개쯤 되겠지만, 바위들을 다 세면 백을 세고도 아직 끝나지 않을 테고 그러노라면 조수가 바뀔 터였다. 자디잔 바위섬 사이를 흐르는 여울목은 아주 좁아서 내해의 완만한 조수가 거기서는 철썩이고 쿠르릉대며 높은 파도가 되어 치솟았다 무너지곤 했다. 그래서 물이 차는 만조 때는 셋으로 나뉘었다가 썰물 때는 다시 하나가 되는 섬도 있었다. 그렇게 물살이 위험스럽고 세찬데도 이곳에선 걸음마를 하는 아이들이라면 노 저을 줄도 알아 저마다 작은 배를 갖고 있었다. 아낙네들은 이웃과 함께 러시워시 차를 나누러 얕은 물목을 노 저어 건너곤 했다. 행상인은 노 젓는 박자에 맞추어 물건 파는 소리를 질렀다. 이곳에서 길이란 짠물로 이루어진 물길뿐으로, 집과 집 사이를 건너질러 쳐 놓은 그물만이 그런 길을 막았다. 그물은 터비라고 부르는 작은 고기를 잡기 위한 것이며 거기서 얻는 기름이 아혼 섬의 재산이었다. 다리는 아주 적었고 큰 마을은 아예 없었다. 작은 섬 하나하나마다 농장과 어부 집들이 빼곡히 들어차고, 그런 섬이 열에서 스물쯤 모여 마을을 이루었다. 아래 토닝은 그런 마을 중 하나였는데, 맨 서쪽에, 내해 아닌 난바다 쪽을 향해 던져져 있었다. 이 적막한 군도의 맨 가장자리 해역에는 용이 망쳐 놓은 펜더 섬이 있을 뿐, 그 너머론 서원해가 황량했다.

마을의 새 마법사를 위해 집 한 채가 준비되어 있었다. 푸른 보리밭에 에워싸인 언덕 위에 자리 잡은 집이었다. 꽃으로 붉게 치장한 펜딕나무 수풀이 서풍을 막아 주었다. 그 문간에 서면 떼를 얹은 다른 집들의 지붕과 숲과 뜨락이 바라다보이고, 저마다 지붕과 들판과 언덕들을 가진 다른 섬들이 보이고, 또 그 섬들 사이에 굽이굽이 얽혀 밝게 빛나는 바닷길들도 한눈에 들어왔다. 집은 허름했다. 창도 없는 흙바닥 집이었지만 그래도 게드가 태어났던 집보다는 좋았다. 아래 토닝의 섬 대표들은 로크에서 온 마법사를 향한 경외심에 가득 차서 서 있었다. 그들은 집이 누추하다며 황송해했다.

“집을 지을 돌이 없어서요.”

한 사람이 말했다.

“저희는 부자가 못 되어서 말씀입니다. 뭐, 굶지야 않습니다만.”

다른 사람이 이렇게 말하자 셋째 사람도 말했다.

“그래도 비는 새지 않을 겁니다. 제가 직접 지붕 뗏장을 손봤습니다요, 나리.”

게드에게는 궁전만큼이나 근사한 처소였다. 그는 마을 대표들에게 솔직하게 고맙다고 말했고, 그래서 그 열여덟 명은 각자 배를 타고 돌아가 자기 섬의 고기잡이 사내들과 아낙네들에게 새로 온 마법사는 말수 적고 음침한 친구이지만 빼기는 기색 없이 말씨도 반듯한 묘한 젊은이라고 했다.

게드가 마법사로서 처음 맡게 된 이 일은 별로 으스댈 만한 게 못 되기도 했다. 로크 섬에서 훈련받은 마법사들은 보통 도시나 성으로 가서 자신들을 높이 대우해 주는 신분 높은 사람들에게 봉사했다. 평소대로라면 아래 토닝의 고기잡이들에겐 어망에 주문을 걸거나 새 배에 노래를 불러 주고 짐승과 병든 사람들을 치료해 줄 평범한 마술사나 마녀면 족했을 것이다. 그러나 이 몇 년 사이 펜더의 늙은 용이 새끼를 쳤다. 사람들 말로는 현재 아홉 마리가 폐허가 된 펜더 해양공들의 탑을 보금자리 삼아 비늘 덮인 배를 끌며 대리석 계단을 오르내리고 부서진 문들로 들락거린다고 했다. 죽어 버린 그 섬에는 먹을것이 없으니 몇 년 내에 그것들이 자라나 배가 고파지면 섬 밖으로 날아 나올 터였다. 이미 호스크의 남서쪽 해안에서 네 마리가 목격된 바 있었다. 그들은 내려앉지는 않았지만 양 우리와 헛간과 마을들을 엿보며 비행했다. 용이 배고픔을 느끼는 데는 꽤 시간이 걸리지만 일단 배가 고파지면 그 허기는 쉽사리 가라앉지 않는다. 그래서 아래 토닝의 섬 대표들은 로크에 사람을 보내어 서쪽 수평선에 도사린 위협으로부터 지켜 줄 마법사를 청했고, 대현자는 그들의 두려움에 충분한 근거가 있다고 보았다.

"여기 가면 안락은 누릴 수 없네."

게드를 마법사로 세우던 날 대현자는 말했다.

"명예도 없고 부도 없고 모험을 할 일도 아마 없을 거야. 그래도 가겠나?"

"가겠습니다."

게드의 대답은 그저 복종에서 나온 것만은 아니었다. 로크 동산의 그 밤 이후 게드는 한때 명성과 자기 과시를 열망했던 것만큼이나 강하게 그것들을 피하고자 했다. 이제 그는 항상 자신의 능력을 의심하고, 힘을 시험하길 겁냈다. 그러나 용 이야기는 큰 호기심을 자아냈다. 곤트에는 수백 년간 용이 없었다. 그리고 어떤 용도 로크의 시야에, 주문이 미치는 범위 안에, 또는 냄새라도 맡을 수 있는 거리를 비행하지 못하므로 로크에도 다만 이야기와 노래가 있을 뿐 용들이란 실제로 볼 수 없는 존재들이었다. 게드는 학교에서 용에 관해 배울 수 있는 것은 모두 배웠다. 그러나 글로 읽는 것과 실제로 용을 만나는 것은 다른 일이다. 그런데 그 기회가 앞길에 환히 펼쳐진 것이다. 그래서 그는 진심으로 대답했다.

"가겠습니다."

대현자 겐셔는 머리를 끄덕였지만 낯빛은 침울했다. 끝내 그가 말했다.

"말해 보게. 로크를 떠나는 게 두려운가? 아니면 몹시도 떠나고 싶은가?"

"양쪽 다입니다, 대현자님."

다시 겐셔가 고개를 끄덕였다.

"안전한 이곳에서 자네를 내보내는 게 옳은 일인지 모르겠군."

매우 낮은 목소리였다.

"나는 자네의 길을 볼 수가 없네. 온통 암흑뿐이야. 그리고 북쪽에 어떤 힘이 있네. 자네를 파멸시킬지도 모를 뭔가가 있어. 하지만 그것이 무엇인지 어디에 있는지, 과거의 것인지 자네의 앞길에 있는지는 말할 수가 없구먼. 모두 그림자에 가려 있어.

아래 토닝 사람들이 왔을 때 바로 자네 생각이 들었네. 거기는 안전하고 그 길에서 벗어나 있는 것처럼 여겨졌기 때문이지. 거기 있으면서 힘을 비축할 여유를 가질 수 있을 것 같았다네. 하지만 자네에게 안전한 장소가 있을는지, 자네의 길이 어디로 향할는지 나는 알 수가 없어. 자네를 어둠 속으로 내보내고 싶지 않은데 말이지……."

처음에는 꽃핀 나무들 아래 있는 그 집이 충분히 밝아 보였다. 게드는 거기 살면서 자주 서쪽 하늘을 경계하여, 비늘 덮인 날개의 날갯짓 소리가 들려오지 않는지 마법사의 귀를 기울이곤 했다. 그러나 용은 나타나지 않았다. 게드는 집 앞 선창에 앉아 고기를 낚고 조그마한 텃밭을 가꿨다. 어떤 때는 로크에서 가져온 전승집들의 어느 한 쪽이나 한 문장, 한 단어에 종일 빠져 있기도 했다. 그러면 오탁은 곁에서 잠을 자거나 우거진 풀숲과 들국화 수풀 속으로 쥐잡이를 나갔다. 아래 토닝의 사람들이 청할 때면 게드는 언제라도 치료사와 날씨술사로 봉사했다. 다른 마법사라면 그렇게 단순한 기술들을 부리는 것을 창피해할지 모른다는 생각은 들지 않았다. 그는 예전에 이보다 더 가난한 마을 사람들 속에서 마술을 부리는 꼬마였던 것이다.

그렇긴 해도 마을 사람들이 게드에게 부탁하는 일은 많지 않았다. 그들은 게드를 어려워했다. 그건 게드가 현자의 섬에서 온 마법사이기 때문이기도 했지만, 그의 말없음과 얼굴 흉터 때문이기도 했다. 나이가 젊은데도 게드에겐 함께 있으면 사람들을 불편하게 만드는 데가 있었다.

그래도 게드는 친구를 하나 얻었다. 동쪽으로 이웃한 섬에 살고 있는 배 짓는 사람이었다. 그의 이름은 페크베리였다. 두 사람은 페크베리의 선창가에서 처음 만났다. 게드는 걸음을 멈추고 그가 조그만 외대박이 배에 돛대를 놓는 것을 구경하고 서 있었다. 페크베리가 마법사를 올려다보더니 빙긋 웃고 말했다.

"한 달 걸린 일이 이제 거의 끝나 갑니다. 당신이라면 말 한마디로 1분에 끝냈을 텐데요. 그렇죠, 마법사님?"

"그럴지도 모르죠. 하지만 계속 주문을 걸어 놓지 않으면 바로 다음 순간 가라앉아 버릴걸요. 그런데 혹시……."

게드는 말을 멈췄다.

"뭡니까, 마법사님?"

"음, 작지만 근사한 작품이에요. 그 배엔 모자란 점이 없군요. 하지만 원하신다면 배가 계속 튼튼하게 유지되도록 내가 묶기 주문을 걸 수 있는데요. 아니면 바다에서 돌아오는 데 도움이 되게끔 찾기 주문을 걸든가요."

게드는 주저주저 말했다. 기술자의 기분을 상하게 하고 싶지 않았던 것이다. 그러나 페크베리는 얼굴이 환해졌다.

"이 작은 배는 내 아들 겁니다, 마법사님. 그러니 이 배에 그런 주문을 걸어 주시겠다면 크게 신세 지는 일이죠. 정말이지

친절하십니다."

그러고는 둑을 올라와 게드의 손을 잡으며 고마워했다.

그 후로 그들은 종종 함께 일하게 되었다. 게드는 페크베리가 짓거나 수리한 배에 주문을 짜넣어 주고 그 보답으로 페크베리로부터 배 만드는 과정과 마법 없이 배 다루는 법을 배웠다. 로크에는 이런 평범한 항해 기술이 얼마간 부족했다. 게드와 페크베리와 그의 어린 아들 아이오에스는 곧잘 함께 수로와 얕은 물에 이 배 저 배를 띄우고 돛과 노로 조종하곤 했다. 그 일은 게드가 썩 훌륭한 뱃사람이 될 때까지 계속되었고, 그와 페크베리 사이엔 우정이 생겨났다.

늦가을이 되면서 그 배 만드는 이의 아들이 병에 걸렸다. 아이 어머니는 병 치료에 용하다는 테스크 섬의 마녀를 불렀다. 하루 이틀은 아이의 상태가 괜찮았다. 그러나 그 다음 날 폭풍우 치는 한밤중에 페크베리가 와서 아들을 살려 달라며 게드의 집 문을 두들겨 댔다. 게드는 그와 함께 배로 달려 내려가 어둠과 비를 뚫고 서둘러서 그의 집으로 노 저어 갔다. 거기서 게드는 이부자리에 뉘인 아이와 꼼짝 않고 곁에 웅크린 아이 어머니를 보았다. 마녀는 콜리 뿌리로 연기를 피우며 나지아 주술가를 부르고 있었다. 그녀가 아는 최고의 치료법이었다. 그러나 게드에게는 이렇게 귀띔했다.

"마법사 나리, 아무래도 이 열은 붉은열이에요. 아이는 오늘 밤에 죽을 겁니다."

무릎을 꿇고 아이에게 손을 올려놓았을 때 게드 역시 같은 생각을 했다. 그는 불현듯 손을 거둬들였다. 오랫동안 앓아누워 있던 기간의 마지막 몇 달 동안 약초사는 게드에게 치료자의 지식을 허다히 가르쳐 주었다. 그 맨 첫 가르침이자 최후의 가르침은 이것이었다. '상처를 치료하고 병을 낫게 하라, 그러나 죽어 가는 영혼은 가게 두어라.'

어머니는 게드의 동작을 보고 그 의미를 알고선 절망하여 큰 소리로 울었다. 옆에 섰던 페크베리가 말했다.

"새매 님이 아이를 살려 주실 거요, 여보. 울 필요 없다고! 선생님이 여기 계셔. 이분은 하실 수 있어."

아이 어머니의 통곡을 들으며, 페크베리의 믿음을 보며, 게드는 도저히 그들을 실망시킬 수 없었다. 그는 자신의 판단을 부정해 버리고 열을 가라앉히면 아이가 살 수 있을 거라고 생각했다. 그래서 그는 말했다.

"최선을 다해 보지요, 페크베리."

게드는 밖에서 갓 내린 차가운 빗물을 받아다 어린 소년의 몸을 씻겼다. 그리고 열을 다스리는 주문 중 하나를 읊기 시작했다. 그러나 그 주문은 열을 식히지도 병을 낫게 하지도 못했다. 게드는 돌연 아이가 팔 안에서 죽어 가고 있음을 느꼈다.

한순간 게드는 자신에 대해선 전혀 생각하지 않고 소환에 온 힘을 다했다. 그는 자신의 혼을 보내어 아이의 혼을 쫓아가며 아이의 이름을 불렀다.

"아이오에스!"

내부로부터 희미한 대답을 들었다고 여기고 게드는 한 번 더 불렀다. 그러곤 그 작은 아이가 저만치 앞서서 어두운 비탈을 빠르게 달려 내려가는 것을 보았다. 그곳은 어떤 거대한 언덕의 경사면이었다. 아무 소리도 없었다. 그 언덕 위에 떠 있는 별들은 그가 본 적 없는 별들이었다. 그러나 게드는 그 별자리들을 이름으로 알았다. 뭉치, 문, 도는 이, 나무. 그것들은 지지 않는 별들, 결코 여명에 빛바래지 않을 별들이었다. 그는 죽어 가는 아이를 너무 멀리 따라온 것이다.

그걸 안 순간 게드는 자신이 어두운 비탈에 혼자 남았다는 사실을 깨달았다. 되돌아가는 것은 어려운, 정말로 어려운 일이었다.

그는 천천히 뒤돌아섰다. 그러곤 언덕을 도로 올라가기 위해 느리게 한 발을 내딛고 다시 다른 발을 내딛었다. 한 걸음 한 걸음 그는 나아갔다. 발걸음마다 의지를 가져야 했고, 한 걸음 한 걸음이 점점 더 힘들어졌다.

별들은 움직이지 않았다. 메마르고 가파른 지면 위로는 바람 한 점 불지 않았다. 그 광활한 어둠의 왕국에서 오직 그만이 움직이고 있었다. 느리게 한 발 한 발 언덕을 오르며…….

게드는 언덕 꼭대기에 다다라 거기서 나지막한 돌담을 만났다. 그 담 건너편에는 한 그림자가 있었다.

그림자는 인간이나 짐승의 모습을 갖고 있지 못했다. 알아볼 만한 형체도 없이 간신히 분별해 볼 정도에 불과했으나, 게드를 향해 뭔가를 속삭이고 있었다. 뚜렷한 말이 들어 있지 않은 속삭임과 함께 그림자가 게드 쪽으로 스르르 뻗쳐 왔다. 더욱이 그것이 살아 있는 것들 쪽에 있고 게드는 죽은 자들 쪽에 서 있었다.

이제 언덕을 내려가 죽은 자들의 불빛 없는 도시와 황폐한 땅으로 가든가, 그 담을 넘어서 삶으로 되돌아 가든가 선택해야 했다. 하지만 그곳에는 그 형태 없는 사악한 것이 그를 기다리고 있었다.

영혼의 지팡이가 손 안에 있었다. 게드는 지팡이를 높이 들어 올렸다. 그 동작과 함께 힘이 밀려들어 왔다. 정면으로 그림자를 마주보고 낮은 돌담 위로 뛰어오를 때 지팡이는 한 순간 하얗게 타오르며 그 어스름에 덮인 땅에 눈이 멀 듯한 빛을 던졌다. 게드는 자기가 뛰어올라 다시 떨어지는 것까지를 인식했고, 그 다음엔 아무것도 느낄 수 없었다.

페크베리와 그 아내와 마녀가 본 것은 이랬다. 젊은 마법사는 주문을 읊다 뚝 그치더니 잠시 꼼짝 않고 아이를 붙들고 있었다. 그러곤 어린 아이오에스를 부드럽게 자리에 눕히고 일어나서 가만히 서 있었다. 손에는 지팡이를 쥔 채였다. 갑자기 그가 지팡이를 높이 쳐들자 지팡이에는 새하얀 불길이 타올랐다. 마치 손에 번갯불을 쥐고 있는 것 같았고, 오두막집의 세간 전부가 그 찰나의 빛을 받아 기괴한 생기를 띠고 도드라졌다. 눈을 어지럽힌 밝음이 가시자 그 젊은이는 흙바닥 위에 엎어져 있었다. 옆의 이부자리에서 아이는 누운 채 숨져 있었다.

페크베리가 보기엔 마법사도 죽은 것 같았다. 그의 아내는 흐느껴 울었지만, 그는 완전히 당황해 어쩔 줄을 몰랐다. 그러나 마녀는 마법에 대해서나 진정한 마법사의 길에 관해 얻어들은 것이 좀 있었다. 그래서 쓰러진 채 생기 없이 싸늘해 보였음에도 게드는 시체 취급을 받는 대신 아프거나 실신한 사람이 받을 대우를 받았다. 사람들은 게드를 집으로 옮기고, 그가 깨어날 잠을 자는지 그대로 영영 잠들지를 살펴보도록 늙은 여자 한 사람을 붙여 두었다.

낯선 사람이 오면 늘 그랬듯, 작은 오탁은 서까래 위에 숨어 있었다. 비가 벽을 때리고 화롯불이 사그라지고 화덕가에서 꾸벅꾸벅 조는 노파와 더불어 밤이 서서히 깊어 가는 동안 그놈은 줄곧 거기 있었다. 밤이 깊어서야 오탁은 살금살금 기어 내려와 게드에게 갔다. 게드는 막대기처럼 뻣뻣하게 뻗어 침대 위에 죽은 듯이 누워 있었다. 오탁은 마른 나뭇잎 같은 갈색 혓바닥으로 오랫동안 끈기 있게 주인의 손과 손목을 핥았다. 녀석은 게드의 머리맡에 웅크리고 앉아 관자놀이와 흉터 진 뺨을 핥고 감긴 눈을 부드럽게 핥았다. 그렇게 부드러운 건드림을 통해 게드는 아주 천천히 자신을 되찾았다. 자신이 어디에 있었는지, 지금 어디에 있는지, 둘러싼 공기 중에 희미하게 비치는 잿빛 광채가 무엇인지 아무것도 알지 못한 채로 그는 깨어났다. 광채는 동터 오는 새벽의 빛이었다. 게드가 정신을 차리자 오탁은 평소처럼 그의 어깨춤에 몸을 말고 잠에 빠졌다.

훗날 그 밤을 되돌아보고, 게드는 자신이 그렇게 길 잃은 혼으로 누워 있는 동안 아무도 건드리지 않고 어떻게 불러 주지도 않았더라면 자칫 영영 되돌아오지 못했을 수도 있었다는 사실을 알았다. 상처 입은 동료를 핥아 주는 벙어리 짐승의 본능적인 지혜가 그를 보살폈다. 그러한 지혜 속에서 게드는 자신의 힘과 흡사하며 마법만큼 심오한 어떤 것을 보았다. 그때부터 그는 현자란 말할 줄 아는 것이건 말 못하는 짐승이건 다른 살아있는 것들과 결코 따로 되려 하지 않는다는 신조를 갖게 되었고, 만년에는 들짐승의 눈에서, 새들의 비행에서, 나무들의 크고 느린 몸짓 속에서 배울 수 있는 것들을 배우고자 고요 속에 오래도록 걷곤 하였다.

게드는 이제 처음으로 무사히 경계를 건너갔다 돌아왔다. 살아서 그런 일을 해낼 수 있는 건 마법사뿐이며, 아무리 위대한 마법사라 할지라도 위험을 무릅써야만 하는 일이다. 그러나 돌아오자 거기엔 슬픔과 두려움만 있었다. 슬픔은 친구 페크베리 때문이며 두려움은 그 자신 때문이었다. 게드는 이제 왜 대현자가 자신을 내보내기 두려워했는지 이해했다. 그리고 그 대현자조차도 자신의 앞을 내다보지 못하게 시야를 흐리며 그림자를 드리웠던 게 무엇이었는지도 알았다. 바로 그 어둠이 그렇게 그를 기다리고 있었던 것이다. 그 이름 없는 것, 세계에 속하지 않은 존재, 그가 풀어놓았거나 만들어 놓은 그림자다. 그놈은 영혼의 형태를 입고 죽음과 삶을 가르는 그 경계선 담에서 오랫동안 그를 기다리고 있었다. 그리고 마침내 거기서 그를 찾아냈다. 그것은 이제 그를 쫓아올 터였다. 그에게 접근하여 그의 힘을 빨아먹고, 그의 육체로 옷 해 입길 꾀하면서…….

얼마 지나지 않아 게드는 머리도 얼굴도 없는 곰같이 생긴 괴물을 꿈에 보았다. 그놈이 문을 찾아 집의 벽을 더듬고 있었다. 그놈에게 입은 상처가 나은 후론 그런 꿈을 꾼 적이 없었다. 꿈에서 깨자 녹초가 되어 몸이 으슬으슬 추웠다. 얼굴과 어깨의 상처는 욱신욱신 당겼다.

이제 나쁜 때가 시작되었다. 그림자 꿈을 꾸거나 그 일에 골몰해 생각을 하면 언제나 똑같이 차가운 두려움이 느껴졌다. 이성도 힘도 빠져나가 버려 어리석게 갈팡질팡하게 되고 말았다. 자신의 소심함에 화가 났지만 그래 봐야 아무 소용 없었다. 뭔가 보호막이 될 만한 걸 찾았으나 아무것도 찾을 수 없었다. 그것은 육체가 없고 살아 있지도 않으며, 영혼 없고 이름 없고 게드 자신이 부여해 준 것 외엔 존재조차 없었다. 그것은 게드에 의하여 햇빛 비치는 세계의 규칙을 벗어나 존재하는 무시무시한 힘이 되었다. 그것에 관하여 게드가 아는 건 그것이 자신의 피조물이기에 자신에게 이끌리며, 자신을 통하여 제 의도를 실현시키려 한다는 것뿐이었다. 그러나 놈이 아직 독자적인 진짜 형태를 갖지 않은 이상 과연 어떤 모습으로 나타날지, 어떻게 올 것이며 언제 들이닥칠지는 전혀 알 수 없었다.

게드는 할 수 있는 마법을 다하여 자신이 살고 있는 집과 섬에 방벽을 쳤다. 마법 주문으로 된 그러한 벽은 계속해서 새롭게 세워야 하는 것이었으므로, 게드는 곧 자기가 모든 힘을 방어하는 데 허비한다면 섬사람들에게 아무 쓸모 없는 존재가 된다는 사실을 깨달았다. 펜더로부터 용이 들이닥치면 양쪽에 적을 맞아 대체 뭘 할 수 있을까?

게드는 또다시 꿈을 꾸었다. 그러나 이번 꿈에 그림자는 그의 집 안 문 곁에 있었다. 놈은 어둠을 통해 이쪽으로 뻗쳐 오면서 알아들을 수 없는 말을 속삭였다. 게드는 몸서리치며 잠에서 깼다. 그러고는 공중에 활활 타는 도깨비불을 띄워 그 작은 집을 구석구석 비추었다. 아무 데도 그림자 따윈 없다는 것이 분명해지자, 게드는 화덕의 숯불 위에 나무를 보태 얹고 불빛 속에 일어나 앉아 초가지붕을 헤집고 벌거벗은 커다란 나무 사이로 구슬피 우는 가을 바람 소리를 들었다. 그런 채 그는 오랫동안 생각했다. 가슴속에 묵은 분노가 깨어났다. 이렇게 속수무책으로 주저앉아 기다리며, 안전과 경계의 주문들을 덧없이 중얼거려 가면서 이 작은 섬에 갇혀 고통 받을 수는 없었다. 그러나 무작정 이 덫을 떨쳐 버리고 달아날 수도 없다. 그러는 것은 섬 주민들의 신뢰를 깨뜨리는 짓이고, 곧 닥쳐올지도 모를 용 앞에 그들을 아무 방비도 없이 버려두는 것이다. 선택은 하나뿐이었다.

다음 날 아침 그는 아래 토닝의 배들을 모아 놓은 곳으로 내려가 어민들 사이에서 섬 대표를 찾았다.

"이곳을 떠나야겠습니다. 나는 위험에 빠져 있고, 당신들마저 위험하게 만들고 있어요. 나는 가야 합니다. 그렇기 때문에 부탁이 있습니다. 내가 펜더의 용들을 막으러 가는 일을 허락해 주십시오. 그러면 여러분을 위한 내 임무는 끝나고 자유롭게 떠날 수 있겠지요. 만약 내가 실패한다면 그것들이 이리로 왔을 때에도 실패할 것이고, 그럴 거라면 나중보다 지금 그 사실을 알게 되는 게 나을 겁니다."

섬 대표는 입을 쩍 벌리고 게드를 바라보았다.

"새매 님, 거기엔 용이 아홉 마리나 있다고요!"

"여덟은 아직 어리다지요."

"하지만 그 나이 든 용은……."

"정말입니다, 나는 여길 떠나야 해요. 가능하다면 그에 앞서 여러분을 용의 위협에서 벗어나게 해 드리고 싶어서 허락을 구하는 겁니다."

"그러시겠다면 따라야죠."

섬 대표는 뚱하게 말했다. 그 자리에서 얘기를 들은 사람들은 모두 자기네 젊은 마법사가 어리석어졌거나 정신이 나가 만용을 부리게 됐다고 생각했고, 언짢은 낯으로 게드를 전송하며 다시는 소식조차 들을 수 없을 줄로 여겼다. 몇몇 사람들은 게드가 곤경에 처한 자신들을 저버리고 호스크를 지나 내해로 되돌아가는 게 아닐까 은근히 의심했다. 다른 사람들은 그가 미쳐서 자살하려는 거라고 생각했다. 페크베리도 그 축에 들었다.

인간의 세대로 네 세대에 이르도록 사람들은 펜더 섬의 해안으로부터 멀찍이 떨어져서 뱃길을 잡았다. 어떤 마법사도 그곳의 용과 싸우러 가지 않았다. 그 섬 근방은 통행이 잦은 지역이 아니었고, 그곳 영주들은 해적이자 노예 사냥꾼이며 전쟁을 일삼는 자들이었으므로 어스시 남서부의 주민들 전체가 그들을 증오했다. 이런 까닭으로 서쪽으로부터 느닷없이 용이 날아와 탑에서 잔치를 벌이던 펜더 영주와 부하들을 덮쳐 불숨으로 그들을 사르고 비명을 지르는 그곳 사람들 전부를 바다로 몰아넣은 후에 아무도 그 복수를 하려 하지 않았다. 펜더는 용의 것으로 남겨졌다. 사람 뼈와, 탑들과, 오래전에 죽은 팰른이나 호스크 연안의 공경들로부터 약탈해 온 보석들 전부가 용의 차지였다.

게드는 이 모든 사실을 잘 알고 있었고 그 이상의 것도 알았다. 아래 토닝에 온 후로 용에 관해 배운 것들 전부를 늘 마음에 품고 되새기고 있었던 것이다. 게드는 노를 젓거나 페크베리에게서 배운 항해술을 쓰는 대신 돛에 마법풍을 채우고 뱃머리와 용골에 바른 방향을 유지하는 주문을 걸어 마법으로 배를 몰았다. 빨리 가고 싶었기에 마법풍을 이용했다. 앞에 있는 것보다도 뒤에 있는 것이 더 두려웠던 것이다. 그러나 그날이 지나가자 안달하는 마음 속에는 공포 대신 즐거운 사나움 같은 것이 깃들였다. 최소한 이 위험은 자신의 의지로 찾는 것이다. 그리고 거기 다가갈수록 최소한 지금, 아마도 죽음을 앞두었을 이 시간만큼은 자유롭다는 확신이 들어 왔다. 그림자도 용의 아가리 속까지는 따라올 수 없다. 가장자리에 흰 선을 두른 파도가 잿빛 바다 위를 달렸고 머리 위론 북풍을 타고 잿빛 구름이 흘렀다. 배는 살 같은 마법풍을 돛에 가득 받으며 서쪽으로 나아갔다. 이윽고 펜더의 바위들과 정적에 잠긴 시가지, 파괴되어 허물어져 가는 탑들이 시야에 들어왔다.

야트막한 초승달 모양의 만에 항구가 있었다. 그 만 입구에 이르러 게드는 바람 주문을 거두고 작은 배를 세웠다. 배는 물결에 흔들리며 떠 있었다. 그런 후 게드는 용을 불러냈다.

"펜더의 강탈자여, 네 보물을 지키러 나오너라!"

그의 목소리는 잿빛 해변에 철썩이는 파도 소리에 묻혔다. 그러나 용은 귀가 예민했다. 곧 지붕이 벗겨진 마을의 집들 사이 어디서 한 마리가 거대한 검은 박쥐처럼 푸드덕 날아 나왔다. 날개가 홀쭉하고 등골을 따라 뿔이 돋친 그놈은 북풍 속에 선회하며 게드를 향해 날아왔다. 곤트 사람에겐 신화나 다름없는 그 생물을 바라보며 게드는 가슴이 부풀어 올랐다. 그는 소리 내어 웃으며 외쳤다.

"가서 늙은이를 내보내라, 이 날개 달린 이무기야!"

눈 앞의 용은 몇 년 전 서원해에서 온 암용이 낳아 둔 알들로부터 깬 어린것들 중 하나였다. 얘기에 전해지듯이 암용은 햇볕이 잘 드는 부서진 탑의 방 같은 장소를 골라 껍데기가 가죽 같은 커다란 알들을 낳은 뒤에 도로 멀리 날아가 버렸다. 새끼들이 독도마뱀처럼 껍질에서 기어나올 때 거기엔 펜더의 늙은 용이 남아서 어린것들을 지켰다.

새끼 용은 대답이 없었다. 제 종족의 크기에 아직 미치지 못하여 길이는 노 마흔 개짜리 배 정도이며, 피막으로 된 검은 날개를 넓게 펼치고 있긴 해도 몸뚱이가 뱀처럼 가늘었다. 미처 다 자라지 않은 녀석이었다. 목소리도 용다운 간지(奸智)도 아직 없었다. 녀석은 흔들리는 작은 배에 몸을 실은 게드를 향해 정면으로 접근해 왔다. 길고 이빨 돋친 아가리를 벌린 채 공중으로부터 쏜살같이 활공해 왔기에, 게드는 한마디 날카로운 주문으로 그 날개와 사지를 묶어 마비시켜서 옆으로 비껴 내어 돌멩이처럼 바다 속에 처박히게 만들 수밖에 없었다. 잿빛 바다가 그 위를 덮었다.

두 마리의 용이 첫 번째와 똑같이 가장 높은 탑의 뿌리 부분에서 날아올랐다. 그리고 처음 녀석과 똑같이 똑바로 게드를 향해 돌진해 왔으므로, 게드는 둘을 한꺼번에 내던져 바다 속에 빠뜨렸다. 그는 아직까지 마법사의 지팡이를 쳐들지도 않았다.

조금 시간이 흐른 후 섬으로부터 다시 세 마리가 덤벼 왔다. 그중 하나는 한결 덩치가 컸고 입가엔 불꽃이 휘감겨 있었다. 두 마리는 날개 소리를 퍼덕거리며 게드를 향해 다가왔지만, 큰 놈은 몹시 빠르게 날아 빙 돌아 뒤쪽에서 덮쳐 오면서 불숨으로 게드를 배째로 태워 버리려 했다. 둘은 북쪽에서 하나는 남쪽에서 접근하고 있어 그 셋을 한꺼번에 잡을 주문은 없었다. 상황을 깨달은 순간 게드는 변신 주문을 외었다. 그리고 숨 한 번 쉴 사이에 용의 몸으로 배를 차고 날아올랐다.

게드는 넓은 날개를 쫙 펼치고 갈고리 발톱을 내뻗으며 눈앞의 두 마리를 맞아 불을 뿜어서 그것들을 태워 죽였다. 그러곤 셋째 것을 향해 방향을 돌렸다. 그 용은 이쪽보다 더 컸고 똑같이 불로 무장하고 있었다. 그들은 잿빛 파도 위에 바람을 타고 한데 엉켜 싸웠다. 두 용이 물고 치고 불을 뿜는 바람에 주변은 온통 연기로 흐려지고, 그들의 입에서 뿜어 나오는 불만 그 속에 벌겋게 비쳐 보였다. 게드가 갑자기 위로 날아오르자 상대는 따라 치솟았다. 날아오르던 도중에 게드 용은 날개를 휙 올려 상승을 멈추더니 매처럼 급강하하며 발톱을 내뻗어 상대의 목과 옆구리를 쳐 찢었다. 검은 날개가 버르적대고 시커먼 용의 피가 바다 위로 크게 방울져 떨어졌다. 펜더 용은 게드를 떨쳐내고 비트적비트적 낮게 날아 몸을 숨길 섬으로 돌아가서는 폐허가 된 마을의 우물인지 구멍 속으로 기어 들어갔다.

게드는 곧바로 본모습을 찾아 도로 배 위에 발을 디뎠다. 필요 이상으로 용 모습을 하고 있는 것은 아주 위험한 일이었기 때문이다. 손은 살을 지지는 용의 피로 검게 젖었고 불길에 머리를 그슬렸지만 지금 그런 건 중요하지 않았다. 숨을 가다듬자마자 그는 외쳤다.

"난 여섯을 봤다, 그중 다섯은 죽었지. 아홉 마리가 있다고 들었다. 나오너라, 이무기들아!"

한참 동안 섬에선 어떤 생물도 움직이지 않고 목소리도 없었다. 파도만이 요란히 해변에 철썩였다. 그런 후에 게드는 문득 가장 높은 탑이 천천히 모양을 바꾸며 그 한쪽이 팔이 자라나듯 부풀어 오르고 있음을 알아챘다. 용의 마법인가 하여 게드는 두려움을 느꼈다. 나이 든 용은 인간들의 마법과 닮기도 닮지 않기도 한, 몹시도 강하고 음험한 마법을 부리기 때문이다. 그러나 바로 다음 순간 그는 알았다. 용의 속임수가 아니라 눈의 착

각이었다. 탑의 한 부분처럼 보였던 건 웅크렸던 몸을 펴며 서서히 일어서는 펜더 용의 어깨였다.

관처럼 뿔이 돋친 정수리와 셋으로 갈라진 혀를 지닌 비늘 덮인 대가리를 쳐들고 완전히 일어서자, 그 용은 부서진 탑보다도 더 컸다. 앞발의 갈고리 발톱은 도시의 잔해 위에 놓여 있었다. 흑회색 비늘은 깨진 돌처럼 날빛을 먹었다. 용은 사냥개처럼 미끈하고 언덕만큼이나 거대했다. 게드는 경외감에 차 그것을 바라보았다. 노래도 이야기도 이런 광경에 마음을 준비시켜 주진 못했다. 하마터면 용의 눈동자를 바라볼 뻔했다가 게드는 정신을 차렸다. 용의 눈을 보아선 안 된다. 게드는 응시해 오는 번들거리는 녹색 눈을 슬쩍 피하며 지팡이를 몸 앞으로 들었다.

"나는 여덟 아들을 두었다, 조그만 마법사여."

장대하고 메마른 음성으로 용이 말했다.

"다섯은 죽었고, 하나는 죽어 가고 있다. 그것으로 충분하다. 그들을 죽인다고 내 보물을 얻지는 못할 것이다."

"나는 당신의 보물을 원하지 않소."

노란 연기가 용의 콧구멍에서 슉슉거리며 피어올랐다. 웃은 것이다.

"뭍으로 올라와 보지 않으려나, 작은 마법사여? 볼 만할 텐데."

"아니, 싫소."

바람과 불이 용들에게 익숙한 것이기에 용들은 좀처럼 바다 위에서 싸우려 하지 않았다. 게드는 그 이점을 지켰다. 그러나 자신과 그 거대한 회색 발톱 사이에 있는 좁다란 물은 이제 더 이상 그렇게 큰 이점 같지 않았다.

빤히 응시해 오는 녹색 눈동자를 보지 않는다는 것은 힘든 일이었다.

"아주 젊은 마법사로군. 너처럼 젊은 나이에 힘을 얻은 사람은 본 적이 없어."

용은 (게드도 그랬지만) 옛 언어로 말하고 있었다. 용들은 지금도 그 언어를 쓰기 때문이다. 옛 언어를 사용하는 것은 인간을 진실에 묶어 두지만 용들에겐 사정이 다르다. 그것은 그들 자신의 언어였으므로 용들은 그 언어로 거짓말을 할 수 있었다. 옳은 말들을 그릇된 결론으로 통하게 하거나, 경계하지 않는 상대를 유인하여 진실을 반영하지만 어디로도 통하지 않는 거울 단어들의 미궁 속에 가둬 버리는 것이다. 그렇기에 게드는 계속 마음을 다잡았고 용이 말을 꺼낼 때 모든 것을 수상히 여길 준비를 하고 의심의 귀로 들었다. 그러나 그 말들은 꾸밈없고 분명해 보였다.

"여기에 온 것은 내 도움을 청하기 위해서인가, 작은 마법사여?"

"아니오, 용이여."

"그렇지만 나는 너를 도울 수 있다. 어둠 속에서 널 쫓아 잡으려는 그것에 맞서려면 곧 도움이 필요해질걸."

게드는 말문이 막혀 우두커니 섰다.

"너를 쫓는 것이 무엇이냐? 이름을 말해라."

"내가 그것의 이름을 말할 수 있다면……"

게드는 하던 말을 뚝 끊었다.

노란 연기가 기다란 용의 대가리 위로 소용돌이쳐 올랐다. 용의 콧구멍은 두 개의 둥근 불구덩이 같았다.

"네가 그것을 이름 부를 수 있다면 아마 그것을 다스릴 수 있을 것이다, 작은 마법사야. 어쩌면 내가 그것의 이름을 가르쳐 줄 수 있을지도 모르지……, 곁에서 본다면 말이야. 그것은 가까이 올걸. 내 섬에서 기다리면 돼. 그것은 네가 가는 곳마다 갈 것이다. 그것이 접근하는 게 싫거든 도망치고 도망쳐서 계속 달아나야 할 거야. 그래도 그것은 계속 너를 뒤따를 테지. 그것의 이름을 알고 싶은가?"

게드는 다시 침묵 속에 서 있었다. 이 용이 어떻게 자신이 풀어놓은 그림자를 알았는지, 또 어떻게 그 그림자의 이름을 알 수 있는지 도무지 짐작도 가지 않았다. 대현자는 그 그림자에겐 어떠한 이름도 없다고 말했다. 그러나 용들은 나름의 지혜를 가졌고 또 인간보다 오래된 종족이다. 용이 무엇을 알고 어떻게 그것을 아는지 짐작할 수 있는 사람은 거의 없다. 그럴 수 있는 사람들이 바로 용주다. 게드에게 분명한 것은 한 가지뿐이었다.

비록 이 용이 진실을 말하고 있을지라도, 정말로 게드에게 그림자의 본성과 이름을 가르쳐 주어 그것을 다스릴 힘을 줄 수 있을지라도……, 설사 그렇더라도, 그 말이 진실이더라도, 그것은 철저하게 자신의 목적을 위해서라는 점이었다.

마침내 젊은이가 입을 떼었다.

"용이 인간에게 호의를 베푸는 일은 거의 없소."

"그러나 이건 매우 자주 있는 일이지, 고양이가 쥐를 죽이기 전에 갖고 노는 것은."

"그러나 나는 여기에 놀러 온 것도, 노리개가 되려고 온 것도 아니오. 나는 당신과 흥정을 하러 왔소."

칼처럼 날카롭지만 여느 칼보다 다섯 배는 긴 용의 꼬리 끝이 철갑을 두른 등 위로 전갈 꼬리처럼 쳐들리자 그 높이는 탑을 넘었다. 용은 메마르게 말했다.

"나는 흥정하지 않는다, 그냥 가진다. 내가 원할 때 너로부터 빼앗지 못할 것이 무엇이냐? 네가 내게 제시할 게 뭐란 말이냐?"

"안전이오. 당신의 안전. 펜더의 동쪽으로 결코 날아가지 않겠다고 맹세한다면 당신에게 어떤 해도 끼치지 않고 떠날 것을 약속하겠소."

용의 목구멍으로부터 먼 산사태 같은 소리가 났다. 돌덩어리들이 산골짝에 굴러 떨어지는 소리 같은 거슬리는 소리였다. 셋으로 갈라진 뾰족한 혀를 타고 불이 춤췄다. 용은 더욱 높이 몸을 세워 그 모습이 폐허 위로 커다랗게 부풀어 올랐다.

"네가 나에게 안전을 제공하겠다고! 네가 나를 위협한단 말이냐! 무엇으로 그리하겠나?"

"당신의 이름으로, 예바우드."

그 이름을 말할 때 게드의 목소리는 떨렸다. 하지만 그는 크고 또렷하게 말했다.

이름이 발음된 순간 늙은 용은 우뚝 멈춰 완전히 꼼짝도 하지 않았다. 1분이 가고 2분이 갔다. 이제 게드는 웃음을 띠고 배의 잠금목 위에 서 있었다. 그는 오랜 세월 전해 내려온 용 전승의 역사로부터 하나의 추측을 끌어내어 거기에 이번 모험의 성패와 자기 목숨을 걸었다. 이 펜더의 용이 엘파란과 모레드의 시대 오스킬 서쪽을 망쳐 놓았던 바로 그 용일 것이라는 추측이었다. 그 용은 이름에 조예가 깊었던 엘트라는 마법사에 의해 오스킬에서 쫓겨났다. 게드의 짐작은 적중했다.

"우리는 대등하오, 예바우드. 당신은 힘을 가졌고 나는 당신 이름을 가졌소. 흥정하겠소?"

용은 여전히 대답이 없었다.

먼지와 벽돌과 뼈들 사이로 황금 가슴받이와 녹보석이 흩어져 있는 이 섬에서 용은 방만하게 잘 지내 왔다. 도마뱀을 닮은 까만 새끼 용들이 산산이 부서진 집들 사이에서 장난치고 절벽에서 날개를 시험하는 광경을 지켜보면서, 지나는 배나 부르는 목소리에 훼방당하는 일 없이 햇볕 아래 늘어지게 잠을 잤다. 용은 나이가 들었다. 이제 와서 이 젊은 마법사 놈, 이 연약한 적을 두고 피를 끓인다는 건 쉽지 않았다. 마법사의 지팡이를 보면서 늙은 용 예바우드는 주춤했다.

"내 보물 중에서 아홉 개의 보석을 골라라."

마침내 용이 말했다. 긴 주둥이 속에서 쉭쉭거리는 소리가 푸념을 늘어놓는 듯했다.

"제일 좋은 걸로. 네 맘대로 택해라. 그리고 가거라!"

"나는 당신의 보석들을 원하지 않소, 예바우드."

"인간들의 탐욕은 어디로 갔나? 옛 시절 북쪽에선 인간들이 반짝이는 돌을 좋아했는데……. 네가 원하는 게 뭔지 알겠다, 마법사. 나 또한 네게 안전을 제안할 수 있다. 나는 무엇이 너를 구할지 알기 때문이지. 너를 구원할 단 한 가지를 나는 알아. 공포가 널 뒤쫓고 있지 않나. 내가 그것의 이름을 말해 주겠다."

게드의 심장이 펄쩍 뛰어올랐다. 그는 지팡이를 움켜쥔 채 용이 그랬듯 굳어 서 있었다. 그리고 잠시 동안 난데없이 나타난 놀라운 희망과 싸웠다.

하지만 게드는 자신의 생명을 위해 흥정하고 있는 것이 아니었다. 그 용 앞에서 게드는 하나의, 오직 하나의 가르침만을 붙들었다. 그는 희망을 제쳐 버리고 해야 할 바를 했다.

"내가 요구하는 것은 그것이 아니오, 예바우드."

그 용의 이름을 말하는 건 마치 가늘디가는 실오라기로 거대한 존재의 목을 죄려는 것 같았다. 게드는 용의 시선을 받았던 인간들의 경험을 실감하고 해묵은 악의를 몸으로 느꼈다. 사람 팔뚝만 한 강철 발톱과 돌처럼 단단한 가죽과, 용의 목구멍에 끓고 있는 죽이고 메말리는 불이 눈앞에 보였다. 그러나 끈은 계속해서 죄어들고 또 죄어들었다. 게드는 다시 말했다.

"예바우드! 당신과 당신 자손들이 결코 군도를 내습하지 않을 것을 맹세하시오!"

갑자기 용의 입에서 크고 요란한 불꽃이 뱉어져 나왔다. 용은 말했다.

"내 이름으로 맹세한다!"

이어서 침묵이 섬을 덮었고, 예바우드는 거대한 머리를 숙였다.

용이 다시 머리를 들고 쳐다보았을 때, 마법사는 사라지고 없었다. 그리고 그 배의 돛은 동쪽의 파도 위에 하얀 점이 되어 있었다. 배는 보석들이 잔뜩 있는 내해의 섬들을 향해 나아가고 있었다. 펜더의 늙은 용은 화가 치솟아 몸을 뒤틀며 탑을 부수고 폐허가 된 도시를 뒤덮을 만큼 큰 날개를 쳐 댔다. 그러나 맹세가 용을 붙잡았고, 그는 그 후로 영원히 군도에 날아가지 않았다.

쫓김

펜더 섬이 등 뒤의 바다 끝에 잠겨들자마자 게드는 동쪽을 바라보며 다시 가슴속에 밀려드는 그림자의 공포를 느꼈다. 용이라는 명백한 위험을 등지고 형체 없고 희망 없는 공포를 마주본다는 것은 힘든 일이었다. 그는 마법풍을 늦추고 세계풍으로 배를 몰았다. 이젠 속도를 높이고 싶은 마음이 없었다. 해야 할 바가 무엇인지도 분명히 알 수가 없었다. 용이 말한 대로 달아나야 했다. 그러나 어디로? 로크로 가야겠다고 게드는 생각했다. 최소한 거기서는 보호받을 것이다. 그리고 현자들 가운데서 조언을 얻을 수 있을 것이다.

아무튼 우선은 한번 더 아래 토닝을 찾아가 섬의 대표들에게 이야기를 해 줘야 했다. 떠난 지 닷새쯤 지나 게드가 돌아왔다는 소식이 전해지자, 대표들은 물론이고 동리 사람들이 거의 절반이나 날듯이 노 저어 와 게드 주위를 에워싸곤 그를 구석구석 뜯어보며 이야기에 귀기울였다. 게드가 그간의 이야기를 들려주자 한 사람이 말했다.

"하지만 용들이 죽고 패했다니 그런 기적을 누가 봤담? 만약 그가……"

"입닥치게!"

대표들의 우두머리가 거칠게 말했다. 마법사가 진실을 이야기한다는 것은 그도 다른 사람들도 대부분 아는 사실이었다. 말할 때 오묘한 화법을 쓰고 때론 홀로 진실을 간직하지만, 마법사가 입 밖에 내어 말을 했다면 그 말은 액면 그대로다. 왜냐하면 그게 바로 마법사의 전문 분야이기 때문이다. 그래서 사람들은 크게 놀랐고, 차차 두려움이 가시자 이윽고 기뻐하기 시작했다. 그들은 젊은 마법사 주위로 빙 둘러서 밀치락달치락하며 다시 한번 이야기해 달라고 졸랐다. 그러곤 더 많은 섬 주민들이 찾아와 또다시 얘기를 졸랐다. 해 질 녘이 되자 더 이상 게드가 이야기할 필요도 없었다. 사람들이 게드 대신 게드보다 더 잘 이야기할 수 있었다. 이미 마을의 노래꾼들은 그 이야기를 오래된 곡조에 맞춰 만든 「새매의 노래」를 부르기 시작했다. 아래 토닝의 섬들뿐 아니라 남쪽과 동쪽의 마을들에서도 축하의 횃불들이 타올랐다. 어부들은 이 배에서 저 배로 소리쳐 소식을 전했고 이야기는 섬에서 섬으로 퍼져 나갔다. 위협이 제거되었다, 결코 다시는 펜더로부터 용이 오지 않을 것이다!

그날 밤, 그 하룻밤만은 게드에게도 기쁨의 밤이었다. 어떤 그림자도 언덕마다 해안마다 온통 밝게 타오르는 감사의 불과 희색이 만면해 그를 둘러싼 춤꾼들의 원을 뚫고 가까이 다가올 수 없었다. 바람 센 가을 밤, 사람들이 게드를 칭송하며 흔들어 대는 횃불로부터 불티가 짧고도 성대히 휘몰아쳐 오르곤 했다.

다음 날 그는 페크베리를 만났다. 페크베리는 이렇게 말했다.

"당신이 그렇게 대단한 분인 줄 몰랐습니다, 마법사님."

거기엔 감히 게드 같은 사람을 친구 삼았다는 두려움이 담겨 있었다. 그러나 원망도 담겨 있었다. 게드가 용은 퇴치했어도 자기 아이를 구해 주진 못했던 것이다. 그 후로 게드는 자신을 펜더로 몰아갔던 불안과 초조를 새롭게 다시 느꼈다. 그것들이 그를 이제 아래 토닝에서도 몰아내려 했다. 사람들은 게드를 평생토록 찬양하고 자랑스럽게 여기며 기쁘게 돌봐 주었겠지만, 게드는 다음 날 언덕 위의 집을 떠났다. 짐이라곤 책과 지팡이와 어깨에 올라앉은 오탁뿐이었다.

그는 아래 토닝의 젊은 어부 두 사람과 함께 노로 젓는 작은 배를 타고 떠났다. 그들은 그의 배를 젓는 영예를 지고 싶어했다. 아혼 섬의 동쪽 해협 복작거리는 배들 사이를 노 저어 갈

때, 물 위로 튀어나온 창과 발코니들 아래를 지나고 네시의 선창과 드롬건의 천수답 초지와 고약한 냄새를 풍기는 게스의 기름 창고를 지날 때, 내내 어디서든 게드의 무용담이 게드보다 앞서서 나아갔다. 게드가 지나가면 사람들은 「새매의 노래」를 흥얼거렸고 게드를 하룻밤 재우며 용을 무찌른 이야기를 들으려고 앞을 다퉜다. 마침내 세르드에 도착하자 로크까지 태워다 달라는 부탁을 받은 배의 선장은 정중하게 인사하며 대답했다.

"마법사님, 저의 명예이며 제 배의 영광입니다!"

그렇게 게드는 아흔 섬을 등졌다. 그러나 배가 세르드 내항을 뒤로 하여 돛을 올리자마자 동쪽에서 강한 맞바람이 불어왔다. 이상한 일이었다. 겨울 하늘은 맑았고 날씨는 아침까지도 온화해 보였던 것이다. 세르드에서 로크까지는 120리 정도밖에 되지 않았기 때문에 그들은 항해를 강행했다. 배는 그칠 줄 모르고 불어오는 맞바람을 무릅쓰고서 계속 나아갔다. 내해의 상선이 대개 그렇듯 이 작은 배도 높직한 앞돛을 달고 있어 맞바람이 쳐도 항해를 할 수가 있었고, 선장 역시 배 다루는 데 일가견이 있는 솜씨 좋은 뱃사람이었다. 그래서 배는 맞바람을 받느라 북으로 향했다 남으로 향했다 하면서 동쪽으로 전진해 갔다. 구름과 비를 실은 거친 바람이 너무도 사납게 불어 닥치는 바람에 배가 물 위로 튈 위험이 있었다.

"새매 공."

선장 바로 옆, 경의를 표하고자 특별히 뱃머리에 마련된 자리에 있던 게드를 선장은 그렇게 불렀다. 그래 봤자 모든 것을 쫄딱 적셔 물이 저벅저벅하는 망토를 휘감은 처량한 몰골로 만들어 버린 비바람 속에서는 위엄을 차리기가 힘들었다.

"새매 공, 이 바람에게 한마디쯤 해 주실 수 있으실는지요?"

"우리가 로크에 얼마나 가까이 왔습니까?"

"반 이상 왔습니다. 하지만 이 한 시간 동안은 전혀 앞으로 나아가지 못했습니다, 마법사님."

게드가 주문을 외었다. 그러자 바람이 좀 덜해져서 잠시 동안은 어떻게 전진할 수가 있었다. 하지만 갑자기 엄청난 돌풍이 남으로부터 찢는 듯한 소리를 내며 휘몰아쳐 왔다. 배는 여기에 얻어맞아 도로 서쪽으로 밀려났다. 하늘의 구름장이 산산이 부서지며 들끓어 올랐다. 선장은 성이 나 으르렁거렸다.

"이놈의 정신 나간 바람은 사방에서 한꺼번에 불어 대는군! 이 날씨를 헤쳐 가려면 마법풍이라야 하겠습니다, 마법사님."

게드는 그 말에 언짢은 기색이 되었다. 그러나 배와 뱃사람들이 위험에 처해 있는 터라 결국은 돛에 마법풍을 불어 넣었다. 배는 즉시 똑바로 동쪽을 향하여 바다를 헤쳐 나가기 시작했다. 선장의 얼굴도 도로 펴졌다. 그러나 마법풍은 게드가 계속 주문을 외고 있는데도 활기를 잃고 약해져서, 배는 시끄럽게 몰아치는 비와 광풍 속에 돛을 늘어뜨린 채 파도 위에 잠시 멈춘 듯이 보일 정도가 되었다. 그리고 다음 순간, 내리친 벼락과 함께 활대가 획 돌며 선체가 놀란 고양이처럼 북쪽으로 튀어올랐다.

거의 쓰러질 지경으로 기운 배에서 게드는 난간을 잡고 매달린 채 소리쳤다.

"세르드로 돌리십시오, 선장님!"

선장은 날씨를 저주하며 그러지 않겠다고 소리 질렀다.

"마법사가 타고 있겠다, 상선 모는 축에선 제일가는 이 내가 탔겠다, 게다가 이건 내가 몰아 본 중 제일 다루기 쉬운 배란 말입니다. 그런데 돌아가자고요?"

그때 킷대가 소용돌이에 빠지기라도 한 양 다시 선체가 빙그르르 돌았으므로, 선장 역시 배에서 떨려 나가지 않기 위해 선미재를 잡고 매달려야 했다. 게드가 말했다.

"나를 세르드에 남겨 놓고 가시고 싶은 대로 가십시오. 이 바람은 선장님 배를 막으려는 게 아니에요. 나를 막으려는 겁니다."

"당신을 막다니요, 로크의 마법사를?"

"선장님, 로크의 바람에 대해 들어 본 적이 없으십니까?"

"들어 보고말고요. 악한 세력으로부터 현자의 섬을 보호한다지요. 하지만 그게 용을 달래신 당신과 무슨 상관이 있습니까?"

"나와 내 그림자 사이의 문제입니다."

게드는 마법사답게 짧게 대답했다. 그러곤 개어 오는 하늘 아래 순풍을 안고 살같이 달려 세르드로 귀환하는 동안 더 이상 아무 말도 하지 않았다.

세르드 부두 위에 내려섰을 때 게드의 마음은 무거웠고 두려움에 떨렸다. 겨울이 되어 가며 날이 짧아져서 저녁 어스름이 빨리 내렸다. 어스름이 짙어질수록 게드의 불안은 커져만 가 길모퉁이를 도는 것조차 위험하게 느껴졌다. 뒤를 따르고 있을지도 모르는 뭔가를 계속 돌아보지 않기 위해 마음을 다잡아야만 했다. 게드는 세르드의 바다 여숙(旅宿)을 찾아갔다. 여행자와 상인들은 거기서 다함께 그 동리가 대접하는 좋은 음식을 먹고 서까래를 올린 긴 방에서 숙박도 할 수 있었다. 내해의 번창한 섬들은 그런 식으로 손님을 대접했다.

게드는 저녁을 먹을 때 고기를 조금 따로 남겼다가 나중에 화롯불 옆에 앉아 두건 주름 사이에 있던 오탁을 꺼내 얼렀다. 녀석은 그날 하루 종일 그 속에 움츠리고 앉아 있었다. 게드는 오탁을 어루만져 주고 속삭이며 음식을 먹이려고 했다.

"회그, 회그, 작은 녀석, 조용한 녀석아……."

그러나 오탁은 먹이를 마다하고 주머니 속으로 기어 들어가 숨었다. 그 일과 둔중한 불안감과 그 큰 방 구석의 컴컴함으로 게드는 그림자가 멀지 않은 곳에 있음을 알았다.

이곳에 그를 아는 사람은 아무도 없었다. 모두 다른 섬에서 온 여행자들로, 「새매의 노래」는 들어 본 적이 없는 사람들이었다. 아무도 말을 걸지 않았다. 게드는 마침내 침상을 하나 차지하고 누웠으나 서까래를 올린 큰 방에 잠든 낯선 이들 속에서 밤새 뜬눈으로 지샜다. 한밤 내 그는 앞길을 정하려고 고심했다. 어디로 가야 할지 어떻게 해야 할지 계획을 세우려고 애를 써 봐도 선택마다 계획마다 파멸의 예고로 가로막혔다. 가려는 길마다 그 그림자가 가로놓여 있었다. 그림자 없는 길은 로크뿐이었지만 로크로는 갈 수 없었다. 위험으로부터 섬을 보호하기 위해 겹겹이 쳐 있는 오래되고 수준 높은 주문들이 그가 다가오는 걸 허락하지 않았다. 로크의 바람이 게드를 물리쳤다는 것은 그를 뒤쫓는 그것이 이제 아주 바짝 다가왔다는 증거였다.

그것은 육체 없고 햇빛에 눈먼 존재이며, 빛도 장소도 시간도 없는 세계에 속한 무언가였다. 태양이 비치는 세계의 바다를 여러 날을 두고 가로질러 게드를 뒤쫓아 기어왔을 그놈이 눈에 보이는 형체를 갖는 건 꿈과 어둠 속에서만이다. 아직까지는 그놈이 햇빛을 받아 빛날 실체나 존재를 갖지 못했다. 그래서 「호드의 위업」에서는 이렇게 읊어졌다. "새벽이 모든 땅과 바다를 만들도다, 그림자로부터 형상을 빚어내며 꿈을 어둠의 왕국으로 몰아가도다." 그러나 일단 그 그림자가 게드를 붙들면, 그로부터 힘을 빼낼 것이며 육체의 무게와 따뜻함과 생명을 빼앗고 그를 움직이는 의지마저 가져가 버릴 것이다.

그것이야말로 앞에 놓인 모든 길에서 게드가 본 파멸이었다. 게드는 자신이 속임수에 빠져 그 파멸로 달려갈 수도 있음을 알고 있었다. 왜냐하면 그림자는 그에게 가까워질수록 점점 강해져, 어쩌면 바로 이 순간 사악한 힘이나 악한 사람들을 제 뜻대로 부려서 거짓된 전조를 보여 준다든가 낯선 사람의 목소리를 빌려 말을 걺으로써 게드를 속일 만큼 강해져 있을지도 모르기 때문이다. 게드는 알고 있었다. 그 암흑의 존재는 바로 이 구석에 잠든 사람들 중 하나, 오늘 밤 골골이 서까래 진 이 여숙의 큰 방에 묵는 사람들 중 한 명 속에 기어 들어가 어두운 영혼에 발판을 마련하고 기회를 엿보며 게드를 염탐하고 있었다. 그리고 지금 이 순간에도 게드 자신의 약함과 불안함과 두려움을 받아 먹고 있었다.

도저히 견딜 수 없었다. 모든 것을 운에 맡기고 우연이 데려다 주는 곳 어디로라도 도망쳐야 했다. 게드는 새벽의 냉기가 파고들자마자 자리에서 일어나 희미해져 가는 별빛 아래 서둘러 세르드 부두로 나갔다. 자신을 태우고 나가 줄 첫 번째 배를 탈 결심이었다. 부두에 갤리 선 한 척이 터비 기름을 싣고 있었다. 동틀 녘에 해브너 대항으로 뜰 예정이라고 했다. 게드는 그 배의 선장에게 승객으로 태워 달라고 부탁했다. 마법사의 지팡이란 대부분의 배에 통행증이고 승선료였다. 그 배는 기꺼이 게드를 태웠고 한 시간도 채 되지 않아 출항했다. 마흔 개의 긴 노들이 막 쳐들린 순간 게드의 영혼은 기운을 얻었다. 노 젓는 박자를 맞추는 북소리가 그에겐 근사한 음악으로 들렸다.

그러나 해브너에 가서 어떡할 건지, 그 다음엔 어디로 달아날 건지는 알 수 없었다. 북쪽으로 가도 괜찮을 듯했다. 게드 자신이 북쪽 사람이었다. 어쩌면 해브너에서 곤트로 데려다 줄 배를 찾을 수 있을지 몰랐다. 오지언을 다시 보게 될지도 모른다. 아니면 원해 멀리 나가는 배를 찾을 수도 있을 것이다. 아주 멀리, 그림자도 그를 놓치고 뒤쫓기를 포기할 만큼 먼 곳까지 갈 배를……. 이렇게 막연한 생각들뿐, 그 이상 아무런 계획도 없고 가야 할 길은 막막하기만 했다. 그저 달아나야 한다는 생각뿐이었다.

세르드를 떠나서 이틀째의 일몰을 맞이하기도 전에 마흔 개의 노는 배를 겨울 바다 위로 600리 이상이나 날라 가서 배는 호스크 대도(大島) 동쪽 해안의 오리미 항을 찾아들었다. 내해를 다니는 이런 상선들은 연안을 따라 항해하며 가능한 한 항구에서 밤을 지냈다. 아직 빛이 남아 있었으므로 게드는 뭍에 올랐다. 그러고는 수심에 잠겨 정처없이 항구 도시의 가파른 길거리를 배회했다.

오리미는 오래된 동네였다. 거의 돌과 벽들로 건축된 이곳엔 호스크 섬 내륙의 무법한 군주들을 막기 위한 성벽이 둘려 있었다. 부두의 창고들은 요새 같았고, 상인들의 집에도 망루가 솟아 있고 요새화되어 있었다. 그러나 이리저리 거리를 헤매던 게드에게 그 거창한 집들은 뒤에 놓인 텅 빈 어둠을 가린 장막처럼 느껴졌다. 그리고 저마다 일에 열중하여 그를 지나치는 사람들은 진짜가 아니라 소리 없는 사람 그림자들 같았다. 해가 지자 그는 다시 부둣가로 돌아왔다. 심지어 그 붉은 광채 속에서조차 게드에겐 바다와 육지가 똑같이 흐릿하고 적막하게 느껴졌다.

"어디로 향하는 중인가요, 마법사님?"

뒤에서 갑자기 어떤 사람이 인사를 붙여 왔다. 게드는 뒤돌아서 회색 옷을 입은 사나이를 보았다. 무거운 나무 지팡이를 가졌는데, 마법사의 지팡이는 아니었다. 그 낯선 사람은 두건을 써서 붉은 광선을 피하고 있었지만 게드는 두건 그늘에 묻혀 보이지 않는 눈과 시선이 맞닿은 것을 느꼈고, 흠칫 뒤로 물러서면서 자신과 낯선 자 사이에 주목 지팡이를 들어 올렸다. 그 남자가 온화하게 물었다.

"뭘 겁내시오?"

"내 뒤를 따르는 것이오."

"그래요? 하지만 내가 당신 그림자는 아닌데요."

게드는 말없이 서 있었다. 이 남자가 누구든 자신이 두려워하는 그것은 아닌 게 분명해졌다. 이자는 그림자도 유령도 겝베스 괴물도 아니었다. 세상을 뒤덮어 오는 메마른 침묵과 그늘 속에서도 이자는 목소리를 지녔고 어떤 견고함이 느껴졌다. 이제 두건을 벗어젖힌 그는 낯설고 흉한 인상에 머리는 벗겨지고 얼굴에는 주름이 진 사내였다. 목소리에는 그런 기색이 묻어나지 않았지만 꽤 나이가 든 것 같았다.

"나는 당신을 몰라요. 하지만 내 생각에 우리가 우연히 만난 것 같지는 않소. 어떤 젊은이에 관한 얘기를 들은 적이 있지요. 흉터가 있는 사람인데 어둠을 이기고 위대한 정복을 이룩했다고 하더군……, 왕이라 불릴 수 있을 정도의 위업을 이루었다고 말이오. 그게 당신 이야기인지는 모르겠소. 하지만 이 말은 해줄 수 있어요. 그림자와 싸우기 위해 칼이 필요하거든, 테레논의 궁전을 찾아가시오. 주목으로 만든 지팡이는 도움이 되지 않을 것이오."

이야기를 들으며 희망과 의혹이 게드의 마음속에서 싸웠다. 마법의 길을 걷는 사람은 곧 우연한 만남이란 진정코 거의 없으며 모든 것이 선 또는 악으로 통한다는 것을 배우게 마련이다.

"테레논의 궁정은 어느 섬에 있지요?"

"오스킬이오."

그 이름이 발음되자 게드는 기억의 장난으로 일순 반질반질하게 닦은 돌멩이 같은 눈으로 비스듬히 자신을 올려다보며 지껄이던 푸른 풀밭 위의 까만 갈까마귀를 본 듯했다. 그러나 까마귀의 말들은 기억나지 않았다.

"그 섬은 어딘가 어두운 이름을 지니고 있군요."

게드는 회색 옷 입은 남자에게서 눈을 떼지 않으며 그자가 어떤 인간인지 판단하려고 애썼다. 그에게는 마술사 같은 구석이 있었다. 어쩌면 마법사일지도 몰랐다. 그러나 게드를 향해 대범하게 말을 걸어 오면서도 그의 표정 속엔 묘하게 두들겨 맞은 듯한 인상이 깃들여 있어 흡사 병자나 죄수나 노예를 연상케 했다.

"당신은 로크 출신이지요. 로크의 마법사들은 자기네 것이 아닌 다른 마법에는 어두운 이름을 붙이더군요."

"당신은 뭐 하는 사람입니까?"

"여행객이오. 오스킬에서 온 상선의 대리인이지. 일이 있어서 여기 온 거요."

게드가 더 이상 묻지 않자 회색 옷의 사내는 잘 자라는 인사를 남기고 부두 위로 난 좁은 골목을 올라가 자취를 감췄다.

게드는 이 이야기를 귀담아들어야 할지 말아야 할지 망설이며 몸을 돌려 북쪽을 바라보았다. 산언덕들과 바람 부는 바다 위에 어린 불그레한 광채는 빠르게 꺼져 갔다. 잿빛 어스름이 내리고 곧 밤이 뒤따랐다.

게드는 돌연 결심을 했고, 서둘러 선창가로 나가 어선 안에서 그물을 갈무리하던 어부를 소리쳐 불렀다.

"이 항구에 북쪽 세멜이나 인라드 제도 같은 곳으로 가는 배가 있는지 혹시 아십니까?"

"저기 있는 긴 배가 오스킬에서 온 거요. 아마 인라드 제도에 들를걸."

계속해서 서두르며 게드는 어부가 가리킨 커다란 배를 찾아 갔다. 예순 개의 노로 젓는 뱀처럼 긴 배였다. 높고 구부러진 뱃머리엔 조각이 되어 있고, 둥그런 로토 껍데기로 상감이 들어가 있었다. 노 구멍 덮개엔 붉은 칠을 올리고 하나하나에 검은색으로 '사이플' 룬을 그려 넣었다. 굳건하고 빨라 보이는 배로서, 바다로 나갈 준비를 다 갖추고 선원들도 승선을 마친 뒤였다. 게드는 그 배의 주인을 찾아 오스킬까지 태워 달라고 부탁했다.

"뱃삯을 낼 수 있소?"

"바람을 다룰 줄 압니다만."

"내가 바람술사요. 그것 말고 지불할 만한 건 아무것도 없소? 돈은 없소?"

아래 토닝에서 섬의 대표자들은 성심성의껏 군도의 상인들 사이에 통용되는 상아 조각들을 게드에게 선물했다. 실은 더 많이 주고 싶어 했지만 게드는 열 조각만 받았다. 그것들을 내밀어 봤으나 이 오스킬 사람은 머리를 저었다.

"우리는 이걸로 셈을 치르지 않소. 내놓을 게 아무것도 없다면 태울 수 없겠소."

"손이 모자라진 않습니까? 나는 갤리 선에서 노를 저은 적이 있어요."

"좋소, 우린 두 사람이 부족하지. 그럼 노 자리로 가시오."

선장은 그렇게 말하곤 더 이상 그를 신경 쓰지 않았다.

그래서 게드는 지팡이와 책이 든 자루를 노 자리의 판자 밑에 내려놓고 모진 겨울 날씨 속에서 열흘 동안 그 북방 배의 노잡이 노릇을 했다. 배는 해뜰 무렵 오리미를 떠났다. 그날 게드는 못 버틸 것 같은 생각이 들었다. 왼쪽 팔은 어깨의 묵은 상처 탓으로 얼마간 부자유스러웠고, 아래 토닝의 물길에서 노를 저어 본 정도로는 북소리에 맞추어 기다란 갤리 선의 노를 계속계속 당기고 당기고 또 당겨야 하는 노역에 적응할 수 없었다. 노 당번은 한번에 두세 시간씩 지속되고 그런 뒤엔 제2조가 자리를 채웠다. 그러나 일에서 풀려나 쉬는 시간은 근육을 뻣뻣해지게 할 정도밖에 안 되어, 금세 도로 노 자리로 돌아가야 했다. 둘째 날엔 사정이 더 고약해졌다. 하지만 그 후론 일에 몸이 익어서 충분히 잘해 나갔다.

이 선원들 사이에는 처음 로크로 오던 날 그림자 호에서 보았던 것 같은 동료애가 없었다. 안드라드 뱃사람들과 곤트 배들은 상업상의 협력자로서 공동의 이익을 위해 함께 일했다. 그러나 오스킬의 상선들은 노예와 예속민을 쓰든가 금으로 된 조그만 주화를 지불하고 노잡이를 고용해 썼다. 오스킬에서는 금을 대단하게 보았다. 그러나 거기에서나 항상 그것을 높이 치는 용들 사이에서나, 금이란 우호적인 관계를 키워 낸 적이 없다. 뱃사람 절반이 예속민이자 강제로 일하게 된 사람들이었으므로 배의 관리자들은 노예 감독관이며 지독한 작자들이었다. 돈을 받고 일하는 노잡이나 승객으로 탄 노잡이의 등에 채찍질을 하는 일은 결코 없지만, 채찍질을 당하는 뱃꾼들과 그렇지 않은 이들 사이에 대단한 우정이 생겨날 리 없었다. 노잡이들은 서로 거의 말을 하지 않았고 게드에게는 특히 더 그랬다. 대부분이 오스킬에서 온 남자들이었기 때문이다. 그들은 군도의 하드 어를 사용하지 않고 자기네 사투리를 썼다. 축 늘어진 검은 콧수염과 창백한 피부를 지닌 무뚝뚝한 사람들이었다. 그들은 자기들끼리 말할 때 게드를 '켈럽' 즉 '빨경둥이'라고 불렀으며, 그가 마법사라는 것을 알고도 경의를 표하기는커녕 도리어 조심스러운 경멸감을 비쳤을 뿐이었다.

게드 자신도 전혀 친구를 만들 기분이 아니었다. 광활한 잿빛 바다를 질주하는 배 속, 예순 명의 노잡이 중 한 명으로 노 자리에 앉아 일제히 움직이는 장대한 박자 속에 매여 있을 때조차 그는 적 앞에 속수무책으로 노출돼 있는 기분이었다. 해 질 녘이 되어 배가 낯선 항구에 든 뒤 망토로 몸을 휘감고 잠을 청하면 꿈을 꿨다가 깨어났다가 다시 꿈을 꾸길 파김치가 되도록 되풀이했다. 흉몽들이었다. 잠을 깬 뒤엔 기억할 수 없는 꿈들이었지만 게드에겐 그 꿈들이 그 배와 배 안의 사람들 주변에 어른거리고 있는 듯 느껴졌고, 그래서 한 사람 한 사람이 모두 의심스러웠다.

오스킬의 자유민들은 모두 엉치께에 긴 칼을 찼다. 하루는 같은 조의 노잡이들과 함께 점심을 하는데 그중 한 명이 물었다.

"켈럽, 당신은 노예요, 아니면 서약을 파기한 자요?"

"둘 다 아니오."

그러자 스키오르라고 불리는 그 사내는 조롱조로 말했다.

"그러면 왜 칼이 없소? 싸우는 게 무서운가?"

"아니."

"당신의 조그만 개가 대신 싸워 주나 보지?"

"오탁이야."

듣고 있던 다른 사람이 끼어들었다.

"저건 개가 아니야, 오탁이라고."

그러곤 오스킬 말로 뭐라 말하자 스키오르는 얼굴을 찌푸리더니 물러나 버렸다. 스키오르가 고개를 돌리는 순간, 게드는 그의 얼굴에서 어떤 변화를 보았다. 그것은 슬며시 그의 낯을 바꾸어 놓았다. 마치 뭔가가 한순간 그를 변하게 하고, 이용하고, 그의 눈을 통해 게드를 슬쩍 훔쳐본 것만 같았다. 그러나 다음 순간 얼굴 전체를 보게 되자 스키오르는 평상시와 같았다. 그래서 게드는 자기가 본 게 자신의 두려움이라고, 자신의 공포가 다른 사람의 눈에 덧씌워져 보인 거라고 스스로 마음을 다졌다. 그러나 에센 항구에서 그날 밤을 보내며 게드는 꿈을 꾸었고 그 꿈에 스키오르가 나왔다. 그 후로 게드는 될수록 그를 피

했다. 스키오르도 게드를 멀리하려 하는 듯했다. 그들 사이에는 더 이상 아무 말도 오가지 않았다.

왕관같이 눈을 둘러쓴 해브너의 산들이 초겨울 안개로 흐려진 형체를 등 뒤 남쪽 수평선 아래로 감추었다. 배는 노를 저어 오래전에 엘파란이 빠져 죽은 에아 해 입구를 거쳐 인라드 제도를 지났다. 그러곤 신화에 사로잡힌 인라드 섬의 서쪽 만 위로 하얗게 솟아오른 상아의 도시 베릴라 항에 이틀간 머물렀다. 여러 항구에 기항을 했어도 뱃꾼들은 배 위에 머물렀고 육지엔 발을 올리지 않았다. 이윽고 붉은 태양이 떠오르자 배는 노를 저어 오스킬 해로, 섬 하나 없이 드넓은 북원해에서 거칠 것 없이 불어오는 북풍 속으로 나아갔다. 배는 거친 바다를 헤치고 실은 짐을 안전하게 운반하여, 베릴라를 떠난 지 이틀째에 동(東) 오스킬의 상업 도시 네숩의 항구로 들어섰다.

게드는 비바람에 난타당한 낮은 해안을 보았다. 기다란 석조 방파제 뒤에 잿빛 도시가 웅크리고 있었다. 그 제방이 곧 부두였다. 도시 뒤에는 눈 때문에 컴컴하게 흐린 하늘 아래로 나무 없는 산언덕들이 있었다. 햇살 내리쬐는 내해로부터 먼길을 온 터였다.

네숩 해양 조합의 부두 일꾼들이 배에 올라 짐을 부렸다. 금과 은, 보석, 질 좋은 비단이나 남방의 태피스트리는 오스킬 영주들이 귀중히 여기는 것이라 귀하게 취급되었다. 이어서 뱃사람들 중 자유민들이 배에서 내렸다. 게드는 한 사람을 불러 세워 길을 물었다. 지금껏 사람들 모두가 의심스러웠기에 게드는 자기 목적지를 말하지 못했다. 하지만 낯선 땅에 혼자 떨어진 지금은 길을 물을 수밖에 없었다. 그 남자는 성질 급하게 모른다면서 가 버렸지만 우연히 이야기를 들은 스키오르가 말했다.

"테레논의 궁정 말인가? 케크셈트 황야에 있지. 내가 그리로 간다네."

스키오르는 결코 게드가 길벗으로 삼을 사람이 아니었으나 말도 길도 모르고 보면 고르고 있을 처지가 못 되었다. 무슨 상관이랴 하고 게드는 생각했다. 여기로 온 것부터가 선택해서 온 게 아니었다. 쫓겨서 온 것이고, 지금도 쫓기는 중이다. 게드는 두건을 머리에 덮어쓰고 지팡이와 가방을 들곤 그 오스킬 인을 따라 읍의 거리를 지나 눈 덮인 산언덕으로 올라갔다. 작은 오탁은 어깨에 타지 않고 날씨가 추울 때면 하는 버릇대로 망토 밑 양가죽 통옷 주머니 속에 숨었다. 언덕들은 눈길 닿는 곳 멀리까지 완만하게 굽이치는 황량한 황무지로 뻗어나갔다. 두 사람은 침묵 속에 걸었다. 겨울의 침묵이 온 땅을 내리덮었다.

"얼마나 멀죠?"

몇 십 리나 지난 후, 어느 쪽을 보나 마을도 농장도 눈에 띄지 않는 데다 지닌 식량도 없다는 생각이 들어 게드가 물었다. 스키오르는 잠깐 돌아보고 두건을 더 푹 덮어쓰더니 대답했다.

"멀지 않소."

보기 흉한 얼굴이었다. 창백하고 거칠고 잔인해 보였다. 게드는 사람은 겁나지 않았다, 비록 이런 사람이 안내해 갈 장소는 두려울지 몰라도……. 게드는 고개를 끄덕였고, 둘은 계속 길을 갔다. 가는 눈발과 벌거벗은 관목들 사이로 난 황야의 길은 긁힌 자국 정도밖에 안 되었다. 때때로 딴 길이 엇갈리는가 하면 갈림길이 나 있기도 했다. 네슘의 굴뚝 연기는 어두워지는 오후의 언덕들 뒤로 숨어 버려서 이제 보이지 않았다. 가야 할 길, 어쩌면 갔어야 했던 길을 분간할 표지라곤 전혀 없었다. 바람만 줄곧 동쪽으로부터 불어왔다. 몇 시간을 걸은 끝에 게드는 길이 뻗어 나간 북서쪽 멀리 언덕 위에 하늘을 배경으로 작은 흔적처럼 보이는 하얀 것을 얼핏 보았다. 뭔가 작은 이빨처럼 생긴 것이었다. 그러나 짧은 하루 해가 저무는 중이었고, 다음 고갯길에 올라서서 그 보았던 것을 확인했을 때에도 그게 탑이든 나무든 무엇이든 간에 전보다 더 분명하게 보이지는 않았다. 게드는 손가락으로 가리키며 물었다.

"저기로 가는 거요?"

스키오르는 아무 대답 없이 저벅저벅 걸어 나가며 털을 댄 오스킬 식 뾰족 두건이 달린 거친 망토를 여몄다. 게드도 그 옆을 성큼성큼 걸었다. 먼 길을 온 터였고, 배에서 오랫동안 힘든 나날을 보낸 피로와 지루한 길이 겹쳐서 졸음이 왔다. 이 말없는 자 곁에서 어둡고 괴괴한 땅을 무한히 오래 걸어온 듯한, 그리고 앞으로도 영원히 걸어갈 듯한 생각이 들기 시작했다. 경계심도 주의력도 무뎌졌다. 게드는 길고긴 꿈속을 걷듯 아무 지향 없이 걸었다.

주머니 속의 오탁이 몸을 움직였다. 아주 희미한 두려움이 마음속에 움터 꿈틀 움직였다. 게드는 억지로 입을 떼었다.

"어두워지고 있소, 눈도 오고. 얼마나 먼 거요, 스키오르?"

스키오르는 잠깐 사이를 두고서 돌아보지 않은 채 말했다.

"멀지 않소."

그러나 그의 목소리는 인간의 목소리 같지 않았다. 그 목쉰 소리는 흡사 입술 없는 짐승이 말하려고 애쓰는 것만 같았다.

게드는 멈춰 섰다. 땅거미 지는 늦은 시각, 사방엔 황량한 언덕들만이 펼쳐져 있었다. 싸락눈이 조금씩 날리며 떨어졌다.

"스키오르!"

게드가 부르자 상대는 우뚝 서더니 뒤돌아보았다. 뾰족한 두건 아래엔 얼굴이 없었다.

게드가 주문을 외거나 힘을 불러오기도 전에 겝베스가 그 쉰 목소리로 말했다.

"게드!"

그러자 게드는 아무 변신도 할 수 없이 자신의 진짜 모습 속에 갇혀 버렸고 속수무책으로 겝베스와 맞서야 했다. 이 낯선 땅에서는 도움을 불러올 수도 없었다. 사람이건 사물이건 이 땅의 것들을 게드는 알지 못했고 그것들이 그의 부름에 응하지도 않을 것이었다. 게드는 혼자였다. 그와 적 사이에 있는 것이라곤 오른손에 든 주목 지팡이뿐이었다.

스키오르의 마음을 먹어 치우고 그 육체를 사로잡은 그것이 게드를 향하여 한 발짝 다가왔고, 두 팔마저 앞으로 내뻗쳐 그를 더듬어 잡으려고 했다. 무서운 나머지 격한 분노가 치밀어 올랐다. 게드는 지팡이를 쳐들었다가 그림자의 얼굴을 숨긴 두건을 바람 소리가 나도록 내리쳤다. 그 거센 일격에 얻어맞은 두건과 망토는 속에 공기밖에 들어 있지 않았다는 듯 땅바닥에 구겨져 내리는가 싶더니, 꿈틀거리고 펄럭거리며 도로 일어섰다. 겝베스의 몸은 진정한 실체로부터 빨아낸 것으로서 인간 형태를 한 껍질이나 안개 같은 무언가이며, 그 실체는 그림자다. 육체는 그림자가 쓰고 있는 거짓된 허깨비에 지나지 않았다. 그래서 그것은 바람에 불리듯이 뻗쳐 나왔다 움푹 들어갔다 하면서 다가와 로크 동산에서처럼 게드를 붙잡으려고 했다. 그렇게 된다면 그것은 스키오르라는 껍데기를 내던져 버리고 게드 속으로 들어가 속에서부터 그를 먹어 치우고 차지할 것이다. 그것이야말로 그놈의 완전한 목표였다. 게드는 연기가 피어나는 무거운 지팡이를 들어 다시 내리쳐서 그놈을 떼어 놓았다. 그러나 그것은 다시 다가왔고, 게드는 또다시 내리쳤지만 지팡이에 불이 붙어 연기가 뭉클뭉클 오르며 손을 뜨겁게 지지는 바람에 그만 지팡이를 떨어뜨리고 말았다. 게드는 뒤로 물러났고, 갑자기 돌아서서 도망쳤다.

그는 달렸다. 겝베스가 한 발 뒤에 바짝 쫓아왔다. 그놈이 게드를 따라잡지는 못했지만 뒤처지지도 않았다. 게드는 한번도 뒤돌아보지 않은 채 오직 달렸다. 숨을 곳이라곤 아무 데도 없는 음침한 광야를 게드는 달리고 또 달렸다. 한번은 겝베스가 또다시 거칠고 갈라진 목소리로 그의 이름을 불렀다. 그러나 그것이 마법사로서의 힘은 빼앗아 갔을지라도 게드의 몸의 힘까지 좌우하지는 못했기에 게드를 멈춰 세울 순 없었다. 게드는 달렸다.

쫓는 자와 쫓기는 자를 둘러싼 어둠이 짙어 가고 흩날리는 눈발이 점점 빽빽해져 길을 가렸다. 게드는 더 이상 앞을 볼 수 없었다. 두 눈 속으로 맥이 뛰놀고 목구멍을 스치는 숨이 타는 듯했다. 이젠 더 이상 뛰는 것이 아니라 비틀거리며 나아가고 있을 뿐이었다. 그런데도 그 지칠 줄 모르는 추격자는 그를 따라잡지 못하는 듯 계속해서 바로 뒤를 바짝 쫓아왔다. 그것이 속삭이고 중얼거리며 부르기 시작했다. 그리고 게드는 그 속삭임이 일생 동안 귀 속에 있었다는 걸, 들을 수 있는 영역 바로 밑에서 내내 존재해 왔다는 걸 깨달았다. 이제는 그 소리가 들렸다. 이젠 무릎을 꿇어야 했다. 포기하고 멈춰 서야 했다. 하지만 게드는 몸부림치며 어둠 내린 기나긴 오르막길을 힘겹게 기어올랐다. 앞쪽 어딘가에 빛이 있다는 생각이 들었다. 앞쪽 높은 곳으로부터 "오라! 오라!" 하고 부르는 목소리가 들리는 듯싶었다.

거기에 대답하려 했지만 소리를 낼 수가 없었다. 희미하던 빛이 좀 더 확실해졌다. 빛은 똑바로 앞쪽에 나타난 성문으로부터 비쳐 나오고 있었다. 벽은 보이지 않았고 문만 보였다. 그것을 보고 게드는 서 버렸다. 그러자 겝베스가 망토를 낚아채곤 뒤에서 그를 안아 잡으려고 옆구리를 더듬어 왔다. 게드는 마지막 남은 힘을 짜내어 흐린 빛이 비쳐 나오는 그 문으로 뛰어들었다. 돌아서서 문을 닫아 겝베스를 막으려 했지만, 다리가 지탱하지 못했다. 게드는 비틀거리며 잡을 것을 찾아 손을 뻗었다. 눈알 속으로 빛이 아물아물 헤엄쳤다. 게드는 자신이 쓰러지는 걸 느꼈고, 쓰러지면서도 누군가의 손에 붙잡히는 것을 느꼈다. 그러나 그의 정신은 완전히 지쳐 버려, 그대로 어둠 속으로 미끄러져 들어갔다.

매의 비행

게드는 잠에서 깨고서도 한참 동안이나 깨어 있는 것이 기쁘다는 것만을 느끼며 누워 있었다. 다시 깨어날 거라곤 생각 못 했는데 빛을 보자 너무나도 기뻤던 것이다. 넉넉하고 차분한 대낮의 빛이 주위에 가득 차 있었다. 그 빛에 둥둥 떠다니는 느낌이었다. 또는 아주 고요한 수면 위를 떠도는 배에 탄 것 같기도 했다. 마침내 게드는 자신이 이부자리 속에 누워 있다는 것을 깨달았다. 하지만 이것은 그가 여지껏 누워 본 잠자리들과는 딴판이었다. 조각이 새겨진 네 개의 높은 침대 다리에 틀을 얹고, 비단 요잇에 깃털을 채운 침대요를 깔아 놓았다. 그래서 둥둥 떠 있는 기분이 들었던 것이다. 침대 위로는 외풍을 막기 위한 진홍빛 천이 드리워졌다. 휘장은 양옆으로 걷혀 묶여 있어서 돌로 된 벽과 바닥 등 방 안이 보였다. 높직한 창문이 세 개 있어서 황야가 내다보였다. 겨울의 부드러운 햇빛 아래 벌거벗은 갈색 들판은 여기저기 눈이 쌓여 얼룩져 있었다. 땅이 아주 멀리까지 보이는 것으로 보아 방은 상당한 높이에 있는 게 분명했다.

자리에 일어나 앉자 깃털을 둔 공단 이불이 흘러내렸다. 게드는 자신이 공경들의 옷 같은 은빛 비단 옷을 입고 있다는 것을 알았다. 침대 곁 의자에는 낭창낭창한 가죽으로 지은 고급 장화와 펠라위 털로 선을 두른 망토가 마련되어 있었다. 게드는 마법에 홀린 사람처럼 한동안 멍하니 앉아 있었다. 그런 다음 일어서서 지팡이로 손을 뻗었다. 그러나 지팡이는 없었다.

오른손은 누군가 약을 바르고 처매 놓긴 했지만 손바닥과 손가락이 화끈거렸다. 이제야 게드는 그 아픔을 느꼈고, 온몸이 욱신욱신 쑤시는 것도 느꼈다.

게드는 또다시 잠시 동안 꼼짝하지 않고 서 있었다. 그러곤 속삭였다. 부름은 큰 소리가 아니었고, 별 기대도 담겨 있지 못했다.

"회그……, 회그……."

충성스럽고 암팡진 그 작은 생물도 곁에 없었던 것이다. 게드를 죽음의 왕국으로부터 이끌어 내어 돌아오게 해 주었던 그 작고 말없는 녀석도……. 지난밤 도망칠 때에 오탁이 계속 함께 있었던가? 그건 지난밤이 맞을까, 아니면 여러 밤 전이었을까? 게드는 알 수 없었다. 마음속 모든 것이 흐릿하고 모호했다. 겝베스, 타오르던 지팡이, 도주와 속삭임, 문. 무엇 하나 명확하게 떠오르지 않았다. 바로 이 순간에조차 분명한 것은 아무것도 없었다. 게드는 다시 한번 작은 소리로 아끼던 동물의 이름을 불렀다. 대답을 기대하고 부른 건 아니었다. 눈물이 솟아올랐다.

멀리 어디에선가 작은 종이 울렸다. 바로 문 밖에서 두 번째 종소리가 듣기 좋게 잘랑거렸다. 게드가 등지고 서 있던 방 맞은편의 문이 열리고 한 여자가 들어왔다.

"환영해요, 새매 님."

미소 띤 여인이 말했다.

그녀는 젊고 키가 컸으며 흰색과 은색으로 차려입었다. 떨어지는 검은 물줄기처럼 똑바로 흘러내린 머리카락에는 은으로 짠 머리망을 왕관처럼 두르고 있었다.

게드는 뻣뻣하게 머리 숙여 절했다.

"나를 기억 못하는 것 같군요."

"당신을 기억한다고요, 부인?"

게드는 일평생 그 아름다움에 걸맞도록 성장을 한 미녀란 한 번밖에 본 적이 없었다. 바로 해돌이 축제 때 부군과 함께 로크를 방문했던 오 섬 영주의 부인이다. 그 부인은 가냘프게 빛나는 촛불 불꽃 같았다. 그러나 이 여자는 새로 떠오른 하얀 달 같았다. 그녀가 미소 지으며 말했다.

"기억 못할 거라고 생각했어요. 하지만 잊어버렸다고 해도, 당신은 여기서 옛친구로서 환영받고 있답니다."

"여기가 어디입니까?"

여전히 뻣뻣하고 어눌한 태도로 게드가 물었다. 그녀에게 말을 거는 것도 어렵고 그녀로부터 눈을 떼기도 힘들었다. 지금 입고 있는 왕자 같은 옷은 게드에게 익숙지 못했다. 서 있는 돌바닥도 친숙하지 않으며 숨쉬는 공기마저도 낯선 땅의 공기였다. 자기 자신조차도 자신이 아니었다. 적어도 여태까지의 자신이라고는 할 수 없었다.

"이 성채는 테레논의 궁정이라고 불리죠. 우리 주인 벤데레스크는 케크셈트 황야의 가장자리로부터 북으로 오스의 산들에 이르기까지 이 땅 전체를 다스리는 군주이며, 테레논이라 불리는 소중한 돌을 지키는 사람이에요. 저에 관해 말씀드리면, 여기 오스킬에선 '세레트'라고 불려요. 이쪽 말로 은(銀)이라는 뜻입니다. 그리고 내가 알기로 당신은 때때로 새매라고 불리는 분이며 현자의 섬에서 마법사가 된 사람이지요."

게드는 화상 입은 손을 내려다보곤 곧바로 말했다.

"난 내가 누구인지 모르겠군요. 한때는 힘을 지녔죠. 아무래도 이젠 그걸 잃어버린 것 같습니다."

"아니에요! 당신은 힘을 잃지 않았어요. 잃었더라도 결국엔 완전히 되찾게 될 거예요. 무엇이 당신을 여기로 몰아왔든 여기선 안전해요, 친구여. 이 탑을 둘러싼 벽은 튼튼하거든요. 돌로 된 벽만 말하는 게 아니랍니다. 여기선 쉴 수 있어요. 힘을 되찾으면서요. 어쩌면 이곳에서 좀 다른 힘을 얻게 될지도 몰라요. 그리고 손아귀에서 불타 재가 돼 버리는 일이 없는 지팡이를 얻게 될지도요. 악한 길이라도 아무튼 결국엔 선한 끝에 가 닿을 수 있으니까요. 이제 날 따라오시겠어요? 우리의 왕국을 보여드리죠."

여인이 너무나도 상냥하게 말해, 게드는 무슨 얘기를 들었는지 잘 인식도 못한 채 그 목소리에 담긴 미더움만으로 마음이 움직였다. 그는 그녀를 따라갔다.

그의 방은 과연 높은 층에 있었다. 언덕 꼭대기에 날카로운 이빨처럼 솟아오른 탑 위의 방이었다. 게드는 세레트를 따라 대리석으로 된 나선 계단을 내려가며 화려한 방들과 회랑들과 높은 창문들을 지나쳤다. 동서남북으로 나 있는 창문들 너머엔 한결같이 집도 나무도 없이 나지막한 갈색 언덕들만이 펼쳐져, 햇빛에 씻긴 겨울 하늘 아래 불변의 모습으로 선명했다. 단지 북쪽 멀리 작고 하얀 산봉우리들이 파란색을 배경으로 뾰족이 돋아 있고, 또 남쪽으로 바다라고 짐작되는 반짝임이 있을 따름이었다.

시종들이 게드와 부인을 위해 문을 열어 주고 비켜섰다. 모두 창백하고 무뚝뚝한 오스킬 사람이었다. 부인도 흰 피부를 지녔지만 하인들과는 달리 하드 어를 유창하게 했으며, 게드에겐 그녀가 곤트 식 억양을 가졌다는 느낌마저 들었다. 그녀는 그날 중에 게드를 자기 남편인 테레논 영주 벤데레스크에게 데려갔다. 영주는 부인보다 세 배는 나이가 많아 보였고 뼈다귀처럼 희고 깡마른 데다 눈빛이 흐렸다. 벤데레스크 공은 딱딱하고 차가운 태도로 게드를 맞이하며 언제까지든 좋을 대로 손님으로 머무르라고 했다. 그런 후엔 별말을 않고 여로에 관해서나 게드를 쫓아왔던 적에 관해서도 아무것도 묻지 않았다. 세레트 부인 또한 그러한 것들에 대해선 묻지 않았다.

이것이 이상한 일이라면, 이 장소와 여기 와 있는 게드 자신부터 시작해 모든 것이 이상했다. 게드의 정신은 좀처럼 맑아지지 않았다. 무엇을 똑바르게 바라볼 수가 없었다. 이 성탑에 오게 된 건 우연이지만, 그 우연이란 모조리 계획된 것이다. 아니면 여기 오게 된 게 미리 짜여졌던 것이되 그 모든 음모가 단지 우연이 만들어 낸 것이든가.

게드는 북으로 길을 떠났다. 오리미에서 낯선 사람이 이리로 와 도움을 찾으라고 말했다. 그리고 거기에 오스킬 배가 기다리고 있었다. 이중 얼마나 많은 일이 그를 잡으려는 그림자의 소행일까? 아니면 아무것도 그림자의 짓이 아니고 게드와 추적자

둘 다 어떤 다른 힘에 의해 이곳으로 몰려 온 것일까? 게드는 그 힘의 유혹을 따르고 그림자는 그를 따르다가 때가 오자 스키오르를 덮쳐 무기로 삼았던 것일까? 그랬던 게 틀림없었다. 왜냐하면 세레트 말대로 그림자는 테레논 궁정을 침범할 수 없었던 게 분명했기 때문이다. 탑에서 깨어난 후로 게드는 그 존재가 숨어 있다는 조짐도 위협도 전혀 감지하지 못했다.

그러나 그러면 무엇이 자신을 이곳으로 오게 했는가? 이곳은 결코 우연히 들를 만한 장소가 아니었다. 둔해진 머리로도 게드는 그 사실을 깨닫기 시작했다. 게드 이외에 낯선 자가 이곳의 문들로 기어드는 일은 전혀 없었다. 성탑은 홀로 외떨어져 가장 가까운 도시인 네숩으로 향하는 길에 등을 돌린 채 서 있었다. 성채를 찾아오는 이도 성채에서 떠나는 이도 없었다. 탑의 창문들은 황무지를 내려다볼 뿐이었다.

게드는 이 창문들을 통해 밖을 보았다. 높은 탑의 방에서 혼자 지내며, 게드는 하루하루 지날수록 더 무뎌지고 마음이 병들고 한기가 들었다. 탑 속은 늘 추웠다. 깔개가 깔려 있고 벽에는 태피스트리들이 걸려 있고 털가죽을 두툼하게 댄 옷에 커다란 대리석 벽난로가 있어도 추위는 뼛속까지, 골수까지 파고들어 가시지 않았다. 그리고 적과 맞대면해 패배하고 달아났던 일을 생각할 때면 마음속에 맺히곤 하는 차디찬 수치심도 없어지지 않았다. 게드의 마음속에는 로크의 대마법사들이 모두 한데 모여 자신을 빤히 바라보는 듯했다. 그 한가운데 대현자 겐셔가 얼굴을 찡그리고 있고, 넴머를도 함께 있고, 오지언도 있었으며, 심지어 맨 처음 주문을 가르쳐 준 마녀까지 있었다. 게드는 자신이 그들의 신뢰를 저버렸다는 것을 알고 있었다. 그는 변명을 했다.

'도망치지 않았다면 그림자가 절 사로잡았을 겁니다. 그게 벌써 스키오르의 힘을 모조리 차지하고 제 힘도 얼마간 가져갔으니까요. 그놈과 싸울 수는 없었어요. 놈이 제 이름을 알고 있었다고요. 저는 도망쳐야 했어요. 마법사가 겝베스로 화하면 무시무시한 힘으로 악행과 파괴를 저지를 거예요. 전 도망쳐야 했어요.'

그러나 마음속에서 그의 변명을 듣는 이들은 누구도 대답하지 않았다. 그러면 게드는 창문 아래 빈 대지에 그칠 줄 모르고 떨어져 내리는 가는 눈발을 바라보며 가슴속에 무딘 냉기를 느꼈다. 그 냉기는 점점 커져서 마침내는 일종의 피로감을 빼곤 모든 감정이 시들어 버린 것처럼 느껴졌다.

그렇게 여러 날을 게드는 처량한 상태에 빠져 있었다. 방을 나와 아래로 내려왔을 때에도 그는 말이 없이 어색하게 굴었다. 성주 부인의 아름다움은 그의 마음을 혼란스럽게 했고, 화려하고 품위 있고 질서 정연하며 낯선 이 궁정에서 게드 자신은 천상 염소치기로밖에 느껴지지 않았다.

혼자 있고 싶을 때면 혼자 있을 수 있었다. 내리는 눈발을 바라보며 번민을 거듭하다 더 이상 견딜 수 없을 지경에 이르면 종종 세레트가 그를 만나 주었다. 그들은 태피스트리가 걸려 있고 불이 지펴진 탑 아래층의 굽은 회랑 중 한 곳에서 이야기를 나누었다. 성채의 여주인은 쾌활한 성품이라고는 할 수 없었다. 미소는 자주 지었지만 소리 내어 웃는 일은 절대로 없었다. 그러나 한 번 미소 짓는 것만으로도 그녀는 게드를 편하게 만들어 주었다. 그녀와 시간을 보내면서 게드는 수치심에 뻿뻿이 굳어 있던 상태를 지우기 시작했다. 오래지 않아 그들은 날마다 만나 오랫동안 조용히 한가롭게 이야기하게 되었다. 두 사람은 탑의 높은 방 창가나 벽난로 곁에서, 늘 세레트를 수행하는 시녀를 약간 떼어 두고서 이야기를 나누었다.

늙은 영주는 주로 자기 처소에서 시간을 보냈다. 그는 아침이면 밤새도록 주문을 시험한 늙은 마법사처럼 나타나서는 눈 쌓인 성채 안뜰을 오르내렸다. 저녁 식사 때 게드와 세레트와 함께 앉으면 별 말도 없이 때로 냉혹하고 탐욕스러운 눈길을 젊은 아내에게 던지곤 했다. 그러면 게드는 세레트가 가여웠다. 그녀는 우리에 갇힌 하얀 사슴이나 날개를 묶인 하얀 새 같았고, 늙은 남자의 손가락에 끼워진 은반지 같았다. 그녀는 벤데레스크의 보물 목록 중 하나였다. 영주가 자리를 뜨면 게드는 세레트 곁에 남아서 그녀가 자신을 기운 나게 해 준 것처럼 그녀의 외로움을 덜어 주기 위해 노력했다.

"당신네 성채 이름이 유래한 보석은 어떤 것인가요?"

그들은 동굴처럼 소리가 울리는 큰 식당의 촛불 빛 아래 앉아 금접시와 금잔들 위로 대화를 나누고 있었다.

"그 돌 얘기를 들은 적이 없나요? 유명한데요."

"못 들어봤군요. 오스킬 영주들의 보물 창고가 유명한 줄은 압니다만."

"아, 이 보석은 그 전부보다 더 찬란하죠. 날 따라와요. 볼 마음이 있나요?"

세레트는 조롱과 도전을 머금은 얼굴로 미소 지었다. 자기가 하는 짓을 조금 두려워하는 듯했다. 그녀는 젊은이를 이끌고 큰 방을 나가 탑 맨 아래층의 좁은 복도를 통과했다. 층계를 통해 지하로 내려가자 이윽고 잠긴 문 앞에 이르렀다. 세레트가 은 열쇠로 문을 연 다음 좀 전에 보였던 미소로 게드를 올려다보았다. 자기와 함께 들어갈 배짱이 있느냐고 도전하는 듯한 미소였다. 문을 지나니 짧은 복도가 있고 두 번째 문이 있었다. 세레트는 금 열쇠로 그 문을 열었다. 그러자 그 너머로 또 세 번째 문이 있었다. 그 문은 위대한 해제 주문 중 하나를 써서 열었다. 그 마지막 문으로 들어서자 세레트의 촛불 빛이 지하 감옥을 닮은 작은 방을 드러냈다. 바닥과 벽과 천장이 모두 거친 돌로 된, 아무 가구도 없이 휑뎅그렁한 방이었다. 세레트가 물었다.

"보여요?"

방을 둘러본 게드는 마법사의 눈으로 바닥에 깔린 돌들 중 하나를 잡아냈다. 다른 것과 똑같이 거칠고 습기로 축축한, 무겁고 모양이 일정치 않은 바닥돌이었다. 그러나 게드에겐 그것의 힘이 느껴졌다. 그것이 큰 소리로 말을 거는 것 같았다. 게드는 숨이 탁 막혔고 잠시 동안 욕지기가 일었다. 그 돌은 이 탑의 주춧돌이었다. 이곳이야말로 탑의 중심부이며, 몹시, 몸서리칠 정도로 추웠다. 그 무엇도 이 작은 방을 따뜻하게 하지 못할 것이다. 이 돌은 아주 오래된 것이었다. 해묵은 무시무시한 넋이 그 속에 갇혀 있었다. 게드는 봤다 못 봤다의 대답도 없이 그저 서 있기만 했기에 이윽고 세레트가 호기심 어린 눈길을 흘끗 던지곤 돌을 가리켰다.

"저게 테레논이에요. 그토록 귀중한 보석을 이렇게 깊고깊은 보물 창고에 처박아 둔다는 게 이상한가요?"

게드는 여전히 대답 없이 경계심을 늦추지 않고 묵묵히 서 있을 뿐이었다. 세레트는 게드를 시험하려 한 듯했다. 그러나 그 돌을 그렇게 가볍게 이야기한다는 건 그 돌이 어떠한 돌인지 전혀 모른다는 뜻이었다. 그녀는 그것을 두려워할 만큼 충분히 알지 못했다. 그가 마침내 말했다.

"나에게 이것의 힘에 대해 이야기해 주십시오."

"이것은 세고이가 난바다로부터 세계의 섬들을 끌어올리기도 전에 만들어졌어요. 이것은 이 세계가 만들어진 그때에 생겨났고, 세계가 멸망할 때까지 그대로일 거예요. 이 돌에 시간이란 아무 의미가 없죠. 돌에 손을 올리고 물어보면, 그 사람이 지닌 힘에 따라 돌이 대답해 주지요. 듣는 법을 안다면 이 돌엔 목소리가 있답니다. 존재했던 것과 존재하는 것, 앞으로 존재할 것에 대해 말해 줄 거예요. 이 돌이 당신이 올 거라고 얘기해 줬지요, 실제로 당신이 이 땅에 오기 한참 전에요. 지금 질문해 보겠어요?"

"아닙니다."

"돌이 대답해 줄 거예요."

"저것에 물어보고 싶은 건 아무것도 없습니다."

세레트가 그 부드러운 목소리로 말했다.

"그것이 가르쳐 줄 텐데요. 당신의 적을 물리칠 방법을 말이에요."

게드는 벙어리처럼 서 있었다.

"저 돌이 두려운가요?"

그녀는 못미더워 물었고 그가 대답했다.

"그렇습니다."

돌과 주문으로 된 벽들이 겹겹이 에워싼 그 방의 추위와 적막 속에, 손에 든 한 자루 초의 불빛 속에, 세레트는 다시 한번 광채를 띤 눈으로 그를 흘긋 쳐다보았다.

“새매, 당신은 겁내고 있지 않아요.”

“하지만 난 저 영혼과 이야기하지 않을 겁니다.”

게드는 대답하고선 세레트를 정면으로 마주 바라보았다. 그는 엄숙하고도 과감하게 말했다.

“부인, 저 영혼은 돌 속에 봉인되어 있습니다. 그리고 돌은 묶기 주문과 눈멀게 하기 주문과 잠그고 감시하는 주문과 불모지의 삼중으로 요새화된 성벽 속에 갇혀 있지요. 저것이 가치 있는 보물이라서가 아니라 커다란 악을 불러일으킬 수 있기 때문입니다. 당신이 이곳에 와서 무슨 얘기를 들었는지는 모릅니다. 그러나 어리고 부드러운 마음씨를 가진 당신은 결코 저것을 만져서는 안 됩니다. 바라보는 것조차도 안 돼요. 그것은 당신에게 좋게 작용하지 않을 겁니다.”

“이미 만졌는데요. 난 저 돌에게 말을 했고 저것의 이야기를 들었어요. 아무 해도 입지 않고요.”

세레트가 돌아섰다. 문과 통로를 거쳐 횃불이 있는 널찍한 탑 층계참에 이르자 그녀는 촛불을 불어 껐다. 두 사람은 거의 말을 주고받지 않은 채 헤어졌다.

그날 밤 게드는 거의 잠들지 못했다. 그를 깨어 있게 만든 건 그림자 생각이 아니었다. 오히려 그 생각은 자꾸만 되풀이해 떠오르는 영상들 앞에서 쫓겨나다시피 했다. 이 탑을 떠받치고 있는 돌의 모습과 세레트가 쳐다봤을 때 촛불 빛 속에 또렷이 명

암졌던 얼굴……. 게드는 거듭거듭 그녀의 시선을 되새기며 돌을 만지지 않겠다고 했을 때 그 눈에 떠오른 표정이 무엇이었는지 판단하려고 애썼다. 그게 무시당하고 상처 입은 표정은 아니었는지? 마침내 잠을 자려고 누웠지만 비단 침대보는 얼음처럼 차가웠고, 게드는 그 돌과 세레트의 눈동자를 생각하며 어둠 속에 계속 깨어 있었다.

다음 날 회색 대리석이 기운 햇살을 머금은 굽은 회랑에서 그는 세레트를 찾았다. 그곳은 세레트가 하녀들과 함께 게임을 하거나 베틀을 잡고 앉아 오후를 보내곤 하는 장소였다. 게드가 말했다.

"세레트 부인, 제가 무례했습니다. 죄송합니다."

"아니에요."

세레트는 생각에 잠긴 듯 말하고는 또다시 같은 말을 했다.

"아니에요……."

시중드는 여자들을 내보내고 둘만 남게 되자 세레트는 게드를 향해 말했다.

"나의 손님, 내 친구여, 당신은 아주 뚜렷이 사물을 봐요. 하지만 보이는 모든 것을 다 보진 못하는군요. 곤트에서나 로크에서는 상급 마법을 가르치지요. 그러나 모든 마법을 다 가르치는 것은 아니에요. 여기는 오스킬, 갈까마귀의 땅이지요. 여긴 하드인의 땅이 아니에요. 현자들은 이 땅을 다스리지 않고 이곳에 대해 많이 알지도 못해요. 남방의 전승자들은 이곳에서 일어났던 사건들을 다루지 않고, 이 땅의 사물들은 명명자들의 목록에 올라 있지 않아요. 알지 못하는 것은 두렵게 마련이죠. 하지만 여기 테레논의 궁정에 당신이 두려워할 건 아무것도 없답니다. 약한 사람이라면 두려워하겠죠. 당신은 아니잖아요. 당신은 그 봉인된 방에 있는 것을 제어할 만한 힘을 갖고 태어났어요. 난 알아요. 그게 바로 당신이 지금 여기 있는 이유랍니다."

"이해 못하겠는데요."

"그건 벤데레스크 공이 당신에게 전적으로 솔직하지 않았기 때문이에요. 난 솔직하게 말하겠어요. 이리 와요, 여기 내 옆에 앉으세요."

게드는 세레트 곁 방석이 깔려 있는 깊숙한 창턱에 앉았다. 스러져 가는 햇빛이 낮은 각도로 비쳐 들어와 온기 없는 광휘로 두 사람을 휩쌌다. 벌써 그늘져 어둠에 가라앉아 가는 저 아래 황무지에는 채 녹지 않은 지난밤의 눈이 둔한 백색으로 온 땅을 덮고 있었다.

세레트의 말은 이제 매우 부드러웠다.

"벤데레스크는 영주고 테레논의 상속자이지만 그 돌을 이용 못해요. 그인 그게 완벽하게 자기 뜻에 따르게 할 수가 없죠. 나 또한 할 수 없어요, 혼자서든 그와 함께든 말이죠. 우리에겐 그럴 만한 기술과 힘이 없어요. 당신은 둘을 다 가졌지요."

"어떻게 압니까?"

"그 돌에게 들었으니까요! 돌이 당신이 올 거라는 얘길 했다고 내가 이미 말했잖아요. 그 돌은 제 주인을 알아요. 당신이 오길 기다린 거예요. 당신이 태어나기 훨씬 전부터 당신을, 자신을 장악할 수 있는 인물을 기다려 온 거랍니다. 그리고 테레논에게서 대답을 얻고 테레논을 뜻대로 부릴 수 있는 사람은 자기 자신의 운명을 다스릴 힘을 갖지요. 어떤 적이든 쳐부술 수 있는 힘을요. 그 적이 필멸의 생물이든 아니면 다른 세상의 것이든 말이에요. 예지력과 지식, 부귀, 지배자의 권위, 대현자조차 고개 숙이게 만들 마법을 휘두를 수 있는 거예요! 원하는 게 크든 작든 요구하는 대로 얻을 수 있어요."

세레트는 한 번 더 눈을 들어 그를 바라보았고, 꿰뚫을 듯한 그 시선에 게드는 추위를 느끼는 사람처럼 몸을 떨었다. 그러나 그녀의 얼굴엔 공포가 서려 있었다. 마치 그의 도움을 바라지만 자존심 때문에 부탁 못하는 것 같았다. 게드는 혼란스러웠다. 세레트는 그의 손에 자기 손을 겹쳤다. 가볍게 얹어진 그녀의 손은 검고 억센 그의 손 위에서 희고 가늘었다. 게드는 간절하게 말했다.

"세레트! 당신이 생각하는 그런 힘은 내게 없어요. 한때 가졌던 걸 난 내던져 버렸지요. 나는 도울 수 없어요, 나는 당신에게 아무 쓸모가 없어요. 하지만 이건 압니다. 땅의 옛 힘들은 사람들이 이용할 게 못 됩니다. 결코 우리 손에 주어진 적 없으며 우리 손에선 파멸만을 이루어 내는 힘이지요. 악한 수단은 악한 결말을 가져옵니다. 나는 이곳에 이끌려서 온 게 아니라 쫓겨온 겁니다. 그리고 나를 쫓아낸 힘은 나를 파괴하고 있어요. 나는 당신을 도울 수가 없습니다."

"자신의 힘을 내던진 사람은 때로 훨씬 더 큰 힘으로 채워지지요."

세레트는 말하며 미소 지었다. 게드의 두려움과 망설임을 어린애 같다고 여기는 듯했다.

"누가 당신을 이리 데려왔는지는 내가 당신보다 잘 알걸요. 오리미의 거리에서 어떤 남자가 당신에게 말을 걸지 않았던가요? 그는 사자였어요, 테레논의 시종이지요. 한때는 마법사였지만 그 어떤 현자의 힘보다 더 큰 힘을 섬기고자 지팡이를 버린 사람이에요. 그래서 당신은 오스킬로 왔고, 황무지에서 나무 지팡이로 그림자와 싸우려고 했죠. 까딱했다간 구출하지 못할 뻔했답니다. 당신을 뒤쫓던 그게 우리 생각보다도 교활했거든요. 그리고 이미 당신으로부터 많은 힘을 빼내 간 후였고요……. 그림자와 싸울 수 있는 건 그림자뿐이에요. 어둠만이 어둠을 물리칠 수 있어요. 봐요, 새매! 그럼 뭐가 필요하죠? 이 성벽 밖에서 기다리는 그림자를 물리치기 위해 필요한 게 뭐죠?"

"내가 알 수 없는 것이지요, 그것의 이름."

"테레논은 모든 탄생과 죽음을 알고 죽음 이전과 이후의 존재들, 태어나지 않은 것과 불멸의 것, 밝은 세계와 어두운 세계를 알아요. 그 돌이 그 이름을 말해 줄 거예요."

"그러면 그 대가는?"

"대가는 없어요. 그 돌이 당신에게 복종하고 노예처럼 당신을 받들 거라고 제가 말하잖아요."

혼란과 고뇌에 빠져, 게드는 대답하지 않았다. 이제 세레트는 양손으로 그의 손을 꼭 잡고 얼굴을 똑바로 들여다보고 있었다. 해는 지평선을 흐려 놓은 안개 속으로 가라앉고 대기마저 점차 우중충해져 갔다. 하지만 게드를 바라보며 그의 의지가 흔들리는 것을 알아차린 세레트의 얼굴은 승리의 개가를 올리듯 환히 피어올랐다. 그녀가 부드럽게 속삭였다.

"당신은 온 인류보다 강대해질 거예요, 인간들 중 왕이 될 거예요. 당신이 다스릴 거고, 나도 함께 다스릴 거예요……."

게드는 돌연 벌떡 일어서서 앞으로 한 발짝을 나섰다. 그 긴 방의 굽은 벽 바로 뒤에 테레논의 영주가 서 있었다. 그는 문 옆에서 이야기를 엿들으며 희미한 미소를 띠고 있었다.

게드의 시야가 깨끗이 개고 그의 마음도 맑아졌다. 그는 세레트를 내려다보았다.

"어둠을 물리치는 것은 빛입니다."

더듬거리며 그가 말했다.

"빛이란 말입니다……."

말을 하면서 그 말이 그대로 사실을 비추는 바로 그 빛이기라도 한 듯이 게드는 명백하게 알 수 있었다. 자신이 어떻게 해서 이곳으로 끌려왔는지, 그들이 어떻게 자신을 구슬리고 어떻게 자신의 두려움을 이용하여 유도했는지, 그리고 어떻게 계속 잡아 두려 했던 것인지. 분명 그들은 그림자로부터 게드를 구해 주었다. 그가 그 돌의 노예가 되기도 전에 그림자에게 사로잡히는 것은 원치 않았기 때문이다. 일단 그의 의지가 돌의 힘에 얽매이고 나면, 그들은 그림자를 성벽 안에 들여놓았을 터였다. 노예로 부리기엔 겝베스가 사람보다 나을 테니까. 그 돌을 만지거나 거기 말을 걸었더라면 게드는 완전히 파멸하고 말았을 터였다. 그러나 그림자조차 그를 제대로 따라잡고 얽맬 수 없었던 것처럼, 그 돌도 게드를 완벽하게 이용할 수는 없었다. 완벽하게는 못했다, 게드는 거의 무릎을 꿇을 뻔했지만 정말로 패배하진 않았다. 그는 동의하지 않았다. 악이 동의하지 않은 영혼을 사로잡는 것은 아주 힘든 일이다.

게드는 이미 악에 무릎 꿇고 동의를 했던 두 사람 사이에 서 있었다. 그 둘을 번갈아 바라보는 동안 벤데레스크가 앞으로 나왔다. 테레논의 영주는 메마른 음성으로 말했다.

"이자가 당신 손아귀를 빠져나갈 거라고 내가 그랬지, 세레트. 당신네 곤트 마법사들은 똑똑한 바보들이야. 그리고 당신도 바보지, 곤트 여자. 이자와 나를 둘 다 속이고 그 미모로 우리를 휘둘러서 테레논을 제멋대로 이용하려 했겠다? 하지만 내가 그 돌의 주인이야, 이 내가! 그리고 부정한 아내에게는 이렇게 해주겠어. 에카브뢰 아이 윌완타르……"

그것은 변신 주문이었고, 벤데레스크는 길쭉한 두 손을 쳐들어 두려움에 질린 여인을 돼지나 개 또는 침을 질질 흘리는 노파 같은 흉측한 몰골으로 바꿔 놓으려고 했다.

게드는 발을 내딛으며 손으로 영주의 양손을 쳐서 내리게 했다. 게드도 주문을 말했지만 단 한 단어뿐이었다. 게드에겐 지팡이가 없었고 낯선 땅이자 악의 땅, 어둠의 힘이 지배하는 곳에 서 있었으나 그의 의지가 모든 것을 압도했다. 벤데레스크는 그 자리에 굳어 버렸다. 그의 흐린 눈은 증오를 담고 세레트에게 못 박혀 있었지만 그녀의 모습을 보지는 못했다.

세레트가 떨리는 목소리로 말했다.

"자, 새매, 빨리요! 벤데레스크가 돌의 종복들을 불러낼 수 있게 되기 전에……."

반향음처럼 희미한 하나의 속삭임이 성탑을 관통하며 그 바닥과 벽의 돌 속을 타고 흘렀다. 마치 땅 자체가 말을 하는 듯한, 떨림을 품은 메마른 웅얼거림이었다.

세레트는 게드의 손을 잡고 복도와 홀을 지나 길게 굽이치는 층계들을 달려 내려갔다. 그리하여 발에 밟혀 더러워진 눈 위로 그날의 마지막 은빛 광채가 아직 걸려 있는 안뜰로 나왔다. 성의 하인 세 사람이 의심스러운 듯 무뚝뚝한 태도로 앞을 가로막았다. 게드와 세레트 두 사람에게서 자기네 주인에게 반하는 어떤 음모를 감지하기라도 한 듯했다.

"날이 저물고 있습니다, 부인."

한 사람이 말하자 다른 자가 이었다.

"지금은 말을 타고 나가실 수 없습니다."

"비켜라, 이 더러운 놈들!"

세레트가 고함을 치곤 날이 선 오스킬 말을 내뱉었다. 하인들은 그녀에게서 물러서며 땅에 고꾸라져 몸을 뒤틀어 댔다. 한 명은 큰 소리로 비명을 질렀다.

"문으로 나가야 해요. 다른 출구는 없어요. 보여요? 문을 찾을 수 있겠어요, 새매?"

세레트가 손을 채어 당겼지만 게드는 머뭇거렸다.

"저 사람들에게 무슨 주문을 걸었습니까?"

"뼛속으로 뜨거운 납을 흘려 넣었어요, 저자들은 죽을 거예요. 서둘러요, 내 말 들어요. 벤데레스크가 돌의 종복들을 풀어놓을 거예요. 나는 문을 찾을 수가 없다고요. 엄청난 주문이 걸려 있거든요. 빨리요!"

무슨 소리를 하는 건지 알 수 없었다. 게드에게는 그 마법에 걸린 문이 멀쩡히 보였기 때문이다. 바로 안뜰의 석조 아치 길

저편에 있었다. 게드는 세레트를 이끌고 발자국이 찍히지 않은 눈 위를 가로질러 아치 길을 지났다. 그런 다음 열기 주문을 외어, 그녀를 이끌고 주문으로 이루어진 성벽의 문을 통과했다.

문을 나와 테레논 궁정의 은빛 어스름에서 벗어나자 세레트의 모습이 바뀌었다. 그녀는 황야의 음울한 빛 속에서도 마찬가지로 아름다웠지만 그 미모엔 사나운 마녀 같은 데가 있었다. 그로써 마침내 게드는 그녀를 알아보았다. 르 알비 영주의 딸이자 오스킬 여마술사의 딸, 아주 오래전 오지언의 집 위 푸른 목초지에서 자신을 업신여겨서 그림자를 풀어놓는 주문을 읽게 만들었던 그 소녀였다.

그러나 그에 대해 생각할 시간은 없었다. 게드는 모든 감각을 곤두세워 주위를 둘러보며 이 마법의 성벽 바깥 어디에선가 자신을 기다리고 있을 적인 그림자를 찾았다. 그것은 아직도 스키오르의 주검을 걸친 겝베스일 수도 있고, 아니면 밀려드는 어둠 속에 형체 없는 존재로 숨었다가 게드를 붙잡아 살아 있는 그의 육체 속으로 스며 들어가고자 잠복하고 있을지도 몰랐다. 가까이 있다는 건 느껴졌지만 아직까지 보이지는 않았다.

그러나 문에서부터 몇 발짝 안 되는 곳에 눈에 반쯤 파묻힌 작고 검은 물체가 먼저 눈에 띄었다. 게드는 몸을 굽혀 그것을 살며시 두 손에 집어올렸다. 바로 오탁이었다. 멋진 짧은 털은 피로 뒤엉켜 있었다. 게드의 손 안에 담긴 그 작은 몸은 가볍고 뻣뻣했으며 차가웠다.

"변신해요! 변신하라고요! 그들이 오고 있어요!"

그의 팔을 움켜잡으며 새된 소리를 지른 세레트가 등 뒤 땅거미 속에 길고 하얀 이빨처럼 서 있는 탑을 가리켰다. 성의 바닥 근처, 가는 틈 같은 창들로부터 검은 물체들이 기어 나왔다. 그것들은 긴 날개로 활갯짓을 하더니 천천히 날개를 쳐서 선회하며 성벽 위로 날아올랐다. 그러곤 아무 방비도 없이 비탈진 언덕에 선 게드와 세레트 쪽으로 향했다. 성채 안에서 들었던 달그락거리는 작은 소리가 점점 커지며 발 아래 땅 속으로부터 끔찍스런 굉음과 진동이 돋아 올랐다.

게드의 마음속에 분노가 차올랐다. 자신을 속이고 덫에 빠뜨리고 잡아 거꾸러뜨린 모든 잔혹하고 비정한 것들에 대한 뜨거운 미움이었다.

"변신하란 말예요!"

세레트가 비명처럼 외치곤 숨넘어갈 듯 빠르게 주문을 외었다. 그녀는 잿빛 갈매기로 줄어들더니 그대로 날아갔다. 그러나 게드는 몸을 굽혀 오탁이 죽어 누워 있던 자리의 눈 위로 뻗어나온 들풀의 잎새 한 가닥을 뽑았다. 메말라 바스라질 듯한 그 풀잎을 쳐들고서 게드는 큰 소리로 진정한 언어를 말했다. 그러자 풀은 길어지며 굵어져, 주문을 마쳤을 때 그의 손엔 커다란 지팡이, 마법사의 지팡이가 들려 있었다. 테레논의 궁정에서 나온 그 검고 퍼덕거리는 생물들이 내리덮치고 게드가 그놈들의 날개를 쳤을 때 지팡이에 흐른 불은 붉지 않았다. 거기 타오른 새하얀 마법의 불은 태우는 불이 아니라 어둠을 쫓아내는 백광이었다.

생물들은 다시 덤벼들었다. 그 어설픈 짐승들은 새나 용이나 인간보다 앞선 세대에 속한 것으로, 햇빛을 잊은 지 오래되었으나 이제 그 돌이 지닌 망각을 모르는 사악한 고대의 힘에 이끌려 나왔다. 놈들은 게드를 둘러싸고 날며 마구 덮쳐 왔다. 낫처럼 스쳐 가는 놈들의 갈고리 발톱 아래 게드는 지독한 악취를 느껴 토할 것만 같았다. 그는 휙 몸을 피한 다음 자신의 분노와 들풀 잎으로 만들어진 작열하는 지팡이로 맞서 싸웠다. 그러자 놈들은 썩은 고기를 뜯다가 놀란 까마귀들처럼 한꺼번에 날아올라 멀찍이 맴을 돌다가는, 소리 없이 날개를 치며 세레트가 갈매기 모습을 한 채 날아가 버린 쪽으로 날아갔다. 거대한 날개는 느려 보였지만 한번 내리칠 때마다 공기를 가르며 맹렬히 전진해 몹시 빨리 날았다. 갈매기가 오랫동안 앞설 수는 없을 엄청난 속도였다.

게드는 로크에서 그랬던 것처럼 재빠르게 커다란 매의 모습을 취했다. 평소 이름대로의 새매가 아니라 화살이나 생각처럼 빠른 송골매였다. 게드는 줄무늬가 진 굳세고 날카로운 날개로 추적자들을 추적해 날았다. 창공은 어둠에 잠겨 별들이 구름 사이로 환히 빛났다. 앞쪽에 누더기 같은 시커먼 날짐승 무리가 한꺼번에 아래로 방향을 잡아 공중의 한 지점을 노리고 몰려가는 것이 보였다. 한데 뭉친 시커먼 짐승들 너머로 마지막 날빛을 머금은 바다가 부옇게 보였다. 게드가 변한 매는 일직선으로 빠르게, 돌에서 나온 그 생물들에게 돌진했다. 매가 놈들 속으로 뛰어든 순간 무리는 돌멩이에 물이 튀듯 산산이 흩어졌다. 그러나 놈들은 먹이를 잡았다. 한 놈의 부리에 피가 묻어 있었고 또 다른 놈의 발톱엔 하얀 깃털들이 엉겨붙어 있었다. 그리고 놈들 너머 망망한 바다 위를 나는 갈매기는 없었다.

놈들은 벌써 다시 게드 쪽으로 돌아섰다. 강철 같은 주둥이를 쭉 뽑아 벌린 채 흉악한 모습으로 신속하게 다가오고 있었다. 게드는 놈들 위로 한 바퀴 선회하면서 반항적인 분노를 담은 매의 울음을 내질렀다. 그러고는 쏜살같이 오스킬의 낮은 해안을 건너질러 바다의 파도 위로 날아갔다.

돌의 생물들은 음산한 울음을 울며 잠시 맴을 돌다가 하나씩 차례차례 무겁게 날개를 치며 내륙을 향하여 황무지를 가로질러 갔다. 옛 힘들은 각각의 섬에 묶여 있어 바다를 건너지 못한다. 그 힘들은 동굴이나 돌이나 우물 같은 특정한 장소에 결부돼 있었다. 검은 무리는 성탑으로 돌아갔다. 거기선 테레논의 영주 벤데레스크가 놈들이 돌아오는 것을 보고 흐느끼다가 웃음을 터뜨렸을지 모른다. 그러나 게드는 매다운 분노에 사로잡혀 매의 날개에 몸을 싣고서 땅에 떨어지지 않는 화살처럼, 스러질 줄 모르는 생각처럼 계속 날아서 오스킬의 바다를 넘어 동으로, 겨울과 밤의 바람 속으로 묻혀 갔다.

✳

가을의 방랑에 나섰던 침묵의 오지언은 느지막이 르 알비의 집으로 돌아왔다. 그는 흐르는 세월과 함께 더 고요하고 더 호젓이 살아갔다. 산 아래 도시에 사는 곤트의 새 영주는 안드라드 제도 약탈을 감행하려 하면서 현자의 도움을 받고자 몸소 '매의 둥지'까지 올라왔지만 그에게서 말 한마디 끌어내지 못했다. 오지언은 거미줄에 앉은 거미들에게 말을 걸고 나뭇가지들을 정중히 반기면서도 영주에게는 한마디도 하지 않았고, 영주는 비위가 거슬려 돌아섰다. 오지언의 마음속에도 역시 어떤 불만이나 불편함이 있었을지 모른다. 여름과 가을 내내 홀로 산 위를 거닐다 해돌이 절기가 가까운 지금에야 집으로 돌아온 것이다.

돌아온 다음 날 그는 늦게 일어났다. 그러곤 러시워시 차 한 잔이 마시고 싶어 집에서 조금 내려간 산비탈 샘으로 물을 뜨러 갔다. 살아 움직이는 조그만 옹달샘 가장자리에는 얼음이 끼었고, 돌 틈의 마른 이끼엔 서리가 꽃처럼 가를 둘렀다. 이미 날이다 밝았지만 태양이 장대한 산어깨를 벗어나려면 아직도 한 시간은 있어야 했다. 곤트 섬 서쪽은 바닷가로부터 산꼭대기까지 한결같이 해를 보지 못한 채 고요하고 청명한 겨울 아침을 맞이하고 있었다. 마법사가 샘 곁에 서서 발 아래 흘러내린 땅과 항구와 아득히 펼쳐진 잿빛 바다를 바라보고 있을 때, 머리 위에서 날갯짓 소리가 났다. 오지언은 올려다보며 한 팔을 슬쩍 들었다. 커다란 매 한 마리가 시끄럽게 날개를 치며 내려와 팔목에 앉았다. 매는 사냥용으로 훈련받은 듯 그의 팔에 매달려 날아가지 않았지만 끊어진 가죽 끈도 발목띠도 방울도 달고 있지 않았다. 매는 발톱으로 오지언의 팔목을 세게 그러쥔 채 줄무늬 날개를 떨었다. 그 둥근 금빛 눈은 무디고도 거친 빛을 띠고 있었다.

"넌 소식이냐, 전령이냐?"

오지언이 부드럽게 말을 걸었다.

매는 그를 쳐다보았다. 오지언은 잠시 침묵했다.

"나와 함께 가자. 내가 전에 네게 이름을 붙여 주었던 것 같구나."

그러곤 성큼성큼 걸어 돌아가 손목에 새를 앉힌 채 집 안으로 들어갔다. 그는 열기를 쬐도록 매를 화로에 앉혀 두고 물을 갖다 주었다. 그러나 매는 마시려 하지 않았다. 그런 뒤 오지언은 주문을 외기 시작해 아주 조용히, 말보다는 주로 손짓을 써서 마법의 그물을 짰다. 주문이 완성되자 그는 화로의 매를 쳐다보지도 않은 채 부드럽게 말했다.

"게드."

오지언은 잠시 기다렸다가 돌아보았고, 자리에서 일어섰다. 그는 불 앞에 멍한 눈으로 떨고 선 젊은이에게 다가갔다.

게드는 모피와 비단과 은으로 된, 이국적이고 값진 옷을 차려입고 있었다. 그러나 그 옷은 찢어져 있고 바다의 소금기로 빳빳했다. 게드는 초췌한 몰골로 움츠러들어 서 있었고 엉킨 머리카락이 흉터 진 얼굴을 가렸다.

오지언은 게드의 어깨에서 더러워진 귀족 망토를 벗겨 내고 옛날 그를 재우던 벽 구석 방으로 데리고 가 거기 있는 잠자리에 눕혔다. 그러고는 입속으로 잠재우기 주문을 읊은 다음 자리를 떴다. 게드에게는 아무 말도 걸지 않았다. 게드가 지금은 인간의 말을 할 수 없다는 것을 오지언은 알고 있었다.

소년들이 다 그렇듯 오지언도 어릴 적에는 마법의 기술로 원하는 모습을 맘대로 택하는 것이 정말로 즐거운 놀이일 거라고 생각했다. 사람이나 짐승, 나무나 구름, 그 무엇이든 될 수 있다면……. 오지언은 갖가지 존재가 되어 보며 즐기려고 했다. 그러나 마법사가 되면서 그는 그 놀이의 대가를 배웠다. 그것은 자아를 잃어버릴 위험을 무릅쓴 놀이이며, 진실을 멀리하는 장난이다. 자신이 아닌 모습으로 오래 있을수록 위험은 더욱 커진다. 견습 마술사들은 누구나 길 섬의 마법사 보르저 이야기를 배운다. 보르저는 곰 모습 하기를 몹시 즐겨서 점점 더 자주 곰이 되었다. 그 결과 마침내 곰이 그의 내부에서 자라나고 인간은 꺼져 갔다. 그래서 아주 곰이 되어 버린 그는 급기야 숲속에서 자신의 어린 아들을 죽이게 되고, 나중에는 사냥당해 죽었다. 내해에 도약하는 돌고래들 중에 얼마나 많은 수가 한때는 사람이었는지 아무도 모른다. 그들은 한순간도 멈추지 않는 바다에 매혹되어 지혜와 이름을 잃어버린 현자들이다.

게드는 격렬한 고뇌와 분노 속에 매의 모습을 취했다. 오스킬에서 날아올 때 그의 마음속엔 단 하나의 생각밖에 없었다. 그 돌과 그림자를 떨쳐 버리는 것, 그 춥디추운 음모의 땅을 벗어나 집으로 돌아오는 것. 매의 분노와 야성은 게드의 정신과 닮아 있었고 마침내 그 자신의 것이 되어 버렸다. 그리고 날아가려는 게드의 의지는 매의 의지가 되었다. 그렇게 그는 인라드를 지났다. 깊은 숲 속 외딴 샘에 몸을 움츠리고 물을 마시곤 뒤따라오는 그림자에 대한 공포로 곧장 다시 날았다. 그렇게 게드는 '인라드의 입'이라고 불리는 거대한 해안을 가로질렀고, 계속 날고 또 날아 동에서 남으로, 희미하게 비치는 오래네아의 언덕들을 오른편에, 더 어렴풋한 안드라드의 언덕들을 왼편에 두고 오로지 바다만이 펼쳐진 앞길로 날아갔다. 이윽고 앞쪽으로 파도 위에 움직이지 않는 하나의 파도가 나타났다. 갈수록 점점 높아지는 그것은 곤트의 하얀 산봉우리였다.

그 엄청난 비행의 모든 햇빛과 어둠 속에서 게드는 매의 날개를 걸치고 매의 눈으로 바라보았으며, 결국엔 그 자신의 생각을 잃어버리고 매가 아는 것만을 알게 되었다. 배고픔, 바람, 그리고 날아갈 길.

그는 피난처를 옳게 택해 날아왔다. 그를 인간으로 되돌릴 수 있는 사람은 로크에 몇 명, 곤트에 단 한 명이 있을 뿐이었다.

깨어났을 때 게드는 야성에 물들어 말을 잃은 채였다. 오지언은 말을 걸지 않고 다만 고기와 물을 준 뒤 그를 가만히 내버려두었다. 게드는 지치고 기분이 상한 커다란 매처럼 음울한 태도로 불 옆에 웅크리고 앉아 있었다. 밤이 오자 그는 잠을 잤다. 셋째 날 아침, 게드는 화롯가에 앉아 불꽃을 응시하던 현자에게 갔다. 그리고 말했다.

"스승님……."

"어서 오너라, 애야."

"떠났을 때와 똑같이 돌아왔습니다. 바보같이요."

젊은이의 목소리는 빽빽한 목쉰 소리였다. 현자는 조금 웃음을 짓고 화로 건너편에 앉으라고 손짓한 뒤 둘이 마실 찻물을 불에 올렸다.

눈이 오고 있었다. 곤트의 산비탈 낮은 지점인 이곳에 겨울 들어 처음 내리는 눈이었다. 오지언의 집 창문들은 단단히 닫혀 있었지만, 그래도 촉촉한 눈송이가 지붕 위로 살며시 떨어지는 소리와 집을 온통 둘러싼 눈의 깊은 정적을 들을 수 있었다. 두 사람은 오랜 시간 불가에 앉아 있었다. 그리고 게드는 옛 스승에게 그림자 호를 타고 곤트를 떠난 뒤 몇 년 간의 이야기를 했다. 오지언은 아무것도 묻지 않았고, 게드가 이야기를 마치자 차분히 생각을 더듬으며 오랫동안 침묵을 지켰다. 그러곤 자리에서 일어나 상 위에 빵과 치즈와 포도주를 차렸다. 둘은 함께 음식을 먹었다. 식사를 마치고 뒷정리를 끝낸 후 오지언이 말했다.

"그 흉터들이 지독하구나."

"저는 그 괴물과 맞설 힘이 없어요."

게드가 대답했다. 오지언은 고개를 저을 뿐 잠시 아무 말도 하지 않았다. 그러곤 이렇게 말했다.

"이상하구나. 오스킬에서 넌 자신의 영토에 있는 마술사를 주문으로 이길 만한 힘이 있었다. 유혹들을 물리치고 땅의 옛 힘의 종들이 습격했을 때 막아 낼 만한 힘이 있었지. 그리고 펜더에서는 용과 맞설 만큼 힘 있었고."

"오스킬에서는 행운이었어요, 힘이 아니라."

게드는 대답하곤 꿈속 같았던 테레논 궁정의 혹독한 추위를 떠올리며 다시 몸을 떨었다.

"용 일은 제가 그의 이름을 알고 있었지요. 그 사악한 것, 저를 뒤쫓는 그림자는 이름이 없어요."

"모든 것에 이름이 있다."

오지언이 너무 확고히 말해 게드는 대현자 겐셔의 말을 옮길 엄두가 나지 않았다. 겐셔는 게드가 풀어놓은 것과 같은 사악한 힘들을 이름 없다고 일컬었더랬다. 그러고 보니 펜더의 용도 그림자의 이름을 가르쳐 주겠노라고 제의했다. 그러나 게드는 그게 정말이라곤 별로 믿지 않았고, 그 돌이 알고자 하는 것을 말해 줄 거라고 한 세레트의 장담도 믿지 않았다.

마침내 게드가 말했다.

"만약 그 그림자에게 이름이 있더라도, 멈춰 서서 제게 말해 줄 것 같진 않군요……."

"그러지 않겠지. 너 또한 멈춰 서서 네 이름을 말해 주진 않잖았느냐? 그런데 그것은 알고 있었다. 오스킬의 황야에서 네 이름으로 널 불렀지. 내가 너에게 준 이름으로 말이다. 이상한 일이야, 이상해……."

오지언은 다시 생각에 잠겼다. 마침내 게드가 말했다.

"스승님, 전 여기에 상의를 드리러 왔습니다. 숨으러 온 게 아니라요. 전 이 그림자를 당신께 갖다 맡기지 않을 겁니다. 제가 여기 머문다면 놈은 금세 여기 나타나겠죠. 한때 바로 이 방에서 스승님이 그걸 쫓아내셨는데……."

"아니다. 그건 단지 전조였다. 그림자의 그림자였지. 이젠 내가 그것을 쫓아낼 수 없단다. 너만이 할 수 있다."

"하지만 놈 앞에서 전 무기력해요. 혹시 어딘가……"

게드의 목소리는 질문을 마치기도 전에 사그라졌다.

"안전한 곳은 없다."

오지언이 부드럽게 말했다.

"게드야, 다시는 너 자신을 다른 것으로 바꾸지 마라. 그 그림자는 너의 진정한 존재를 무너뜨릴 방법을 찾고 있다. 거의 성공할 뻔했지, 너를 매의 모습으로 몰아갔으니 말이다. 그래, 네가 어디로 가야 할지는 나도 모르겠다. 하지만 네가 뭘 해야 할지에 대해서는 한 가지 생각이 있구나. 말하기 쉽지 않은 이야기다만."

게드의 침묵이 진실을 요구했고, 마침내 오지언이 말했다.

"너는 돌아서야 한다."

"돌아선다고요?"

"이대로 가면, 네가 계속 도망만 친다면 어디로 달아나건 위험과 악에 맞닥뜨릴 게다. 왜냐하면 그것이 너를 몰아가며 네가 갈 길을 고르기 때문이지. 네가 선택을 해야 한다. 네가 너를 찾는 그것을 찾아야 한다. 넌 사냥꾼을 사냥해야만 해."

게드는 아무 말도 하지 않았다. 현자가 말했다.

"아르 강의 발원지에서 나는 네게 이름을 지어 주었다. 흐름은 산에서 떨어져 내려 바다로 나아가지. 사람은 자기가 가는 길의 끝을 알 수 있다. 하지만 돌아보고 자신의 최초로 회귀하여 그 시작을 자신 속에 품고 가지 않는다면 그럴 수 없어. 흐름에 휩쓸려 떠내려가는 나뭇조각이 되지 않으려면 흐름 그 자체가 되어야 한다. 샘에서 솟아올라 바다로 잠겨드는 그 흐름 전체가 되는 거야. 너는 곤트로 되돌아오고 나에게 되돌아왔지, 게드야. 이제 확실히 방향을 돌려 원천 그 자체를 찾아보아라. 그리고 그 발원 이전에 놓여 있는 것을 찾아내라. 거기에 네 힘의 희망이 있다."

"거기라고요, 스승님? 어디 말인가요?"

공포가 담긴 목소리로 게드가 물었다.

오지언은 대답하지 않았다.

시간이 조금 흐른 후 게드가 말했다.

"만약 제가 돌아선다면……, 말씀대로 사냥꾼을 사냥하러 나선다면, 제 생각에 그 사냥은 오래 걸리지 않을 겁니다. 그것이 바라는 것은 오직 저와 일 대 일로 대면하는 것이니까요. 이미 두 번 그런 일이 있었고, 두 번 다 놈이 절 패배시켰지요."

"세 번째는 마법이란다."

오지언이 말했다.

게드는 화롯가에서 문으로 문에서 화롯가로 방 안을 오락가락했다. 오지언과 논쟁하면서 그는 자기 자신과도 싸우고 있었다.

"절 완전히 패배시키면 놈은 제 지식과 제 힘을 차지하여 이용할 거예요. 지금은 그놈이 저만을 위협하고 있죠. 하지만 제

속으로 들어와 저를 소유한다면, 저를 통해 엄청난 악행을 저지를 거예요."

"옳다. 그것이 너를 패배시킨다면 말이지."

"하지만 다시 도망친대도 분명 다시 저를 찾아낼 테죠……. 전 온 힘을 달아나는 데 다 써 버린 후일 거고요."

게드는 잠시 동안 더 서성거렸다. 그러곤 돌연 돌아서서 현자 앞에 무릎을 꿇었다.

"현자의 섬에 살면서 위대한 마법사들과 함께 거닐었지만, 제 진정한 스승님은 당신이십니다, 오지언."

애정과 우울한 기쁨을 담아 게드가 말했다.

"좋다. 이제 알았구나. 영영 모르는 것보단 지금이라도 아는 게 낫지. 하지만 끝에 가선 네가 나의 주인이 될 게다."

오지언은 일어서서 불이 활활 피도록 일으킨 다음 그 위에 주전자를 걸어 물을 올려놓았다. 그러고는 양가죽 외투를 걸치며 말했다.

"염소들을 돌봐 줘야겠다. 얘야, 주전자를 지켜봐 다오."

오지언은 온통 눈투성이가 되어 돌아왔다. 집에 들어서서 염소 가죽 장화를 탁탁 굴러 터는 그는 길고 거친 주목 줄기 하나를 갖고 있었다. 오지언은 조금밖에 남지 않은 오후 시간 내내, 그리고 저녁을 먹고 난 다음에도 다시 등불 곁에 앉아서 칼과 숫돌과 주문을 써서 그 막대를 다듬었다. 그러곤 두 손으로 몇 번이고 나뭇결을 어루만져 흠이 없는지 살폈다. 오지언은 일을 하면서 중간중간 부드럽게 노래를 불렀다. 여전히 지쳐 있던 게드는 그 노래에 점점 졸음이 왔다. 도로 어린애가 되어 열 그루 오리나무 마을의 마녀 오두막에 들어와 있는 기분이었다. 눈 오는 밤 어둑한 화롯불 빛 속에 공기는 약초 냄새와 연기로 묵직했고, 오래전 머나먼 섬들에서 어둠의 힘에 맞서 싸워서 이기거나 진 영웅들의 마법과 위업에 관한 길고 부드러운 노래를 들으며 게드의 마음은 꿈속을 헤매었다.

"다 됐다."

오지언이 말하곤 완성된 지팡이를 건네주었다.

"대현자께서 네게 주목 지팡이를 주신 건 좋은 선택이야. 나도 그 본을 따랐다. 큰 활을 만들려고 했던 나무지만 이 편이 더 나은 것 같구나. 잘 자라, 얘야."

무어라 감사할 말을 찾지 못한 채 게드는 구석방으로 돌아섰다. 오지언은 그를 지켜보고 있었다. 그가 말했을 때 그 소리는 너무 나직해 게드는 듣지 못했다.

"내 젊은 매야, 잘 날아가거라!"

찬 새벽 오지언이 깨어났을 때 게드는 가고 없었다. 마법사답게 화롯가의 재받이 돌 위에다 써 놓은 은빛 룬만이 남아 있었다. 그 글자들은 오지언이 읽고 있는 동안에 벌써 희미하게 사라져 갔다. "스승님, 사냥을 떠납니다."

추적

겨울날 해뜨기 전의 어둑한 시간에 르 알비를 나선 게드는 길을 걸어 내려가 정오 전에 곤트 항에 도착했다. 오지언은 오스킬에서 입고 온 화려한 의상 대신 탄탄한 곤트 식 바지와 윗옷과 가죽 조끼와 수건을 주었다. 그러나 겨울이었으므로 게드는 길을 떠나며 가장자리에 펠라위 털을 댄 그 훌륭한 망토를 가지고 왔다. 그래서 망토를 두르고 자기 키만 한 거무스름한 지팡이를 지닌 것 외엔 아무 짐도 없는 빈손으로 게드는 영지 관문에 도달했다. 용 조각에 기대 서 있던 병사들은 첫눈에 그가 마법사인 줄 알아보았다. 그들은 아무것도 묻지 않고 창을 옆으로 비켜 게드를 들여보내 준 뒤 거리로 내려가는 그의 뒷모습을 지켜보고 있었다.

부두와 해양 조합관에서 그는 북이나 서를 향해 인라드, 안드라드, 오래네아로 뜰 배가 있는지 물어보았다. 돌아온 대답은 한결같았다. 지금은 어떤 배도 곤트 항을 떠나려 하지 않으리라는 것이었다. 해돌이 절기가 가까웠기 때문이다. 해양 조합에서는 이런 변덕스런 날씨엔 고기잡이배도 창칼벼랑 밖으로 나가지 않을 거라고 말했다.

게드는 조합관의 식료품 저장실에서 나온 음식으로 저녁을 대접받았다. 마법사는 저녁밥을 부탁할 필요가 없었다. 그는 부두 인부들과 배 짓는 이들, 날씨술사들과 어울려 앉아 한동안 느리고 과묵한 대화와 낮게 그르렁거리는 곤트 말을 즐겼다. 마법이나 모험 같은 것은 모두 그만두고 힘이나 두려움도 전부 잊고서 여기 곤트에 머물고 싶다는 바람은 그의 가슴속에 너무도 컸다. 여기 머물러 친숙하고 사랑스러운 고향 땅에서 여느 사람들처럼 평화롭게 살고 싶었다. 그것이 그의 소망이었다. 그러나 그의 의지는 달랐다. 출항하는 배가 한 척도 없다는 것을 알자 게드는 해양 조합에나 그 도시에 오래 어물어물하고 있지 않았다. 곤트 시를 나서서 만의 해안선을 따라 북쪽으로 처음 마주친 마을에서 어부들에게 수소문을 한 게드는 작은 배 한 척을 팔려고 내놓은 사람을 찾아냈다.

배 주인은 무뚝뚝한 늙은 어부였다. 배는 길이 열두 자쯤 되고 물림쇠를 박아 만든 것인데, 휘고 뒤틀려서 바다에 띄울 수 있을 것 같지 않았다. 그러나 어부는 높은 값을 불렀다. 자신의 배와 자신과 아들에게 1년 동안 해상 안전 주문을 걸어 달라는 것이었다. 곤트 어부들은 바다 외엔 두려운 게 없었다. 마법사조차도 겁내지 않았다.

군도 북부에서 아주 중요하게 여기는 해상 안전 주문은 폭풍우와 풍랑에 들지 않게 해 주지는 못하지만 그 지역의 바다와 뱃길을 알고 뱃사람의 기술에 익은 이가 걸 경우 어부들의 일상 활동은 보호해 줄 수가 있었다. 게드는 충실하고 정직하게 주문을 짰다. 마음은 두려움으로 긴장해 있고 생각은 그림자가 다음번엔 얼마나 빨리 어디서 나타날까 추측하며 어두운 길로 향하면서도, 그는 그날 밤과 다음 날 내내 무엇 하나 빼먹지 않고 끈기로써 확고하게 주문을 엮어 갔다. 주문이 완성되어 효력을 가지게 될 즈음엔 게드도 녹초가 되었다. 그는 그날 밤 어부의 오두막에서 고래 창자 그물 침대에 누워 잠을 잤다. 그리고 마른 청어 같은 냄새를 풍기며 새벽같이 일어나 새로 얻은 배가 있는 컷노스 벼랑 밑 후미로 갔다.

잔잔한 물 위로 배를 밀어내자 당장 물이 스며들어 차오르기 시작했다. 고양이처럼 사뿐히 배에 뛰어든 게드는 곧바로 연장과 마법을 동원해 뒤틀어진 선재와 썩은 못들을 고치기 시작했다. 아래 토닝에서 페크베리와 함께하곤 했던 작업이었다. 마을 사람들은 너무 가깝지 않은 위치에 모여 서서 말없이 그 빠른 손놀림을 지켜보고 부드러운 목소리를 듣고 있었다. 게드는 이 일 역시 끝까지 능숙하고 끈기 있게 해내어, 작업이 끝나자 배는 아주 말끔하고 탄탄해졌다. 수리가 끝나자 게드는 오지언이 만들어 준 지팡이를 돛대로 세워 주문으로 고정시킨 다음 튼튼한 나무 활대를 가로 달았다. 바람의 베틀에서 짜 내린 마법의 돛이 이 활대로부터 펴졌다. 저 높은 곤트 산 꼭대기의 눈처럼 새하얀 사각 돛이었다. 구경하던 여자들은 부러운 한숨을 쉬었다. 그러고 나서 게드는 돛대 옆에 서서 마법풍을 살짝 불게 했다. 배는 수면을 미끄러져 나아가 커다란 만을 가로질러 창칼벼랑으로 방향을 돌렸다. 아무 소리 없이 구경하던 어부들은 물이 새던 작은 배가 도요새처럼 빠르고 산뜻하게 범주하는 것을 보고 환성을 올렸다. 사람들은 해변의 찬바람 속에서 웃으며 발을 굴렀다. 게드는 환호하는 이들을 잠시 돌아보았다. 그들 위로 컴컴하고 들쭉날쭉한 컷노스 벼랑이 뒤에 깔리고, 다시 그 뒤론 눈 덮인 산자락이 치솟아 구름 속에 묻혔다.

배는 만을 가로질러 창칼벼랑 사이를 지나서 곤트 해로 나아갔다. 거기서 게드는 왔던 길을 되짚어 오래네아 북쪽을 통과하기 위해 북서쪽으로 방향을 정했다. 온 길로 돌아가는 것 말고는 계획도 작전도 없었다. 오스킬로부터 여러 날 동안 매의 모습으로 바람을 가르며 날아온 게드를 쫓아오는 사이에 그림자가 헤맸을지 곧바로 왔을지는 모를 일이었다. 그러나 놈이 꿈의 영역으로 아주 물러나지 않았다면, 게드가 드러내 놓고 놈을 만나러 활짝 열린 난바다로 나아가는 것을 놓치지는 않을 터였다.

놈을 만나야 한다면 바다 위에서 만나고 싶었다. 왜 그런지는 분명치 않아도 다시 마른땅 위에서 그것과 마주친다는 건 공포스러웠다. 바다로부터 폭풍이 일고 괴물들이 출몰할지언정 악한 힘은 나오지 않는다. 악은 땅에 속한 것이다. 또 게드가 한번 갔던 그 어두운 땅엔 바다가 없었고, 강이 흐르지도 샘이 솟지도 않았다. 죽음은 메마른 장소였다. 이 계절의 험악한 날씨 속에 바다는 위험 그 자체였지만, 그 위험과 변화와 불안정함이 게드에겐 도리어 방어막이자 기회로 여겨졌다. 그리고 이 최후의 바보짓을 통해 그림자와 마주치게 된다면, 설사 놈이 자신을 움켜쥘지라도 최소한 자기도 놈을 붙잡아 자신의 몸무게와 죽음의 무게로써 그것을 깊은 바다의 어둠 속으로 끌고 내려갈 수 있을지 모른다고 게드는 생각했다. 그렇게 붙든 채 빠져 든다면 어쩌면 놈은 두 번 다시 심연으로부터 떠오르지 않을지 모른다. 그렇게 게드는 적어도 죽음으로써 자신이 살아 있는 것들 옆에 풀어놓았던 위협에 결말을 지을 것이다.

거칠게 요동치는 바다와 암울한 장막처럼 드넓게 드리워져 흐르는 구름 사이로 게드는 배를 몰아갔다. 이제는 마법풍을 일으키지 않고 북서쪽에서 날카롭게 불어닥친 세계풍을 이용했다. 그리고 자주자주 주문을 속삭여 마법으로 짠 돛을 유지시키자 돛은 저 혼자 바람을 따라 돌거나 고정돼 있곤 했다. 그 정도의 마법이 없이는 이 거친 바다 위에서 이렇게 흔들리는 작은 배를 옳은 항로로 끌어가기 어려웠을 것이다. 게드는 계속 전진하면서 줄곧 모든 방향을 예민하게 경계했다. 어부의 아내가 주어 보낸 빵 두 덩어리와 물 한 단지가 있었다. 몇 시간이 흘러 곤트와 오래네아 사이에 하나밖에 없는 섬인 케임버 바위가 처음 눈에 들어오자, 게드는 음식을 들며 그 말없는 곤트 여인에게 고마워했다. 배는 어렴풋이 보이는 육지를 지나쳐 이제 좀 더 서쪽으로 방향을 틀었다. 습한 가랑비는 육지에선 밭은 눈발로 내리는 듯했다. 배가 작게 삐그덕거리는 소리와 뱃머리에 물결 부딪는 가벼운 찰싹거림을 빼곤 아무 소리도 없었다. 배 한 척, 새 한 마리 지나가지 않았다. 쉼 없이 움직이는 물과 떠 흐르는 구름 외엔 아무것도 움직이지 않았다. 지금 서쪽으로 짚어가고 있는 이 길을 동으로 날아왔을 적에도 구름은 주위를 온통 휩싸고 흘렀더랬다. 지금 잿빛 하늘을 올려다보듯 그때는 잿빛 바다를 내려다보았다.

둘러보자 눈앞엔 아무것도 없었다. 게드는 이렇게 텅 빈 암흑을 응시하고 경계하는 데 지쳐 있었다. 그는 추위에 몸서리치며 일어섰다.

"이제 오너라."

그가 중얼거렸다.

"오라고, 뭘 기다리고 있는 거지, 그림자?"

아무 대답도 없었다. 어두운 안개와 물결 속으로 더 캄캄한 무언가가 움직이고 있지도 않았다. 그러나 자기가 왔던 이 춥디추운 행로를 거꾸로 더듬어 감에 따라 그것이 이제 그렇게 멀리 있지 않다는 것은 점점 더 확실하게 느껴졌다. 게드는 돌연 큰 소리로 외쳤다.

"나 여기 있노라, 나 새매 게드가! 내가 나의 그림자를 소환하노라!"

배가 삐걱거리고 파도가 찰싹댔으며, 하얀 돛에 스치는 바람이 울었다. 한순간 한순간이 지나갔다. 게드는 그대로 기다렸다. 그는 주목 지팡이로 세운 배의 돛대에 한 손을 얹은 채 북으로부터 들쭉날쭉한 전선을 그리며 바다를 가로질러 천천히 몰려오는 얼음 같은 가랑비 속을 노려보고 있었다. 순간순간이 지났다. 그러곤 물 위로 내리는 빗속 저 멀리 이쪽으로 다가오는 그림자를 그는 보았다.

그것은 오스킬 인 노잡이 스키오르의 육체를 버렸다. 바람을 뚫고 바다 위를 지나 쫓아올 때 겝베스로서 오지는 않은 것이다. 또 로크 동산과 꿈속에서 보았던 짐승의 모습을 하고 있지도 않았다. 이제 그것은 낮의 빛 속에서도 알아볼 수 있는 형체를 갖고 있었다. 게드를 뒤쫓으면서, 그리고 황무지에서 그와 맞붙어 싸우면서 그것은 게드로부터 힘을 뽑아내어 흡수했다. 그리고 어쩌면 게드가 불러냈다는 점이, 낮의 빛 속에서 큰 소리로 불러냈다는 사실이 놈에게 어떤 형태나 실체를 주었든가 강요했을지 몰랐다. 비록 그 자체가 그림자인 까닭에 그림자는 갖지 못했지만, 놈은 이제 확실히 인간과 닮은 모습을 하고 있었다. 그렇게 그것은 '인라드의 입'을 나와 곤트 방향을 보고 바다 위를 건너왔다. 어설프게 형성된 희미한 존재가 물결 속을 힘겹게 나아오며 바람에 흐느적거렸다.

낮이라 그림자는 반쯤 눈이 멀어 있었고, 또 게드 쪽에서 불러낸 것이었기에 그림자보다 게드가 먼저 상대를 발견했다. 그림자가 게드를 알듯 게드도 그것을 알아보았다. 모든 존재와 모든 그림자들 사이에서 그들은 서로를 알았다.

겨울 바다의 절대적인 고독 속에 게드는 두려워하던 그것을 보며 서 있었다. 바람은 그림자를 배에서 멀리 날려 버리려는 듯했고, 그림자 밑을 달리는 파도는 눈을 어지럽혔다. 볼 때마다 그것은 더 가까이 다가와 있는 것 같았다. 그림자가 움직이는 건지 아닌지 게드는 알 수 없었다. 이제 놈은 게드를 보았다. 생명을 빨아내는 그림자의 건드림을, 그 차갑고 시커먼 고통을 겁내는 마음이 소름 끼치는 공포로 온통 그를 사로잡았지만 게드는 꼼짝 않고 기다렸다. 그러다가 돌연 큰 소리로 주문을 외워 하얀 돛에 강하고 갑작스러운 마법풍을 불러들이자, 배는 잿빛 물살을 가르고 펄쩍 뛰어오르며 바람 속에 떠 흐느적대는 그림자를 향해 똑바로 돌진했다.

완벽한 적막 가운데 그림자는 일렁였다. 그러곤 뒤돌아 달아났다.

그것은 바람을 거슬러 북으로 달아났다. 게드의 배도 바람을 맞받으며 뒤쫓았다. 그림자의 속도 대 마법의 대결이었고, 비바람은 양쪽 모두를 거슬러 불었다. 눈앞에 달아나는 늑대를 보고 사냥개들을 다그치는 사냥꾼처럼 게드는 배와 돛과 바람과 앞길의 파도를 향해 고함쳐 댔다. 그는 천으로 만든 돛이었더라면 모조리 찢어발길 만큼 강한 바람을 마법으로 짠 돛에 불어 넣어, 부풀어 오른 거품이 소용돌이치는 바다 위로 점점 더 가까이 달아나는 그림자를 추격했다.

이제 그림자가 반원을 그리며 방향을 돌렸다. 갑자기 그 모습이 좀 더 느슨히 풀어져 인간이라기보다 그저 바람에 흩날리는 연기처럼 보였다. 놈은 그런 모습으로 다시 확 물러나 마치 곤트로 갈 것처럼 길게 몰아치는 거센 바람을 업고 달아났다.

게드는 손과 주문으로 배를 돌렸다. 급작스러운 선회에 선체가 돌고래처럼 물을 차고 튀어올랐다. 게드는 더욱 빠르게 뒤쫓았지만 그림자는 계속해서 희미해져 갔다. 진눈깨비와 눈이 뒤섞인 비가 등과 왼쪽 뺨에 따갑게 몰아쳤고 시야는 백 자밖에 되지 않았다. 폭풍우는 점점 심해져 오래잖아 그림자가 시야에서 벗어났다. 그러나 물 위를 날아간 망령이 아니라 눈 위에 남은 짐승의 자취를 따르기라도 하듯 게드에겐 놈이 간 길이 뚜렷했다. 지금은 바람 방향이 맞았지만 게드는 윙윙 우는 마법풍을 계속 돛에 불어 넣어서 무딘 뱃머리에 거품 송이가 치솟고 선체가 수면 위로 펄쩍펄쩍 날았다.

쫓기는 자와 쫓는 자는 오래도록 그 기이하고 무지무지하게 빠른 행보를 계속했고, 날은 빠르게 어두워져 갔다. 게드는 지난 몇 시간 동안의 빠른 속도로 미루어 지금 곤트 남쪽에 와 있으리라고 생각했다. 필경 곤트를 지나쳐 스페비나 토르헤븐을 향하고 있을 것이다. 아니면 이 섬들조차 지나 난바다로 나왔는지도 몰랐다. 알 수 없었다. 아무래도 좋았다. 게드는 사냥꾼이 되어 추격하고 있고, 공포가 그로부터 달아나고 있었다.

문득 멀지 않은 곳에 그림자가 보였다. 세계풍은 잦아들고 거센 바람에 휘몰아치던 진눈깨비도 점점 짙어지는 차디찬 안개에 자리를 내주었다. 누덕진 안개 속으로 한 찰나, 그림자가 오른쪽으로 좀 비껴서 달아나고 있는 것이 보였다. 게드는 바람과 돛에 주문을 걸고 키를 돌려 또다시 무작정 추격해 갔다. 시시각각 자욱해지는 안개가 사방으로 배를 가두어 형체 없는 건물처럼 빛과 시야를 막았고, 마법풍과 마주치는 곳마다 끓어오르며 갈라졌다. 날씨를 개게 하는 주문의 첫마디를 꺼내려는 찰나 게드는 다시 그림자를 보았다. 이번에도 좀 오른쪽으로 빗나가 있긴 했으나 거리는 아주 가까웠고, 천천히 가고 있었다. 안개가 그 얼굴 없는 뿌연 머리를 통과해 흐르고 있었지만 형체는 사람과 같았다. 단지 사람이 아니라 사람의 그림자인 양 형태가 일그러지며 변할 뿐이었다. 게드는 적을 깔아 버리고자 다시 한 번 배를 돌진시켰다. 그 순간 그림자는 꺼져 없어졌고, 좌초한 것은 그의 배였다. 흐르는 안개가 시야를 가려 미처 보지 못한 여울목 바위에 배를 세게 갖다 박은 것이다. 게드는 배에서 튀어나갈 뻔했지만 다음 충돌이 오기 전에 지팡이 돛대를 움켜잡고 버텼다. 사람이 달팽이 껍질을 집어 올려 부수듯이 파도가 작은 배를 물 밖으로 내던져 바위 위에 내동댕이쳤다.

오지언이 만든 지팡이는 튼튼했고 마법이 깃들어 있었으므로 부러지지 않고 마른 통나무처럼 가뿐히 물에 떴다. 게드는 그 지팡이를 꽉 움켜잡은 채 암초에서 빠지는 물살에 쓸려 내려가 깊은 물에 들었고, 덕분에 다음 파도가 왔을 때 바위에 태질쳐지는 일을 면했다. 소금기로 눈이 멀고 숨이 막힌 채, 게드는 무시무시한 힘으로 끌어당기는 바다와 싸우며 머리를 물 밖으로 내놓으려 애썼다. 또다시 솟아오르는 파도를 피하려고 헤엄치는 사이에 바위들 저편으로 두어 번 언뜻언뜻 모래밭이 보였다. 게드는 자기 온 힘을 다하고 지팡이의 힘에도 도움 받으며 그쪽으로 가려고 몸부림쳤지만 조금도 다가갈 수가 없었다. 밀려왔다 밀려가는 큰 파도가 그를 넝마 조각처럼 이리저리 내던져 댔고, 깊은 바다의 냉기가 빠른 속도로 몸의 온기를 빼앗았다. 마침내 게드는 팔을 움직일 힘조차 없도록 기진맥진했다. 바위도 모래밭도 보이지 않고 어느 쪽을 향하고 있는지도 알 수 없었다. 밑에도 위에도 사방이 온통 들끓는 바다, 눈멀게 하고 숨통을 막고 빠뜨려 가라앉히는 바다뿐이었다.

갈가리 찢어진 안개 밑에서 솟아오른 파도가 게드를 차지했다. 파도는 부목을 희롱하듯 몇 번이고 그의 몸을 굴리다 세차게 모래 위에 내던졌다.

게드는 거기 쓰러져 있었다. 여전히 양손으로 주목 지팡이를 꽉 쥔 채였다. 좀 더 작은 파도가 쓸려 나가며 모래톱 아래 난폭하게 몰아치는 제 족속들 속으로 그를 끌어내리려 했다. 안개는 그의 몸 위에서 갈라졌다 도로 합쳤고, 조금 후에는 진눈깨비 섞인 비가 몸을 때렸다.

한참 시간이 흐른 후 게드가 움직였다. 그는 모래 위에 두 손 두 무릎을 짚고 일어나 천천히 기어서 물가에서 떨어졌다. 이제는 캄캄한 밤이었지만 게드의 속삭임에 작은 도깨비불이 지팡이에 매달렸다. 게드는 이 불빛을 길잡이 삼아 조금씩 힘겹게 모래 언덕으로 나아갔다. 바람 휘몰아치고 천둥이 우르릉대는 바닷가, 캄캄한 어둠 속에서 젖은 모래 위를 기는 일은 지금까지 해야 했던 일 중 가장 힘들었다. 한 번인가 두 번은 바다와 바람의 엄청난 소음이 아득히 잦아들며 손 아래 젖은 모래가 먼지로 변하는 것처럼 느껴졌을 정도였다. 그때 등 뒤로는 낯선 별들의 움직이지 않는 시선이 있었다. 그러나 게드는 머리를 들지 않고 계속 기어갔다. 조금 지나니 헐떡거리는 자신의 숨소리가 들렸고, 모진 바람이 얼굴에 후려치는 빗줄기가 느껴졌다.

계속해서 움직인 덕분에 마침내 몸에 조금 온기가 돌았다. 엉금엉금 기어 비바람이 덜 몰아치는 모래 언덕에 다다른 후에는 그럭저럭 두 발로 설 수 있었다. 세상은 이제 칠흑 같았으므로 게드는 지팡이로부터 더 강한 빛을 불러냈다. 그러고 나서 지팡이를 짚어 가며 계속 나아갔다. 비틀거리며 가다가 서다가 섬 중심부를 향해 두 마장쯤 들어가 모래 언덕 꼭대기에 올라서자, 문득 바다 소리가 더 크게, 뒤가 아닌 앞쪽으로부터 들려왔다. 모래 언덕은 반대편 물가를 향해 다시 경사져 내리고 있었다. 여기는 제대로 된 섬도 아니고 그저 모래톱에 불과했던 것이다. 바다 한가운데 던져진 한 줌의 모래였다.

절망할 수도 없을 정도로 지쳐 있던 게드는 흐느낌 같은 소리를 내뱉고는 어찌할 바를 모른 채 지팡이에 기대어 한참 동안 거기 서 있었다. 그러고 나선 휘청이며 왼쪽으로 돌아섰다. 그러자 최소한 바람을 등질 수는 있었다. 그는 발을 끌며 모래 언덕을 내려와 가장자리에 얼음이 맺힌 바닷가 풀들을 헤치고 몸을 피할 만한 우묵한 데를 찾았다. 발 앞을 보려고 지팡이를 쳐들자 도깨비불의 빛이 미치는 둥근 영역의 가장자리에 어슴푸

레하게 번뜩이는 것이 있었다. 비에 젖은 나무 벽이었다.

오두막이나 광처럼 보이는 그 건물은 어린아이가 지은 것처럼 작고 위태위태했다. 게드는 나지막한 문을 지팡이로 두드렸다. 문은 닫힌 채 움직이지 않았다. 게드는 문을 밀어 열고 안으로 들어갔다. 그러기 위해선 몸을 기역자로 꺾어야 했다. 오두막 안에서는 똑바로 설 수가 없었다. 불구덩이 속에 벌겋게 핀 탄불의 어스레한 빛으로 백발을 길게 늘어뜨린 남자가 보였다. 늙은이는 겁에 질려 반대쪽 벽에 바짝 붙어 몸을 웅크리고 있고, 남자인지 여자인지 분간이 잘 안 가는 또 한 사람이 바닥에 쌓아 올린 누더긴지 가죽인지에 숨어 게드를 뚫어지게 쳐다보고 있었다. 게드는 속삭이듯 말했다.

"해치지 않아요."

그들은 아무 말이 없었다. 게드는 그 사람들을 번갈아 보았다. 그들의 눈은 겁에 질려 멍했다. 게드가 지팡이를 내려놓자 누더기 더미 밑에 있던 사람이 훌쩍거리며 얼굴을 파묻었다. 게드는 젖고 얼어붙어 무거운 망토를 벗어 버리고 나머지 옷들도 모조리 벗은 후 몸을 웅크리고 불구덩이에 가까이 다가붙었다.

"몸을 감쌀 만한 걸 좀 주세요."

게드의 목소리는 쉬어 터졌고, 달그락달그락 맞부딪히는 이와 온몸을 뒤흔드는 긴 떨림 탓에 말을 제대로 할 수 없었다. 그의 말이 들렸는지 몰라도 늙은이들은 대답이 없었다. 그는 손을 뻗어 이부자리처럼 보이는 더미에서 누더기 한 장을 집었다. 여러 해 전에는 염소 가죽이었던 것 같지만 지금은 해진 데다 시꺼멓게 기름에 절었다. 이부자리 밑에 있던 사람이 겁에 질려 신음소리를 냈지만 게드는 신경 쓰지 않았다. 젖은 몸을 문질러 닦은 뒤 그가 속삭였다.

"나무 있어요? 불 좀 키워요, 할아버지. 어쩔 수 없어서 온 거지 해치려는 게 아녜요."

늙은이는 두려움에 얼어붙어 게드를 쳐다볼 뿐 꼼짝하지 않았다.

"제 말 알아들었어요? 하드 말 몰라요?"

게드는 말을 끊었다가 다시 물었다.

"카르그 사람?"

그 말에 늙은이는 갑자기 머리를 끄덕했다. 줄에 달린 낡은 꼭두각시처럼 딱한 몰골로 꼭 한 번 머리를 까닥한 것뿐이다. 게드가 알고 있는 카르그 어는 그 단어 하나였기에 대화는 그것으로 끝이었다. 게드는 한쪽 벽에 쌓여 있던 나무를 찾아내 손수 불을 키운 다음 몸짓으로 물을 청했다. 소금물을 들이켜 속이 메스꺼웠고 이제 갈증으로 목이 타 버릴 것 같았다. 늙은이는 몸을 흠칫하며 물을 담아 둔 커다란 조개껍데기를 가리켰다. 그리고 연기를 쐬어 말린 생선을 담은 또 다른 조개껍데기를 불 가까이 밀어 주었다. 그래서 게드는 불가에 책상다리를 하고 앉아 물을 마시고 음식을 조금 먹었다. 힘과 감각이 얼마간 돌아오자 그는 자신이 어디에 있는지 궁금해졌다. 아무리 마법풍으로 항해했대도 카르그 땅까지 다다랐을 리는 없었다. 이 작은 섬은 곤트 동쪽이지만 카레고앗에서는 아직 서쪽인 원해 어디쯤 위치한 게 분명했다. 이렇게 작고 버림받은 장소, 그저 모래톱에 지나지 않는 곳에 사람이 산다는 건 이상한 일이었다. 아마 버림받은 사람들이리라. 그러나 게드는 너무나 기진맥진해 이때는 이 사람들에 대해 궁금해할 여력이 없었다.

그는 망토를 뒤집어 가며 불에 쬐었다. 은빛 펠라위 털은 빨리 말랐고, 깃의 양모도 마르지는 않았지만 뜨뜻해지기는 했다. 게드는 덜 마른 망토로 몸을 감싸고 불 옆에 길게 누웠다.

"주무세요, 불쌍한 분들."

말없는 집주인들에게 그렇게 말하고 모래가 깔린 바닥에 머리를 괴자마자 그는 잠이 들었다.

게드는 그 이름 없는 작은 섬에서 세 밤을 보냈다. 첫날 아침 깨어나자 모든 근육이 쑤시고 열이 나서 몹시 앓았다. 그날 내내 그리고 밤까지도 게드는 물살에 떠밀려 온 통나무처럼 오두막의 화덕가에 늘어져 있었다. 다음 날 아침 깨어났을 때도 여전히 몸이 뻐근하고 쑤셨지만 그래도 웬만큼 기운이 났다. 옷을 빨 만큼 물이 넉넉하지는 못했기 때문에, 그 바람 부는 우중충한 아침에 게드는 소금 부스러기가 붙은 채인 옷을 도로 주워

입고 그림자에 속아서 오게 된 이 장소를 둘러보러 나갔다.

바위가 얽혀 있는 이 모래톱은 제일 넓은 지점의 폭이 너더댓 마장쯤이고 길이는 그보다 좀 더 길었다. 가장자리는 온통 암초로 여울져 있었다. 나무도 덤불도 전혀 자라지 않아 바람에 휘는 바닷가 풀들 말고는 식물이 없었다. 모래 언덕들 사이 움푹하게 들어간 곳에 자리잡은 오두막에서, 노인과 노파는 황량한 바다로 완벽하게 고립된 채 단둘이 살아가고 있었다. 오두막은 바닷물에 떠내려 온 판자와 나뭇가지들로 지은 것이다. 아니, 지었다기보다 그저 얽어 놓은 것이다. 식수는 오두막 곁의 작고 소금기 있는 우물에서 났다. 갓 잡았거나 미리 말려 두었던 생선과 조개에다 바위에서 모은 해초가 그들의 식량이었다. 오두막에 있던 다 해진 가죽들이며 얼마 안 되는 뼈 바늘과 낚싯바늘, 그리고 낚싯줄과 불 피우는 도구를 만든 질긴 힘줄은 처음 게드가 생각했던 것과는 달리 염소에게서가 아니라 점박이 바다표범에게서 나온 것이었다. 분명히 이곳은 여름에 바다표범들이 새끼를 칠 만한 장소였다. 그러나 바다표범 외에는 이런 곳에 올 이가 없었다. 노인들이 게드를 무서워한 것은 그를 유령으로 봐서도, 그가 마법사였기 때문도 아니고 단지 그가 사람이기 때문이었다. 그들은 세상에 자신들 말고 다른 사람들이 존재한다는 것을 잊어버리고 있었다.

주눅이 든 노인의 공포심은 결코 사그라지지 않았다. 게드가 손 닿을 거리에 왔다 싶으면 삐뚝삐뚝 저만치 달아나서 지저분하게 엉킨 흰 머리와 수염 속에서 험악하게 눈을 희번덕거리곤 했다. 노파는 처음엔 게드가 움직이기만 해도 흐느끼며 누더기 더미 아래 숨어 버렸다. 그러나 그 어둠침침한 오두막 안에서 열에 들떠 깜박깜박 잠들었다 깨었다 하며 누워 있을 때, 게드는 노파가 쪼그리고 앉아 신기한 듯 겁먹은 듯 불쌍히 여기는 듯 자신을 지켜보는 것을 알아챘다. 얼마 후 노파는 마실 물을 가져다 주었다. 그러나 게드가 조개껍데기를 받으려고 몸을 일으키자 겁이 나서 그릇을 떨어뜨리는 바람에 물을 몽땅 엎지르고 말았다. 노파는 훌쩍이고 울더니 긴 회백색 머리카락으로 눈가를 훔쳤다.

지금 노파는 게드가 해변에 내려가 일하는 광경을 지켜보고 있었다. 게드는 바닷가에 밀려 올라온 유목들과 자신의 배에서 나온 선재들을 모아 노인의 조악한 돌까뀌와 묶기 주문을 써서 새 배를 만드는 중이었다. 제대로 된 나무가 넉넉하지 못하고 보니 이것은 수리도 배를 짓는 것도 아니었다. 게드는 필요한 것들을 순전히 마법으로 때워야 했다. 노파가 구경하는 것은 게드의 놀라운 마법보다도 게드 자신이었다. 변함없이 갈구하는 듯한 눈빛이었다. 잠시 후 노파는 자리를 떴다가 오래잖아 선물을 갖고 돌아왔다. 바위에서 따 모은 한 줌의 홍합이었다. 게드는 바닷물에 젖은 날홍합을 받자마자 먹고 고마움을 표했다. 노파는 용기를 얻은 듯 오두막으로 가더니 또 손에 뭔가를 갖고 돌아왔다. 누더기로 싼 웬 꾸러미였다. 노파는 게드의 얼굴에서 눈을 떼지 않은 채로 머뭇머뭇 감싼 것을 벗겨 내고 내용물을 쳐들어 보여 주었다.

그것은 비단으로 짓고 자잘한 진주알을 빽빽이 수놓은 아이 옷이었다. 옷은 소금기로 얼룩지고 세월을 타 노랗게 바래 있었다. 조그만 몸통 부분에 장식된 진주들은 게드가 익히 아는 어떤 형상을 이루고 있었다. 바로 카르그 제국의 형제신을 나타내는, 쌍화살이 왕관을 둘러싸고 있는 문양이다.

서툰 솜씨로 바느질한 바다표범 가죽옷을 입은, 주름 지고 더러운 노파는 작은 비단옷과 자신을 차례로 가리킨 다음 웃음을 지었다. 아기처럼 귀엽고 천진한 웃음이었다. 그러곤 옷의 치맛자락 어디쯤, 안 보이게 재봉된 곳으로부터 작은 물체를 꺼내어 게드에게 내밀었다. 그것은 거무스름한 금속 조각으로, 아마 조각난 장신구인 듯했다. 쪼개진 고리의 반 토막 같았다. 게드는 보기만 했는데 노파는 받으라는 몸짓을 했고, 게드가 받을 때까지 만족하지 않았다. 그가 받자 노파는 고개를 끄덕이고는 다시 빙그레 웃었다. 노파는 게드에게 선물을 한 것이다. 그러나 펼쳤던 옷은 번들거리는 넝마 덮개로 조심스럽게 감쌌고, 그 애틋한 보물을 잘 간직해 두려고 서둘러 오두막으로 돌아갔다.

게드도 그만큼이나 소중히 반 토막짜리 고리를 통옷 주머니에 넣었다. 그의 마음은 노파를 향한 동정으로 가득 찼다. 그는 이제 이 두 사람이 카르그 제국의 어떤 귀족 가문 아이들이었을 거라고 짐작했다. 왕족의 피를 흘리는 게 두려웠던 폭군이나 찬탈자가 그들을 카레고앗으로부터 멀리 떨어져 지도에도 없는 작은 섬에 내다 버리곤 죽든 살든 신경 쓰지 않았던 것이다. 한 사람은 여덟이나 열 살쯤 된 소년이었을 것이고, 또 한 명은 진주로 장식한 비단 옷을 입은 통통한 아기 공주였을 것이다. 그리고 그들은 살아왔다. 대양의 한 점 바위 위에서 40년 50년토록, 버림받은 영토의 왕자와 공주로서 단둘이 살아온 것이다.

그러나 이러한 짐작이 맞았다는 것을 게드는 여러 해 뒤 에레삭베의 고리를 찾아 카르그 땅 아투안의 무덤에 이르렀을 때에야 비로소 알게 되었다.

그 섬에서 보낸 사흘째 밤이 조용하고 창백한 해돋이로 밝아왔다. 이날은 '해돌이 날'로 한 해 중 가장 짧은 날이었다. 나무와 마법과 잡동사니와 주문을 얽어 지은 작은 배는 준비가 다 되었다. 그는 늙은이들에게 곤트든 스페비든 토리클 제도든 어딘가 다른 육지로 데려다 주겠다는 뜻을 전하려고 애썼다. 카르그의 바다는 군도 사람들이 침범하고 무사할 수 있는 곳이 못 되었지만, 그들이 청했다면 카레고앗의 외진 바닷가로 데려다 줄 용의도 있었다. 그러나 노인은 아무것도 없는 그 섬을 떠나려 하지 않았다. 노파는 게드가 몸짓과 조용조용한 말로 무슨 얘기를 하려는 것인지 이해 못하는 듯했다. 노인은 분명히 이해했지만 거절했다. 다른 땅과 다른 사람들에 대한 기억은 아이적에 겪었던 피와 거인들과 비명의 악몽이 다였다. 머리를 절레절레 흔들고 또 흔드는 노인의 얼굴에서 게드는 그런 사정을 뚜렷이 읽을 수 있었다.

그리하여 그날 아침 게드는 바다표범 가죽 주머니에 우물물을 채웠다. 그리고 불과 음식을 베풀어 준 늙은이들에게 달리 고마움을 표시할 길도 없고 마음처럼 노파에게 선물할 만한 물건도 없었으므로, 그는 자기가 할 수 있는 일을 했다. 소금기 있는 미덥지 못한 우물에 마법을 건 것이다. 그러자 곤트 섬의 고지에 솟는 샘물처럼 달고 맑은 물이 모래를 뚫고 솟아올라 결코 마르지 않았다. 그로 인해 모래 언덕과 바위로 이루어진 그곳은 이제 기록되고 이름을 갖고 있다. 뱃사람들은 그곳을 '샘물 섬'이라고 부른다. 그러나 오두막은 없어졌고, 거듭된 겨울의 폭풍우는 거기서 일생을 다하고 외롭게 죽어 간 두 사람의 흔적을 깡그리 지워 버렸다.

게드가 모래톱 섬 남단으로 배를 끌어낼 때 노인들은 보기 무서운 듯 오두막에 숨어 있었다. 배는 북에서 꾸준하게 불어오는 세계풍을 마법의 천으로 만든 돛에 가득 안고서 날렵하게 바다 위로 나아갔다.

이제 바다를 가로지르는 게드의 추적은 묘하게 되어 버렸다.

게드 자신도 잘 알다시피 그는 사냥감이 무엇인지도, 온 어스시 어디에 있을지도 알지 못하는 사냥꾼이었다. 놈이 게드를 쫓을 때 그랬듯 추측과 직감과 운에 의지해 추적할 수밖에 없었다. 그들 둘 다 상대의 존재를 뚜렷이 간파할 수 없었다. 그림자가 낮의 햇빛과 확고한 존재들에 방해받는 것과 마찬가지로 게드는 형체 없는 망령들로 인해 고투했다. 게드에게 분명한 건 한 가지였다. 이제 자신이 사냥꾼이고 사냥감이 아니라는 사실이다. 게드를 속여 암초에 올라앉게 만든 이상, 그림자는 그가 반 죽음 상태로 바닷가에 누워 있던 동안이나 폭풍우 속에 더듬더듬 모래 언덕을 헤매는 동안 얼마든지 제 맘대로 할 기회가 있었다. 그러나 놈은 기다렸다가 그런 기회를 타지 않았다. 놈은 감히 게드와 맞서지 못하고 그를 속인 즉시 멀리 내뺐다. 그 점에서 게드는 오지언이 옳았음을 알았다. 자신이 맞서는 한 그림자는 자신의 힘을 빼내 갈 수 없다. 그러니 계속해서 그림자에 대항하고 그것을 쫓아야만 한다. 비록 이 망망한 바다에 놈의 흔적이 까마득히 사라져, 남으로 부는 세계풍의 운과 남쪽이나 동쪽이 옳을 것이라는 어렴풋한 추측 내지 느낌을 빼면 아무 지침이 없더라도 말이다.

밤이 오기 전 왼쪽 멀리 거대한 육지의 긴 해안선이 아렴풋이 바라다보였다. 카레고앗이 분명했다. 게드는 정통으로 그 살빛 흰 야만인들의 바닷길에 들어 있었다. 게드는 카르그의 긴 배나 갤리 선이 보이지 않는지 경계의 눈길을 곤두세웠다. 붉게 물든 저녁 무렵 배를 몰아 가면서 그는 아이 적 열 그루 오리나무 마을에서 맞았던 그날 아침을, 깃털 장식을 한 전사들과 불과 안개를 떠올렸다. 그리고 그날을 기억하자 돌연 심장이 쭈뼛하며 깨달아지는 것이 있었다. 그림자는 게드 자신의 속임수를 가져다 게드를 속였던 것이다. 놈은 마치 그의 과거로부터 끄집어내기라도 한 듯 안개를 바다 위에 둘러쳐 그의 시야를 가리고, 그를 위험에 빠뜨리고, 속여서 죽이려 했다.

게드는 항로를 계속 남동으로 유지했다. 밤이 찾아와 세상의 동쪽 끝 언저리에 내리덮이자 육지는 시야에서 사라졌다. 물결마다 마루는 아직 서녘의 새빨간 빛을 맞받아 빛났으나 골진 곳엔 캄캄한 어둠이 고였다. 게드는 겨울의 축가와 「젊은 왕의 무용담」 같은 서사시를 기억 나는 대로 소리 내어 불렀다. 해돋이 축제 때 부르는 노래들이었다. 게드는 똑똑하게 들리도록 불렀으나 그 소리는 바다의 광대한 침묵 속에 삼켜져 버렸다. 빠르게 어둠이 내리며 겨울철의 별들이 나타났다.

한 해 중 가장 긴 밤 내내 게드는 깨어 있으면서 왼쪽에서 솟아올라 머리 위를 선회하여 오른쪽 멀리 검은 물 속으로 져 가는 별들을 지켜보았다. 배는 긴 겨울 바람에 실려 남으로 남으로 나아가고 있었다. 그가 몰고 있는 이 배는 사실 배라고 부를 수 없는 물건이었다. 반 이상이 주문과 마법으로 이루어지고 그 나머지는 판자와 유목일 따름이라, 거기 걸어 둔 형태 잡기 주문과 묶기 주문이 조금이라도 느슨해졌다간 금세 산산이 흩어져 파도에 떠도는 한 무더기의 부유물이 돼 버리고 말 터였다. 마법과 공기로 짠 돛 역시 게드가 잠들어 버린다면 바람에 오래 견디지 못하고 그 자체가 훅 불려 가는 바람으로 바뀌고 말 것이다. 게드의 주문은 탄탄하고 확실했으나, 그러한 주문이 작용하는 물체가 작은 것일 경우 주문이 효력을 발휘하게 하는 힘이 끊임없이 새로워지지 않으면 안 되었다. 그래서 그날 밤 게드는 자지 않았다. 매나 돌고래의 모습을 취한다면 훨씬 더 쉽고 빠르게 갈 수 있었겠지만, 오지언이 모습을 바꾸지 말라고 충고했고 게드는 오지언의 충고가 가치 있음을 알고 있었다. 그래서 그는 서쪽으로 져 가는 별들 아래 남으로 항해해 갔고 기나긴 밤은 서서히 흘러갔다. 그리고 마침내 새로운 해의 첫날이 온 바다를 훤히 밝혀 왔다.

해가 떠오른 후 곧 앞쪽에 육지가 보였다. 그러나 좀처럼 그쪽으로 나아갈 수는 없었다. 새벽녘에 세계풍이 잦아들었기 때문이다. 게드는 돛에 가벼운 마법풍을 불어 넣어 배를 육지 쪽으로 몰아갔다. 육지가 시야에 들어오자 다시 두려움이 밀려들었다. 돌아서서 멀리 달아나라고 다그쳐 대는 익사할 듯한 공포였다. 게드는 흔적을 뒤쫓는 사냥꾼처럼, 곰이 남긴 굵은 발톱자국만큼이나 뚜렷한 그 공포를 따라갔다. 언제라도 사냥감이 우거진 수풀에서 튀어나와 역으로 사냥꾼을 덮칠 수 있었다. 이제는 바짝 따라붙은 것이다. 게드는 알았다.

바다 위로 솟아오른 섬은 다가갈수록 기이한 모습을 드러냈다. 먼 데서는 깎아지른 듯한 하나의 산자락이 둘러쳐져 있는 걸로 보였지만 가까워지자 몇 개의 길고 가파른 산등성이로 나뉘었다. 그것들은 어쩌면 사이사이로 좁은 해협과 물길이 지나가는 별개의 섬들인지도 몰랐다. 로크에 있을 때 게드는 명명사의 탑에서 수많은 해도와 지도들을 보았지만 그것들은 대개 군도와 내해를 다루고 있었다. 지금은 동원해로 나와 있는 터이니 이 섬이 무슨 섬일지 알 수 없었다. 별로 궁금하지도 않았다. 게드가 신경 쓰는 것은 앞에 놓인 공포였다. 놈은 게드를 피하려고, 아니면 잠복해 기다리려고 그 섬의 산비탈과 숲 속에 숨어 있었다. 게드는 똑바로 놈을 향해 배를 몰아갔다.

이제 배 위로 컴컴한 숲을 왕관처럼 인 어두운 절벽이 높직이 솟아올랐다. 앞에 이어지던 해안선이 섬 안쪽으로 쑥 들어가며 갤리 선 두 척 너비의 물길을 이루었다. 마법풍이 커다란 두 개의 바위곶 사이로 배를 날라 가자 바위 벼랑에 부딪혀 부서지는 파도가 돛에 물을 튀겼다. 섬에 갇힌 바닷물은 가파른 암벽에 쉴 새 없이 철썩거렸다. 해안은 온통 수면으로 뚝 떨어지는 낭떠러지로만 되어 있어 배를 댈 만한 모래톱이 없었다. 높디높은 벼랑 아래 그늘진 물은 서늘하고 컴컴했다. 바람 한 점 없이 몹시도 적막한 곳이었다.

그림자는 게드를 꾀어 오스킬의 황무지로 가게 만들었고, 안개 속에서 그를 속여 정통으로 암초에 가 얹히게 했다. 이제 이건 세 번째 속임수인 걸까? 게드가 놈을 이리 몰아붙인 것인가, 아니면 놈이 그를 이리로 꾀어 들인 것인가? 이건 함정이 아닐까? 알 수 없었다. 게드가 아는 것은 오직 고통스러울 정도로 엄청난 공포와, 나가서 자기가 하게 되어 있는 일을 해야 한다는 확신뿐이었다. 바로 두려움을 그 근원에까지 추적해 가서 그 사악한 것을 잡아 끝내는 일이다.

앞을 보고 뒤를 살피고 양쪽 절벽들을 위아래로 살피면서 게드는 아주 조심스럽게 배를 몰아갔다. 새 날의 햇빛은 등 뒤의 빈 바다에 남겨져 있었고 이곳은 모든 것이 어두웠다. 흘끗 돌아보자 저만치 벌어진 두 곶 사이가 밝은 출구처럼 보였다. 산의 뿌리께로 다가갈수록 절벽은 더욱 높이 치솟아 머리 위로 까마득했고, 물길은 점점 좁아졌다. 게드는 앞에 놓인 캄캄한 틈새를 들여다보곤 좌우에 치솟은 거대한 벼랑 비탈을 바라보았다. 구멍이 숭숭 나 있고 낙석이 진 산비탈의 나무들은 뿌리를 반쯤 공기 중에 내놓고 오그라져 있었다. 아무것도 움직이지 않았다. 이제 좁게 파고든 물길의 끄트머리에 이르렀다. 겹겹이 뒤엉킨 벌거벗은 바윗덩어리들이 좁은 물길의 폭을 더 좁히며 높직이 솟아 있었다. 파도의 끝자락이 거기 힘없이 찰싹거렸다.

산에서 굴러 떨어진 낙석 더미와 썩은 나무 둥치, 뒤틀어진 나무 뿌리가 앞을 메워 배가 지날 만한 너비만 간신히 남아 있었다. 덫이었다. 말없는 산의 뿌리 아래 팬 음험한 함정, 게드는 그 속에 빠져 있었다. 앞쪽과 위쪽으로 움직이는 것이라곤 없었다. 모든 것이 죽은 듯이 적막했다. 더 이상 갈 곳이 없었다.

게드는 배를 반 바퀴 돌렸다. 물 밑의 암초들에 걸리거나 뻗쳐 난 뿌리와 가지들에 얽히지 않도록, 주문과 임시 변통으로 만든 노를 이용해 조심스럽게 돌려야 했다. 배가 다시 바깥쪽을 향하자 게드는 들어왔을 때 했던 대로 배를 내보내 줄 바람을 일으켰다. 그러나 갑자기 주문이 입에서 얼어붙으며 심장이 섬뜩하게 차가워졌다. 어깨 너머 돌아다보자 그림자가 배 안에 서 있었다.

게드가 한순간이라도 멈칫거렸더라면 파멸이었을 것이다. 그러나 그는 준비가 되어 있었고, 팔 뻗으면 닿을 거리 안에서 흐느적거리며 떨고 있는 그것을 움켜잡으려고 몸을 던졌다. 지금은 어떤 마법도 그를 도울 수 없었다. 게드는 오로지 맨몸만으로, 자신의 목숨 그 자체만으로 생명 없는 그것에 대항했다. 게드는 말이나 주문 없이 공격했으며, 그렇게 갑작스레 돌아서 덤벼드는 바람에 배가 앞뒤로 요동을 쳤다. 고통이 팔을 따라 가슴속으로 밀어 닥쳐 숨을 막았고 얼음장 같은 차가움이 가득 차올라 앞이 캄캄했다. 그러나 그림자를 움켜쥔 손엔 아무것도 없었다. 캄캄함, 허공뿐이었다.

쓰러지지 않으려고 돛대를 잡고 비틀비틀 앞으로 나아가자 다시 눈에 빛이 쏘아져 왔다. 게드는 그림자가 자신을 떨쳐 내고 저만치에 움츠러드는 것을 보았다. 다음 순간 그림자는 순식간에 그의 머리 위로, 배의 돛 위로 거대하게 펼쳐졌다. 그러곤 바람에 휘말리는 검은 연기처럼 뒤틀리며 휙 날아갔다. 그렇게 놈은 형체를 잃고 물길을 되돌아 나가, 양쪽 절벽 사이에 밝게 보이는 출구로 달아나 버렸다.

게드는 무릎이 꺾여 주저앉았다. 주문으로 때워 만든 작은 배는 또다시 펄쩍 튀어 올랐다가 불안정한 물결 위에서 균형을 잡으려고 기우뚱거렸다. 게드는 배 안에 몸을 웅크린 채 감각을 잃고 생각도 할 수 없는 상태로 힘겹게 숨을 들이쉬었다. 이윽고 손 아래 스며 나오는 차가운 물이 배를 돌봐야 한다는 사실을 일깨워 주었다. 배를 엮어 주는 주문이 약해져 가고 있었다. 게드는 돛대를 대신한 지팡이를 붙잡고 일어나서 힘을 다해 묶기 주문을 새로 짰다. 으슬으슬 춥고 피곤했다. 손과 팔은 지독히 쑤셨고 힘은 다 빠져 버렸다. 차라리 산과 바다가 만나는 저 캄캄한 장소에 누워 끊임없이 요동치는 물결에 흔들리며 잠들어 버렸으면 하는 생각이 들었다.

이렇게 지쳐 버린 것이 그림자가 달아나면서 마법을 걸었기 때문인지, 또는 지독히 차가웠던 그 접촉 때문인지, 아니면 그냥 배고프고 졸리고 힘이 빠져서인지는 알 수 없었다. 그러나 게드는 그런 충동과 맞싸워 자신을 닦달했다. 그는 돛에 가벼운 마법풍을 올리고 그림자가 달아난 어두운 바닷길로 추적해 갔다.

공포는 모두 사라졌다. 모든 기쁨도 꺼졌다. 이젠 추격이 될 수 없었다. 이제 게드는 사냥꾼도 사냥감도 아니었다. 이 세 번째 만남에서 그들이 만나 서로 접촉했기 때문이다. 게드 쪽에서 스스로 그림자에게 돌아서서 살아 있는 손으로 놈을 붙잡으려 들었다. 그것을 잡지는 못했지만, 게드는 둘을 묶어 끊을 수 없는 사슬을 채웠다. 이젠 그림자를 몰아붙일 필요도, 흔적을 뒤따를 필요도 없다. 놈이 날아간다 해도 소용없다. 양쪽 모두 상대에게서 벗어날 수 없다. 어느 시간 어느 장소에 이르면 그들은 다시, 마지막으로, 만날 것이다.

그러나 그때가 되기까지 다른 어느 곳에서도, 밤이건 낮이건, 땅에서도 바다에서도 게드는 쉴 수 없고 평화를 누릴 수 없을 터였다. 이제 게드는 그 사실을 알았다. 자신이 해야 하는 이 일이 결코 모든 것을 원상태로 돌려놓을 수 없으며 다만 시작했던 바를 끝맺을 따름이라는 깨달음은 차마 견디기 힘든 것이었다.

어두운 절벽 사이를 빠져나오자 바다 위엔 아침이 환하게 밝아 있었다. 북쪽으로부터 좋은 바람이 불어왔다.

바다표범 가죽 주머니에 남은 물을 마신 뒤, 게드는 맨 서쪽

곶을 우회하여 그 곶과 서쪽으로 이웃한 별개의 섬 사이에널찍하게 난 해협을 찾아냈다. 그걸 보자 동원해의 해도가 생각나 그곳이 어딘지 알 수 있었다. 여기는 '양손' 섬, 북으로 카르그 땅들을 향하여 손가락같이 생긴 산자락들을 뻗고 있는 한 쌍의 외딴 섬이었다. 게드는 두 개의 손 사이로 배를 몰아서 오후가 저물 무렵 먹구름이 북쪽에서 다가오는 것과 함께 서쪽 손 섬의 남쪽 해안에 배를 대었다. 강물이 바다로 세차게 흘러드는 해안에서 좀 올라간 곳에 작은 마을이 있다는 것을 게드는 알고 있었다. 게드로선 물과 따뜻한 화로와 잠자리를 얻을 수 있다면 어떤 대접을 받더라도 상관없었다.

마을 사람들은 성질이 투박하고 수줍음이 많았다. 하지만 마법사의 지팡이에 놀라고 낯선 얼굴을 경계하면서도 폭풍 직전에 홀로 바다를 건너온 사람을 기꺼이 맞아들였으며, 고기와 마실 것을 듬뿍 베풀어 주었을 뿐 아니라 화롯불의 따뜻함과 게드의 말인 하드 어로 이야기하는 사람 음성을 듣는 편안함도 선사해 주었다. 마지막이자 최고였던 베풂은 바다의 차가움과 소금기를 씻어낼 따뜻한 물과 누워 잠들 잠자리였다.

이피시

게드는 양손 섬 중 서쪽 섬의 마을에서 사흘을 보내며 기력을 회복하고, 주문과 바닷가에 밀려온 난파물이 아닌 튼튼한 나무로 된 배를 마련했다. 꺾쇠 박음새와 뱃밥 막음새도 탄탄하게 잘된, 견고한 돛대와 돛도 지닌 배였으므로 좀 더 편히 여행하며 필요할 때는 잠을 잘 수도 있게 되었다. 북쪽 지방이나 원해의 배들이 대개 그렇듯 이 배도 선재를 물림쇠로 고정시켜 지은 것으로, 거친 바다에서도 잘 버티게끔 널판에 다음 널판을 겹쳐 대어 물림쇠를 박았다. 구석구석 튼실하게 잘 지어진 배였다. 게드는 주문을 깊숙이 얽어 넣어 선재를 보강했다. 이 배로 고된 여행을 하게 되리라고 생각했기 때문이다. 배는 두세 사람이

탈 수 있게 지어진 것이었는데, 배의 이전 임자였던 노인은 자기 형제들이 이 배로 궂은 날씨와 거친 바다를 건너곤 했으며 배가 끄떡없이 모두를 실어 날랐다고 말했다.

그 깐깐했던 곤트 어부와 달리 이 늙은이는 게드의 마법에 두려움과 놀라움을 느껴 배를 거저 주려고 했다. 그러나 게드는 마술사들의 방식대로 셈을 치렀다. 백내장으로 멀어 가던 눈을 고쳐 준 것이다. 그리하여 노인은 기뻐하며 그에게 말했다.

"우린 그 배를 도요새 호라고 불렀소만, 젊은이는 '멀리보기'라고 부르시구려. 그리고 뱃머리 양쪽에 눈을 그려요. 내 고마운 마음이 그 눈먼 나무에 깃들어 앞길을 내다보며 바위와 암초들로부터 지켜 줄 거요. 댁이 빛을 돌려주기 전까지 나는 세상이 이토록 환하다는 것을 잊고 있었으니까."

손 섬의 비탈진 숲 아래 마을에 머무르는 동안, 게드는 힘이 돌아옴에 따라 다른 일들도 했다. 이곳 주민들은 그가 예전 소년 시절에 곤트 북부의 골짜기에서 알았던 이들과 비슷한 사람들이었으며, 오히려 고향 사람들보다도 더 가난했다. 그들과 있으니 고향에 온 듯 편했다. 부유한 사람들의 저택에서는 결코 이렇게 편하지 못할 터였다. 그리고 그들의 절박한 사정을 게드는 물어보지 않아도 알 수가 있었다. 그래서 그는 몸이 성치 않거나 병을 앓는 아이들에게 치료와 보호의 주문을 걸어 주고 여위어 빠진 염소와 양 떼들에 번성의 주문을 걸었다. 사람들이 가져오는 청동제와 석제 연장들, 배의 노며 물레며 베틀에 제 기능을 잘해 내게끔 '심'이라는 룬을 썼다. 그리고 오두막집들의 지붕 나무에는 '피르' 룬을 썼다. 그것은 불과 바람과 광기로부터 집과 그 안의 사람들을 보호하는 글자였다.

멀리보기 호가 채비를 마치고 물과 마른 생선을 착실히 쟁인 뒤에도 게드는 하루를 더 머물며 마을의 젊은 노래꾼에게 「모레드의 위업」과 「해브너 노래」를 가르쳐 주었다. 군도인들의 배가 손 섬에 와 닿는 일은 거의 없었다. 백 년이나 전에 만들어진 노래가 이 마을 사람들에겐 새로운 것이었고, 모두 열광적으로 영웅들의 이야기에 귀기울였다. 그가 걸머진 숙명만 아니라면 게드는 일주일이고 한 달이고 기쁘게 이곳에 머무르면서 알고 있는 노래들을 불러 주었을 것이고, 그로써 위대한 노래들이 새로운 섬에 전파되었을 것이다. 그러나 그는 자유롭지 못했기에 다음 날 아침 배를 띄워 정남으로 방향을 잡고 넓디넓은 원해로 나아갔다. 그림자가 남쪽으로 갔기 때문이다. 그 사실을 아는 데는 찾기 마법을 걸 필요도 없었다. 게드는 알았다. 질기고 가느다란 끈이 그와 그것을 한데 묶어 놓기라도 한 것처럼 분명했다. 둘 사이가 얼마나 멀리 떨어져 있든, 어떤 땅이나 바다가 놓여 있든 상관없었다. 그리하여 게드는 서두르지 않고 확신에 차서, 그러나 자신이 가야만 하는 길에 대해 희망은 갖지 못한 채 그 길을 나아갔다. 겨울 바람이 그를 남쪽으로 실어 갔다.

그는 쓸쓸한 바다 위로 하루 낮과 하룻밤을 범주해 가서 이틀째 날 작은 섬에 이르렀다. 그곳 사람들 말로 베미시라고 하는 섬이었다. 작은 포구에 있던 사람들은 게드를 미심쩍게 쳐다보았고 곧 그들의 마술사가 황급히 왔다. 그는 게드를 잔뜩 노려보더니 허리 굽혀 절을 하곤, 거드름을 피우는 동시에 살살 비위를 맞추면서 말을 했다.

"높으신 마법사님! 제 무례를 용서하십쇼. 그리고 저희에게 광영을 베푸셔서 식량이나 음료수, 범포나 밧줄, 뭐든지 항해에 필요하신 것이 있거든 받아 주시길 바랍니다. 지금 제 딸이 갓 구운 암탉 두 마리를 가져올 참입니다. 하지만 제 생각엔 그렇게 해서 필요한 것들을 채우시면 가시던 길에 바로 다시 나서시는 게 좋을 듯하군요. 사람들이 좀 당황하고 있으니 말씀입니다. 얼마 전에, 그저께입니다만, 웬 사람 하나가 저희 누추한 섬을 북에서 남으로 걸어 가로지르는 걸 사람들이 보았답니다. 타고 온 배도 보이지 않고 타고 간 배도 없고, 그자에겐 그림자가 없는 것 같더란 말씀입니다. 그걸 봤던 사람들이 제게 말하기를 그 사람이 어딘가 당신을 닮은 데가 있다고 하는군요."

그 말에 게드는 머리를 숙여 인사하고 돌아서서 베미시의 부두로 물러나 뒤도 돌아보지 않고 배를 내었다. 섬 사람들을 겁에 질리게 하거나 그들의 마술사를 적으로 만들어서 좋을 게 없었다. 차라리 다시 바다에서 잠을 자며 그 마술사가 말해 준 소식을 곱씹어 볼 생각이었다. 그 소식은 게드를 몹시 당황하게 했다.

그날이 저물고, 어두운 시간 내내 바다 위에 속살거리던 차가운 비와 함께 밤이 지나갔다. 그리고 잿빛 여명이 밝았다. 아직까지 부드러운 북풍이 멀리보기 호를 실어 가고 있었다. 정오가 지나자 비와 안개가 바람에 걷히며 사이사이로 잠깐잠깐씩 햇살이 내리비쳤다. 그리고 그날 늦게 게드는 항로에서 오른편으로 비스듬히 놓인 커다란 섬을 보았다. 나지막한 푸른 언덕들은 흐르는 겨울 햇빛에 환히 빛나고 있었다. 그 사이에 자리 잡은 작은 마을마다 판석 지붕들 위로 화로 연기가 어려 푸르스름했다. 광활한 바다에서 똑같은 풍경만 보던 눈에 그것은 즐거운 광경이었다.

게드는 부두로 돌아가는 어선의 무리를 따라갔고, 금빛 젖은 겨울날 저녁 그 마을의 거리를 올라가 '하레키'라는 이름의 여관을 찾아들었다. 불빛과 맥주와 양갈비 구이가 몸과 마음을 따뜻하게 해 주었다. 여관 식탁에는 다른 여행자도 두어 명 있었지만(동원해의 상인들이었다.), 대부분은 좋은 맥주를 마시고 소식을 듣고 잡담을 나누려고 들른 이 고장 사람들이었다. 그들은 양손 섬의 고기잡이들처럼 투박하고 수줍은 사람들이 아니라 약고 빈틈없는 진짜 도시 사람들이었다. 분명 게드가 마법사라는 것을 알면서도 그에 대해 아무 소리 하지 않은 채, 수다스러운 여관 주인이 얘기 중에 우리 이스메이 마을은 운 좋게도 비할 바 없는 보물인 로크의 학교에서 공부한 훌륭한 마법사를 이 섬의 다른 마을들과 공유하고 있다고 말했을 따름이었다. 대현자로부터 직접 지팡이를 건네받은 그 마법사는 지금은 마침 출타중이지만 바로 이곳 이스메이에 터 잡은 조상 전래의 집에 살고 있으므로 상급 마법을 공부하는 다른 수련생 따윈 전혀 필요 없다는 것이었다.

"왜 그런 말이 있지 않습니까? 한 도시에 두 지팡이는 폭풍을 불러일으키게 마련이라고요. 안 그래요, 마법사님?"

여관 주인은 웃으면서 활기차게 말했다. 즉 게드는 마술을 팔아 밥을 먹으려는 떠돌이 마술사로 보였고 여기선 사절당하게 된 판이었다. 베미시에서 대놓고 타박을 맞고 이스메이에서 또 은근히 내쫓으려는 수작을 당하자 게드는 동원해 사람들이 친절하다는 얘기들은 다 뭐였나 싶었다. 이곳은 이피시 섬, 그의 벗 들콩이 태어난 곳이었다. 그런데 들콩 말처럼 인심 좋은 고장은 아닌 듯했다.

그럼에도 게드는 그 사람들이 사실 충분히 친절한 낯을 하고 있다는 것을 알 수 있었다. 그들은 낌새를 챘을 뿐이었다. 게드가 자기들과는 동떨어진 인물이며, 사람들로부터 끊어져 나와 어두운 운명을 걸머진 채 어둠의 존재를 뒤쫓고 있다는 것을 느낀 것이다. 게드는 그들의 직감이 옳다는 걸 알고 있었다. 자신은 불기 따사로운 방 안으로 불어 든 한 줄기 찬바람이나 낯선 땅에서 폭풍에 실려 온 한 마리 검은 새였다. 자신이 그 흉한 운명을 지고 빨리 가 버릴수록 여기 사람들에겐 좋을 터였다.

"난 할일이 있어요. 여기에는 하루 이틀만 묵을 겁니다."

게드의 어조는 불안정했다. 여관 주인은 구석에 세워 둔 커다란 주목 지팡이를 흘끗 보곤, 이번만은 아무 말도 안 하고 게드의 잔에 갈색 맥주를 거품이 넘치도록 따라 주었다.

게드는 이스메이에서 딱 하루만 묵어야 한다는 것을 잘 알았다. 여기에서 그는 환영받지 못한다. 아니, 그 어디에서도 마찬가지다. 갈 곳으로 가야만 했다. 그러나 그는 텅 비고 추운 바다와 말 거는 음성 하나 없는 적막에 질려 있었다. 이스메이에서 하루만 머물고 내일이면 떠나리라고 게드는 스스로 다짐을 했고, 그래서 늦게 잠들었다. 깨어났을 땐 가랑눈이 내리고 있었고, 게드는 읍의 골목길과 샛길을 일없이 서성이며 저마다의 일에 바쁜 사람들을 지켜보았다.

그는 털 두건을 푹 덮어쓴 아이들이 눈으로 성을 쌓고 눈사람을 만들면서 노는 광경을 바라보았다. 또 열린 문을 통해 길 건너 집들과 주고받는 남의 소문 얘기를 들었고, 어린 사내애를 데리고 일하는 청동 대장장이를 지켜보기도 했다. 아이는 도가니에 바람을 불어 넣는 기다란 주름풀무를 다루느라 얼굴이 새빨개져 땀을 흘리고 있었다. 짧은 하루가 저물어 가며 불 켜진

창문들이 안으로부터 무딘 금적색 불빛을 흘리고, 게드는 베틀에 앉은 여인들을 보았다. 여자들은 따뜻한 집 안에 앉아 아이나 남편에게 이야기를 하거나 웃어 주기 위해 잠깐씩 돌아보곤 했다. 게드는 외로이 바깥에 떨어져 이 모든 광경을 바라보았고, 비록 자신이 슬프다는 사실을 인정하지는 않았을지라도 마음이 몹시 무거웠다. 밤이 왔어도 여관으로 돌아가고 싶지 않아 게드는 계속 길거리를 서성였다. 그러다 어른 남자 하나와 소녀 하나가 옆을 지나쳐 읍 중앙 광장을 향해 내려가며 즐겁게 주고받는 얘기 소리를 들었다. 게드는 갑자기 돌아섰다. 그 남자의 목소리를 알고 있었기 때문이다.

그 한 쌍을 뒤따라가 따라잡은 게드는 멀찍이서 비치는 등불 빛뿐인 늦은 황혼 녘의 어둑함 속에서 그들 옆으로 나섰다. 소녀는 뒷걸음질쳤지만, 그 남자는 게드를 빤히 보더니 지니고 있던 지팡이를 번쩍 쳐들어 위협이나 악을 떨쳐 내는 방어벽 삼아 게드와 자신 사이에 두었다. 그것은 게드가 참을 수 있는 한계를 넘어선 것이었다. 말을 꺼내는 그의 목소리는 조금 떨렸다.

"날 알아볼 줄 알았는데, 들콩."

그러고 나서도 들콩은 한순간 주저했다.

"알고말고."

들콩은 말하곤 지팡이를 내린 다음 게드의 손을 잡아당겨 어깨를 끌어안았다.

"그럼, 알지! 어서 와, 내 친구. 잘 왔다! 널 그렇게 섭섭하게 맞이하다니, 뒤에서 솟아난 유령이나 되는 것처럼……. 네가 오기를 기다렸는데. 널 찾았다고!"

"그럼 네가 이스메이가 자랑하는 그 마법사였나? 나는 설마……."

"아, 그래. 내가 그들의 마법사야. 하지만 잠깐, 왜 너를 못 알아봤는지 말하게 해 줘, 친구야. 아마도 내가 너를 너무나 열심히 찾았던가 봐. 사흘 전에……, 너 사흘 전에 여기 이피시에 있었어?"

"나는 어제 왔는데."

"사흘 전에 난 쿠어의 거리에서, 쿠어는 저 언덕 위 마을인데, 거기서 너를 봤어. 그러니까 너의 영상이든가, 아니면 네 모습을 흉내 낸 거였든가, 어쩌면 단순히 너를 닮은 사람이었을 수도 있는 상대를 본 거야. 그 사람은 내 앞쪽에서 동네를 벗어나려는 참이었고, 내가 봤을 때 막 길모퉁이를 돌아서고 있었지. 불러 봤지만 대답이 없고 쫓아가 봤지만 아무도 못 찾았어. 흔적도 없더군. 하지만 땅이 얼어붙어 있었어. 이상한 일이지. 그래서 방금 네가 어둠 속에서 나타난 걸 보곤 또 속임수에 빠졌나 생각한 거야. 미안하다, 게드."

들콩은 게드의 진짜 이름을 부를 때 목소리를 낮추었으므로 약간 뒤에 떨어져 서서 기다리던 소녀는 듣지 못했다.

게드 또한 음성을 죽여 친구의 진짜 이름을 불렀다.

"괜찮아, 에스타리올. 하지만 지금 난 진짜야. 그리고 너를 만나서 기쁘다……."

들콩은 게드의 목소리에서 단순한 기쁨 이외의 것까지도 들은 모양이었다. 그는 게드의 어깨를 안은 팔을 풀지 않은 채 진정한 언어로 말했다.

"걱정 속에 어둠으로부터 너는 왔구나, 게드. 하지만 네가 온 것이 나는 기쁘다."

그러고 나서 원해 억양이 섞인 하드 어로 말을 이었다.

"이리 와, 같이 가자. 우린 지금 집에 가는 중이었거든. 이제 어둠을 등지고 집에 들어갈 시간이지! 얘는 내 누이, 우리 막내야. 보다시피 나보다 훨씬 잘생겼지. 머리는 한참 떨어지지만 말야. '톱풀'이라고 불러. 톱풀아, 이쪽은 새매야. 우리들 중 최고이며 내 친구란다."

"마법사님."

소녀는 그렇게 부르며 격식을 갖춰 고개 숙여 인사했고 동원해의 여자들이 하는 식대로 눈을 가려 경의를 표하는 동작을 했다. 가리기 전 그녀의 눈동자는 맑았고 수줍으면서도 호기심에 차 있었다. 나이는 열네 살쯤, 오빠처럼 살갗이 가무잡잡했지만 오빠와는 달리 아주 가냘프고 호리호리했다. 소맷자락에는 자기 손 크기만 한 용 한 마리를 달고 있었다. 날개와 발톱까지 갖춘 용이었다.

셋은 함께 어둑어둑한 길을 내려가기 시작했다. 발길을 옮기며 게드가 말했다.

"곤트에선 곤트 여자들이 용감하다고들 하지만 용을 팔찌삼아 걸고 있는 처녀는 한번도 본 적이 없군요."

그 말은 톱풀을 웃게 만들었다. 그녀는 곧바로 대답했다.

"이건 그저 '하레키'예요. 곤트에는 하레키가 없나요?"

그래 놓고 톱풀은 금세 부끄럼을 타며 눈을 가렸다.

"없죠. 그리고 용도 없어요. 그 생물은 용이 아닌가요?"

"조그만 용이죠, 참나무에 살아요. 날파리랑 벌레랑 참새 알을 먹는답니다. 이건 이 이상 크지 않아요. 아, 마법사님, 기르신다는 동물에 대해서 오빠가 자주 얘길 해 줬는데요. 그 들짐승 오탁 말예요. 아직까지 데리고 계신가요?"

"아니요. 이젠 없어요."

들콩은 뭐라 물어볼 것처럼 고개를 돌렸지만, 입을 다물고 얘기를 꺼내지 않았다. 한참 뒤 자신의 집 돌화로 가에 단둘이 앉을 때까지 들콩은 아무것도 묻지 않았다.

들콩은 이피시 섬 전체에서 제일가는 마법사였지만 자신이 태어난 작은 읍 이스메이에 머물러 제일 끝의 아우와 누이와 함께 살고 있었다. 들콩의 아버지는 수완 좋은 바다 상인이었기에 그 집은 뼈대가 튼튼하고 널찍했으며, 조각된 선반이며 궤짝들

마다 그릇들과 고운 옷감, 청동과 놋쇠로 된 대접들이 넉넉하게 들어차 있는 것이 몹시 아늑했다. 큰 방의 한쪽 구석엔 커다란 태오니아 하프가 놓여 있고 다른쪽 구석엔 톱풀이 짜는 벽걸이 틀이 있었다. 벽걸이 틀의 높직한 테에는 상아 장식이 들어가 있었다. 그 수수하고 조용한 들콩은 여기서 힘 있는 마법사이자 한 집의 주인이었다. 거기엔 집과 함께 유복해진 두어 명의 오래된 하인과 쾌활한 소년인 들콩의 동생과 작은 물고기처럼 잽싸고 조용한 톱풀이 있어서 두 친구에게 저녁을 차려 주고 함께 식사하며 식사 중 그들의 이야기를 들었다. 그 후에 톱풀은 살며시 자기 방으로 물러났다. 모든 것이 탄탄히 토대 잡혀 있고 평화로웠으며 명쾌했다.

"이게 사람이 산다는 거야."

화로에 불이 지펴진 방에서 게드는 주위를 둘러보며 말하고 한숨을 내쉬었다. 들콩이 말했다.

"글쎄, 훌륭한 길 중 하나지. 하지만 다른 길들도 있어. 이봐, 이제 괜찮다면 우리가 마지막으로 얘기를 나눈 이후 네게 있었던 일들을 말해 주겠니? 그게 벌써 2년 전이군. 지금 무슨 일로 여행하고 있는 건지도 얘기해 줘. 네가 이번에 우리랑 오래 머무르지 않으리란 걸 잘 알고 있거든."

게드는 이야기를 했다. 이야기가 끝나자 들콩은 앉은 채 오랫동안 골똘히 생각에 잠겨 있었다. 그러고 나서 말했다.

"같이 갈게, 게드."

"그건 안 돼."

"난 가겠어."

"안 돼, 에스타리올. 완수하건 못하건 이 일은 너와 상관없어. 이 악의 길은 나 혼자 열어 놓았던 것이고 나 혼자 끝낼 거야. 누구라도 이 일로 고생하는 건 싫어. 너는 특히 더 그래. 애초에 그 악한 소행을 저지르지 못하게 날 말리려 했던 너니까, 에스타리올."

"자존심은 영영 네 마음의 주인이로구나."

서로 이야기하는 이 일이 대수롭지 않은 문제인 것처럼 게드의 친구는 웃으며 말했다.

"이제 생각해 봐라. 그게 네가 완수해야 할 일인 건 분명하지. 하지만 그 과업이 실패로 돌아간다면 누군가 군도에 경고할 사람이 있어야 하지 않겠니? 그때엔 그 그림자가 가공할 힘을 갖게 되어 있을 것 아냐. 그리고 만약 네가 그걸 무찌른다면, 군도에 그 이야기를 전해 그 위업이 알려지고 노래 불려지게 할 사람이 있어야 하지 않겠어? 내가 아무 쓸모도 없을 수 있다는 건 알아. 그래도 난 같이 가야겠다."

그렇게까지 말하자 게드도 물리칠 수가 없었다.

"오늘 여기 묵어서는 안 되는 거였는데. 알면서도 묵고 말았구나."

“마법사들은 우연히 만나는 법이 없어, 친구. 그리고 아무튼 네 입으로 말한 것처럼 난 네 여행이 처음 시작될 때 너와 같이 있었잖아. 그 끝까지 너를 따라가야 하는 게 옳아.”

들콩은 불에 새 나무를 넣었고, 그들은 한동안 불꽃을 응시하며 앉아 있었다.

“로크 동산의 그 밤 이후로 소식을 들은 적이 없는 사람이 한 명 있어. 학교에다간 물을 마음이 나지 않더라. 내가 말하는 건 보옥이야.”

“그는 결국 지팡이를 얻지 못했어. 그해 여름에 로크를 떠나 선 오 섬으로 갔지, 오톡네 영주 집안의 마술사가 되러……. 나도 더는 몰라.”

그들은 또다시 침묵에 빠져 불을 들여다보며 다리와 얼굴을 쬐었다.

마침내 게드가 낮은 목소리로 말했다.

“두려운 게 하나 있어, 에스타리올. 떠날 때 네가 동행한다면 더 두려운 일이야. 손 섬의 그 막다른 물길에서 난 돌아서서 그림자에게 덤볐어. 놈은 손 닿는 데 있었거든. 난 놈을 움켜쥐었지……, 움켜쥐려고 했지. 하지만 아무것도 붙잡을 수 없었어. 놈을 거꾸러뜨릴 수가 없었어. 놈은 도망쳤고 나는 뒤쫓았지. 다음에도 또 그렇게 될 거야, 몇 번이라도 말야. 내 힘은 놈을 넘어서지 못해. 죽음도 승리도 내 과업을 끝내 주지 못할지 몰

라. 노래 부를 거리도, 결말도 없겠지. 어쩌면 난 영영 덧없이 바다에서 바다로 섬에서 섬으로, 그림자를 따라 달리며 일생을 보내야 할지 몰라."

"아서라!"

들콩은 게드가 말한 흉한 전망을 뒤집으려는 몸짓으로 왼손을 뒤집었다. 그 모든 우울한 생각들 속에서도 이걸 보자 게드는 슬쩍 웃음이 났다. 그런 건 마법사답다기보다 아이들의 주술 같았기 때문이다. 들콩에게는 항상 그렇게 시골 사람처럼 순박한 데가 있었다. 그러나 그런 동시에 예리하고 민감하며 사물의 중심을 꿰뚫는 직관을 지니고 있기도 했다.

"음울한 생각이고, 또 난 절대 그렇지 않다고 믿어. 그보단 내가 그 시작을 보았다면 그 끝도 보게 될 거라 생각하는데. 넌 어떻게든 놈의 본질을, 그 존재를, 그게 무엇인지를 알게 될 것이고 그로써 놈을 붙잡고 속박해 무찌를 거야. 그게 무엇인가……, 비록 어려운 문제이긴 하지만 말야. 마음 쓰이는 게 하나 있는데 도무지 알 수가 없군. 그 그림자는 이제 네 모습을, 아니면 최소한 얼마간 닮은 모습을 하고 돌아다니는 것 같아. 베미시에서 사람들이 봤다는 것이나 내가 여기 이피시에서 본 대로 말이지. 어떻게 그럴 수가 있었을까, 그리고 왜 그랬을까? 또 왜 군도에서는 한번도 그러지 않은 걸까?"

"원해에서는 규칙이 바뀐다고들 하잖아."

"그래, 분명 그건 맞는 말이지. 로크에서 배웠던 괜찮은 주문들이 여기선 아무 힘도 못 내거나 잘못돼 버리더군. 그리고 로크에선 한번도 배운 적이 없는 주문이 여기선 듣기도 하고. 모든 땅이 나름의 힘을 갖지. 내지에서 멀리 떨어질수록 그러한 힘들과 그 지배에 관해서 아는 건 적어지고……. 하지만 그림자의 모습이 바뀐 까닭이 그것만은 아니라고 생각해."

"나도 그래. 내 생각은 이래. 내가 달아나길 그만두고 돌아서서 놈과 맞섰을 때, 그렇게 놈이 대항하는 쪽으로 내 의지를 돌린 것이 놈에게 모양과 형태를 부여한 거야. 바로 그 행동이 나에게서 힘을 빼앗아 가지 못하게 막았지만 말이야. 내 모든 행동이 하나하나 놈에게서 반향돼. 놈은 내 창조물인 거야."

"오스킬에서 그게 네 이름을 불렀지. 그래서 마법을 전혀 쓸 수 없게 막았잖아. 손 섬에선 어째서 또 한 번 그렇게 하지 않은 걸까?"

"모르겠어. 아마 놈은 내 약함을 통해서만이 말할 힘을 끌어내는 거겠지. 거의 내 혀로 말하는 셈이야. 놈이 어떻게 내 이름을 알았겠어? 대체 그걸 어떻게 알았지? 곤트를 떠난 후로 바다를 건너오면서 난 내내 머리가 깨지도록 그 문젤 생각했어. 답은 찾을 수 없었지. 아마 놈은 본래 형체로는, 아니, 형체 없는 본래 모양으로는 아예 말을 못하고 누구의 혀를 빌려서만이 말할 수 있는 게 아닐까. 겝베스로서 말이야. 난 모르겠어."

"그러면 그게 또다시 겝베스 형태를 하고 만날 일을 경계해야겠구나."

게드는 속으로부터 냉기를 느낀 듯 벌겋게 핀 숯 위로 손을 뻗었다.

"내 생각엔……, 내 생각엔 그렇지 않아. 이제는 내가 놈에게 묶여 있는 것처럼 놈도 나에게 묶여 있어. 그게 누구 다른 사람을 붙잡고 그 의지와 존재를 지워 버릴 만큼 나에게서 멀리 달아날 수는 없어. 스키오르한테 했던 것처럼은 안 돼. 나를 차지할 수는 있지. 내가 또다시 약해진다면, 그래서 놈에게서 달아나 묶인 것을 끊어 버리려고 한다면 놈은 날 차지할 거야. 그렇지만 내가 온 힘으로 붙잡았을 때 놈은 그저 수증기로 변해서 빠져나가 버렸지……. 다음에도 그럴 거야. 그렇더라도 정말로 달아날 수는 없지, 내가 언제라도 찾아낼 수 있으니까. 나는 그 추악하고 잔인한 괴물에게 묶여 있어. 놈을 다스릴 말을, 놈의 이름을 알지 못하는 한 영영 묶여 있을 거야."

친구는 생각에 골똘해서 물었다.

"어둠의 세계에 이름들이 있을까?"

"겐셔 대현자님은 없다고 했어. 하지만 내 스승이신 오지언님 얘긴 달랐지."

"'마법사들의 논쟁엔 끝이 없다.'"

좀 엄숙한 웃음을 띠며 들콩이 인용했다.

"옛 힘을 섬기던 그 오스킬 여자는 그 돌이 나에게 그림자의 이름을 말해 줄 거라고 단언했지. 하지만 그 얘긴 별로 미덥지 않아. 그렇지만 용이 나한테서 벗어나기 위해 자기 이름과 그 이름을 거래하자고 제의했던 일도 있었어. 마법사들이 논쟁을 벌이는 문제에서라면 용이 현명하지 않을까 생각해."

"현명하지만 선의는 없지. 그런데 그 용은 뭐야? 우리가 마지막으로 본 이후에 용과 이야기한 적이 있다는 얘기는 하지 않았잖아."

그 밤 그들은 늦게까지 함께 이야기했다. 비록 얘기가 번번이 게드 앞에 놓여 있는 냉혹한 문제로 되돌아가긴 했지만 함께 있다는 기쁨은 모든 것을 뛰어넘었다. 강하고 변함없는 그들 사이의 애정은 시간으로나 그 어떤 일로도 흔들리지 않았던 것이다. 아침에 친구의 집 지붕 아래서 깨어난 게드는 미처 잠기운이 가시지 않은 동안 악과 해로움으로부터 완벽하게 보호된 곳에 있는 듯한 안락함을 느꼈다. 이 꿈 같은 평화의 일부는 하루 종일 남아서 게드의 상념을 뒤따랐고, 그는 그것을 좋은 전조로서가 아니라 선물로 받아들였다. 이 집을 떠나는 건 마지막 항구를 떠나는 것으로 여겨졌기에 짧은 꿈이 이어지는 동안 게드는 기꺼이 행복을 누리려 했다.

이피시를 떠나기 전에 봐 두어야 할 일이 있었기 때문에, 들콩은 자기가 거느린 마술사 견습생 소년을 데리고 섬 안의 다른 마을들을 돌아보러 떠났다. 게드는 톱풀과 '바다오리'라 불리는 그녀의 오빠와 함께 남았다. 바다오리는 톱풀과 들콩의 중간쯤 되는 나이였다. 그는 척 보기에 보통 소년이었다. 그게 고통이든 재능이든, 마법의 힘은 그에게 없었다. 그는 이피시와 토크, 홀프 이외엔 아무데도 가 본 적이 없었고 그의 삶은 수월하고 평탄한 것이었다. 게드는 놀라움과 약간의 질투심으로 바다오리를 보았고, 그 소년도 똑같이 게드를 바라보았다. 서로에게 그것은 아주 기묘한 일이었다. 같은 열아홉 살인데 이렇게 다르다니! 게드는 어떻게 19년이나 산 사람이 그렇게 아무 근심 걱정이 없을 수 있는지 신기했다. 바다오리의 호감이 가는 발랄한 얼굴을 부러워하면서 자신이 온통 야위고 까칠까칠하게 느껴졌다. 바다오리가 게드의 얼굴을 찢어 놓은 흉터조차도 부러워하면서, 그것이 용의 발톱이 할퀴고 지나간 흔적이며 그 모양 그대로 영웅을 나타내는 룬이자 상징이라고 생각한다는 것은 짐작조차 못했다.

그 두 젊은이는 그래서 서로 얼마간 낯을 가렸다. 하지만 톱풀의 경우엔 장소가 자기 집인 데다 자기가 여주인이었기에 곧 게드를 어려워하지 않게 되었다. 게드가 아주 상냥하게 대해 주었으므로 톱풀은 온갖 것을 물어보았다. 왜냐하면 들콩은 아무것도 얘기해 주기 않기 때문이라고 그녀는 말했다. 들콩이 집을 비운 이틀간 톱풀은 항해를 떠날 두 사람이 가져갈 마른 밀과자를 만들고 생선과 고기 따위 배에 실을 식량을 챙기느라 바빴다. 게드가 쉬지 않고 셀리더까지 항해해 갈 계획은 없으니까 그만하라고 할 때까지 멈추지 않았다.

"셀리더가 어디죠?"

"서원해 멀리 떨어진 곳이죠. 용이 쥐만큼이나 흔하답니다."

"그러면 동원해에 머무는 게 낫겠네요. 우리 용은 쥐만큼이나 작으니까요. 그럼 그만큼으로 해요. 정말 충분하겠어요? 들어 봐요, 난 이해를 못하겠어요. 당신하고 우리 오빠는 모두 대단한 마법사들이죠. 손을 흔들고 뭐라뭐라 하면 다 되잖아요. 그러면 왜 굶주리겠어요? 바다에서 저녁때가 되거든 '고기 파이!' 하고 말하면 어때요? 그러면 고기 파이가 나타날 테고, 그걸 먹으면 되잖아요?"

"글쎄요, 그럴 수 있겠죠. 하지만 우리는 시쳇말로 '말을 먹는' 건 별로 원치 않아요. '고기 파이!' 그건 그냥 말일 뿐이죠, 결국엔……. 거기다 근사한 냄새를 더하고 맛이 나게 하고 속까지도 채울 수 있지만 그래 봐야 여전히 말이에요. 뱃속을 우롱할 뿐 배고픈 사람에게 힘은 주지 못하죠."

"마법사가 요리사는 아니란 거군요, 그럼."

바다오리가 말했다. 그는 부엌 화로를 사이에 두고 게드 건너편에 마주앉아 결 고운 나무로 된 상자 뚜껑에 조각을 하고 있었다. 그는 대단히 열성적이진 않아도 나무 세공사가 직업이었다.

"또 요리사도 마법사가 아니지, 아쉽지 뭐야."

화로 벽돌 위에 얹어 굽고 있던 마지막 밀과자들이 갈색이 돼 가나 보느라 무릎 꿇은 채로 톱풀이 말했다.

"하지만 아직도 난 이해 못하겠어요, 새매 님. 난 오빠가, 그리고 오빠 제자조차도 한마디 말만으로 어두운 곳에서 불을 만드는 걸 보았어요. 그 불은 빛을 내서 주변이 환해지죠. 길을 볼 수 있게 해 주는 건 불빛이지 말이 아니잖아요!"

"그렇지요. 빛은 힘이에요. 위대한 힘이죠. 우린 그로 인해 존재하지만 그것은 우리의 요구를 넘어 그 자체로서 존재해요. 햇빛과 별빛이 곧 시간이며 시간이 빛입니다. 햇빛 속에, 하루하루와 한 해 두 해 속에 삶이 있어요. 생명은 어두운 곳에서 빛을 불러낼 수 있어요. 이름을 부름으로써 말이지요. 하지만 보통 마법사가 무엇인가를 이름 부르거나 소환해서 나타나게 할 경우 그건 똑같은 게 아니에요. 마법사는 자신보다 더 큰 힘은 불러내지 못해요. 생겨난 것들은 환상일 뿐이에요. 전혀 거기 존재하지 않는 것을 소환한다는 것, 진정한 이름을 말함으로써 그것을 부르는 것은 크나큰 기술이며 경솔하게 사용해서는 안 됩니다. 그저 배고픔을 달래려고 써서는 안 되는 거죠. 톱풀, 당신의 작은 용이 과잘 훔쳤어요."

톱풀은 게드가 말하는 걸 빤히 쳐다보며 너무 열심히 듣느라 하레키가 화로 위 주전자 고리에 걸린 따뜻한 횃대에서 꿈틀거리며 내려와 제 몸집보다도 큰 밀과자를 훔치는 것을 보지 못했다. 그녀는 그 작은 비늘 달린 생물을 집어 무릎에 올려놓고 과자 부스러기들을 먹이면서 게드가 말해 준 것을 깊이 생각했다.

"그러면 진짜 고기 파이는 불러내지 않으시겠군요. 오빠가 항상 이야기하는 그걸 흐트러뜨리지 않기 위해서……, 이름을 까먹었네요."

"평형이요."

톱풀이 아주 진지했기에 게드도 엄숙하게 대답했다.

"그래요. 하지만 난파했을 때 당신은 거의 주문으로 짓다시피 한 배를 타고 떠나오셨죠. 그 밴 물이 새지 않았고요. 그게 환상이었나요?"

"글쎄요, 부분적으론 환상이었죠. 배에 난 커다란 구멍으로 바닷물이 보이면 맘이 편치 않으니까요. 그래서 겉보기를 때워 붙여 괜찮게 만들었죠. 하지만 그 배의 힘은 환상이 아니었고 소환한 것도 아니에요. 묶기 주문이라는 다른 종류의 기술로 이루어 낸 것이죠. 나무가 전부 하나의 단일한 물체, 즉 배로 묶인 거예요. 물이 새지 않는 어떤 것이 배가 아니고 뭐겠어요?"

"나는 물 새는 배를 가져 봤는데요."

바다오리의 말이었다.

"음, 내가 계속해서 주문을 손보지 않았다면 내 배 역시 물이 샜을 겁니다."

게드는 그렇게 대답하고 앉아 있던 구석에서 몸을 숙여 벽돌에 얹힌 과자 한 조각을 집어서는 양손으로 이리저리 옮겼다.

"나도 빵을 훔쳤어요."

"그럼 손가락을 뎄겠죠. 그리고 머나먼 섬들 사이 황량한 바다에서 굶주릴 때에 그 과잘 떠올리고는 말할 거예요. '아! 그 과자를 훔치지 않았더라면 지금 먹을 수 있을 텐데, 안타까워라.' 나는 오빠 몫을 먹을래요. 그러면 오빠도 함께 배를 곯을 수 있을 테죠……."

"그렇게 평형이 유지되겠군요."

게드가 말했고, 톱풀은 반쯤 구워진 뜨거운 과자를 가져가 우물거리다가 깔깔 웃더니 목이 메어 캑캑거렸다. 그러나 곧 다시 진지한 얼굴로 말했다.

"얘기해 주신 걸 완전히 이해할 수 있었으면 좋겠어요. 전 너무 어리석어서."

"작은 아가씨, 내가 설명하는 재주가 없어서예요. 시간이 조금 더 있었다면……."

"시간이야 더 있죠. 오빠가 집으로 돌아올 때 함께 오실 거잖아요. 적어도 한동안은 같이 있지 않겠어요? 그러지 않으실 거예요?"

"그럴 수만 있다면요."

그가 부드럽게 대답했다.

잠시 침묵이 지나갔다. 그리고 하레키가 도로 횃대에 기어오르는 것을 보며 톱풀이 말했다.

"비밀이 아니라면 하나만 더 말해 주세요. 빛 말고 위대한 힘들은 또 뭐가 있죠?"

"그건 비밀이 아니랍니다. 모든 힘은 근본과 결말에서 하나예요, 내 생각엔 그래요. 세월과 거리, 별과 촛불, 물과 바람과 마법, 인간의 손에 깃든 재주와 나무의 뿌리에 깃든 지혜, 그 모두가 함께 일어나죠. 내 이름과 두 분의 이름, 그리고 태양의 진정한 이름이나 샘의 이름, 태어나지 않은 아이의 이름은 모두 아주 천천히 말해지는 위대한 말의 음절들 하나하나인 거예요. 별들이 빛나며 그 말을 하고 있는 것이죠. 다른 힘이란 없어요. 다른 이름도 없고요."

조각하던 나무에서 칼을 거두지 않은 채로 바다오리가 물었다.

"죽음은?"

소녀는 반짝이는 검은 머리를 수그리고서 듣고 있었다.

게드가 천천히 대답했다.

"말이 있으려면, 침묵이 있어야 하지요. 그 전과, 그 후에."

그러고 나서 그는 갑자기 일어섰다.

"나에겐 이런 일들에 대해 이야기할 자격이 없어요. 내가 한 말이 바로 내가 잘못 말했다는 걸 얘기하고 있군요. 조용히 입 다물고 있는 게 낫겠어요. 다시 이야기하지는 않겠어요. 어쩌면 어둠 이외에 진정한 힘은 없겠지요."

그렇게 말한 다음 게드는 그대로 화롯가와 그 따뜻한 부엌을 등졌다. 그는 망토를 걸치고 혼자 차디찬 겨울비가 흩뿌리는 길거리로 나섰다.

"저 사람은 저주에 걸려 있어."

바다오리는 얼마간 공포에 질린 눈으로 게드의 뒤를 바라보았다.

"내 생각엔 저분이 나선 이 여행이 저분을 죽음으로 이끌 것 같아."

톱풀의 말이었다.

"그걸 두려워하면서도, 저분은 계속해서 나아가지."

톱풀은 머리를 들어 겨울 바다를 가로질러 텅 빈 난바다로 나서는 외로운 배를 바라보는 듯이 붉은 불꽃을 응시했다. 그 눈에 한순간 눈물이 차올랐다. 하지만 무슨 말은 하지 않았다.

그 다음 날 들콩은 돌아왔고, 이스메이의 명사들에게 출발을 고했다. 그들은 한겨울에 자기 일도 아닌 희망 없는 과업을 위해 바다로 나서는 그를 좀처럼 보내 주려 들지 않았다. 그러나 타이르고 설득을 해도 무엇으로도 들콩을 말릴 수는 없었다. 연장자들의 잔소리에 지친 나머지 들콩은 말했다.

"저는 여러분의 것입니다. 제 부모와 관습과 여러분께 약속드린 의무 때문이지요. 전 여러분의 마법사입니다. 하지만 이걸

상기하실 때가 왔군요. 제가 섬기는 자이긴 해도 여러분의 종은 아닙니다. 자유롭게 돌아올 수 있게 되면 돌아오겠습니다. 그때까지 안녕히들 계세요."

동쪽 바다로부터 잿빛 광채가 차오르는 동틀 녘 두 젊은이는 멀리보기 호를 타고 이스메이의 항구를 출발했다. 배는 튼튼하게 짜여진 갈색 돛을 올려 북풍을 받았다. 부둣가에 톱풀이 서서 그들이 가는 것을 지켜보고 있었다. 어스시의 해안들에서 바다로 나가는 사내들을 지켜보는 뱃사람의 아내와 누이들처럼……. 그들은 손을 흔들거나 소리 질러 부르지 않는다. 두건 달린 잿빛 또는 갈색 망토를 입고 꼼짝 않고 서 있을 뿐이다. 그러는 사이 배에서 바라다보이는 해변은 점점 작게 움츠러들고, 떠나는 이와 전송하는 이 사이를 가르는 물은 점점 넓어져 갔다.

난바다

이제 항구는 시야 너머로 가라앉고, 멀리보기 호에 그려진 눈은 파도에 씻기며 갈수록 적막하게 트여 가는 앞쪽을 바라보고 있었다. 두 친구는 험악한 날씨와 심술궂은 바람 속에 이틀 밤낮에 걸쳐 이피시에서 소더스 섬까지 바닷길 수백 리를 주파했다. 소더스의 항구에는 아주 잠깐만 머물렀다. 물주머니를 다시 채우고, 지붕이 없는 배에서 바닷물과 비로부터 선구들을 보호할 타르 칠한 돛천을 산 것뿐이었다. 이것을 더 이전에 구비해 두지 않았던 것은 마법사들이라면 그런 사소한 문제는 보통 주문으로 해결을 보기 때문이었다. 그런 주문은 정말 별것 아닌 흔한 주문이었다. 또 바닷물에서 소금기를 빼는 데도 별로 큰 마법이 소용되지 않았다. 그러면 식수를 챙기는 수고를 덜 수 있다. 그러나 게드는 기술 쓰기를 무엇보다 꺼렸으며 들콩이 쓰는 것도 탐탁잖아했다. 게드는 그저 "안 쓰는 게 나아."라고만 말했고 친구는 묻지도 따지지도 않았다. 바람이 막 돛을 채운 그때부터 둘 다 겨울바람처럼 차디찬, 무거운 예감을 느꼈던 것이다. 항구, 부두, 평화, 안전함, 그 모두가 등 뒤에 있었다. 두 사람은 그것들을 등지고 떠나왔다. 이제 살얼음판을 걷듯 만사가 위험을 내포하고 어떤 행동도 까닭 없이 일어나지 않는 길을 그들은 나아가고 있었다. 지금 나선 항로에선 아주 작은 주문을 쓰는 것도 운을 바꿔 버릴 수 있고, 힘의 균형을 뒤흔들어 파멸로 치닫게 할 수 있었다. 왜냐하면 지금 그 균형의 핵심부, 빛과 어둠이 만나는 그곳으로 다가가고 있기 때문이었다. 그런 길을 가는 여행자들은 어떤 말도 함부로 해선 안 되었다.

다시 배를 내어 눈 덮인 백색의 들판들이 안개 자욱한 산지로 희미하게 바래어 들어가는 소더스 섬의 연안을 빙 둘러 지나서, 게드는 재차 남쪽으로 방향을 잡았다. 그로써 배는 이제 군도의 큰 상선들은 절대로 오지 않는 원해 최외곽 해역에 들어섰다.

들콩은 항로에 대해 의문을 제기하지 않았다. 게드가 임의로 길을 고른 게 아니라 가야 하기 때문에 가는 줄을 그는 알고 있었다. 소더스 섬이 등 뒤로 점점 작아져 희미해지고, 파도가 날카로운 소리를 내며 뱃머리 아래 철썩이고, 잿빛을 띤 거대한 물의 평원이 하늘 끝까지 말갛게 에워싸 오자 게드가 물었다.

"이대로 나아가면 무슨 섬이 있지?"

"소더스의 정남쪽으로는 어떤 땅도 없어. 남동쪽으로 한참 가면 두어 개 있지. 펠리머, 코르네이, 고스크, 그리고 '끝땅'이라고도 하는 아스토웰. 그 너머엔 난바다야."

"남서쪽으로는?"

"우리 동원해 섬들 중 하나인 롤라메니가 있지. 그 주위로 작은 섬들이 몇 개 있고. 거길 지나면 남원해에 접어들 때까지 아무것도 없어. 남원해엔 루드, 툼, 그리고 '귀' 섬이 있는데 사람들은 가지 않지."

게드는 얼굴을 찡그렸다.

"우리는 갈지 몰라."

"안 갔으면 싶은걸. 거긴 세상에서도 불유쾌한 장소라고들 해. 해골과 흉한 것들이 가득하다지. 선원들 얘기론 귀 섬과 먼소르 섬 근해에서만 보이는 별들이 있대. 다른 어디에서도 보이지 않고 이름 붙여진 적도 없는 별들이."

"그래, 처음에 날 로크로 데려다 준 배의 선원 하나도 그 얘길 했어. 그 사람은 또 남원해 멀리 산다는 뗏목 족속 얘기도 했지. 그들은 1년에 단 한 번만 육지로 온다더군. 뗏목에 쓸 커다란 통나무를 자르기 위해서지. 그때를 빼곤 며칠이고 몇 달이고 한 해 내내 육지라곤 볼 수 없는 대양에서 해류를 타고 떠돈다는 거야. 그 뗏목 마을을 보고 싶어."

"난 절대 사양이다."

들콩이 이렇게 말하며 싱긋 웃었다.

"나에게 육지를 달라, 그리고 육지 사람을! 바다는 바다의 침상에 뉘고 난 내 자리에 누우련다……."

"나는 군도의 도시들을 전부 볼 수 있었으면 해."

돛줄을 잡고 앞에 드넓게 펼쳐진 불모의 잿빛 바다를 바라보며 게드가 말했다.

"세계의 심장부에 자리 잡은 해브너와 신화가 태어난 땅 에아, 길 섬에 있는 샘들의 실라이스, 그 모든 도시들과 위대한 땅들! 그리고 원해 외곽의 작은 섬들이며 낯선 땅들도 보고 싶어. '용의 길'을 따라 쭉 서쪽 끝까지 가는 거야. 그리고 얼음 덮인 바다를 건너 북으로 호겐 대륙까지 곧바로 가지. 어떤 사람들은 그 땅이 군도 전체보다 크다고 하고, 또 다른 이들은 얼음을 사이에 낀 암초와 바윗덩이들일 뿐이라고도 하잖아. 아무도 몰라. 나는 북쪽 바다에 산다는 고래를 보고 싶어……. 하지만 그럴 수 없지. 그 찬란한 해안들에 등을 돌리고 가야만 하는 그곳으로 가지 않으면 안 돼. 과거에 난 너무나 성급했고 이제는 내게 시간이 없어. 나는 온 햇살과 도시와 먼 땅들을 한줌의 힘과, 그림자와, 어둠과 맞바꾼 거야."

마법처럼 솟구친 욕구에 따라 게드는 자신의 두려움과 후회를 노래로 만들었다. 반쯤만 불린 그 짧은 애가는 게드 혼자만을 위한 것이 아니었다. 그의 친구가 그에 응답하여 「에레삭베의 위업」에 나오는 영웅의 말을 읊었다.

"오, 환히 타는 대지의 화로를 한번 더 보고저, 해브너의 그 하얀 탑들을……."

그렇게 그들은 버림받은 망망대해의 좁디좁은 길을 나아갔다. 그들이 그날 본 것은 남으로 헤엄쳐 가는 은빛 패니 떼가 다였다. 물 위로 뛰어오르는 돌고래 한 마리 없고 잿빛 허공을 가르고 날아가는 갈매기나 바다오리, 제비갈매기 한 마리 없었다. 동쪽이 어두워 가고 서쪽이 붉게 달아오를 무렵, 들콩은 음식을 꺼내어 둘 사이에 나누어 놓고 말했다.

"이게 마지막 남은 맥주군. 나는 추운 날씨에 목이 탈 사내들을 생각해서 술통을 실어 준 사람에게 건배하겠어. 내 동생 톱풀 말이지."

그 말에 게드는 암울한 생각들도 바다 위를 뚫어지게 내다보던 것도 치워 두고 들콩보다도 더 진지하게 톱풀에게 건배했다. 그녀를 생각하니 그 현명함과 어린아이 같은 다정함이 떠올랐다. 톱풀은 게드가 이제껏 알았던 어떤 사람과도 달랐다. (애당초 그가 젊은 아가씨를 알기는 했던지? 하지만 게드는 그 생각은 전혀 못했다.)

"그녀는 작은 물고기 같아. 맑은 냇물에서 헤엄치는 송사리 말이야. 아무 방비 없지만 결코 잡히지 않지."

그 말에 들콩은 게드를 똑바로 보고 미소 지었다.

"너는 타고난 마법사구나. 그 애의 진짜 이름은 케스트야."

게드가 잘 알다시피 옛 언어에서 '케스트'는 송사리이다. 이 일로 게드는 진심으로 기뻐졌다. 그러나 그는 잠시 후 낮은 소리로 말했다.

"나한테 누이 이름을 말하면 안 되잖아."

그러나 들콩은 경솔해서 그런 것이 아니었다.

"내 이름이 네게서 안전하듯 그 애 이름도 걱정 없어. 또 어차피 내가 말하기 전부터 넌 알고 있었잖아……."

서녘으로부터 붉은 빛이 재처럼 식어 내리고 부연 잿빛도 이윽고 검게 가라앉았다. 온 바다와 온 하늘이 완전히 캄캄했다. 게드는 털가죽을 댄 모직 망토로 몸을 감싸고 뱃바닥에 드러누워 잠을 청했다. 돛줄을 잡은 들콩은 부드럽게 「인라드의 위업」에 있는 노래를 불렀다. 마법사인 백색의 모레드가 노 없는 긴 배를 타고 해브너를 떠나 솔레아 섬으로 와서 샘의 과수원에서 엘파란을 보게 되는 대목이었다. 게드는 노래가 불운한 사랑의 결말에 이르기 전에 잠들었다. 모레드의 죽음과 인라드의 멸망, 거대하고 잔혹한 파도가 솔레아의 과수원을 내리덮친 사연은 접어 둔 채로……. 한밤중이 되어 갈 즈음 게드가 잠을 깨어 다시 망보기를 맡고 들콩은 잠을 잤다. 작은 배는 쪼는 듯 거친 바다를 자르듯이 건너지르며 돛에 밀어닥치는 강풍을 업고 캄캄한 밤을 내달렸다. 그러나 그러한 질주도 끝나고, 새벽이 오기 전 여윈 달이 갈색 테를 두른 구름 사이로 빛나며 바다 위로 희미한 빛을 뿌렸다.

"달이 그믐으로 사위어 드는군."

찬바람이 한풀 꺾인 새벽에 잠을 깬 들콩이 중얼거렸다. 게드는 희끄무레해져 오는 동쪽 바다 위로 반동강 난 고리를 닮은 흰 달을 올려다보았지만 아무 말 하지 않았다. 해돋이에 잇따라 오는 그믐은 '멈춘 날'이라고 불리며 여름철의 '달날'과 '긴 춤'의 반대편에 위치했다. 그 며칠은 여행자들과 병든 이들에게 흉한 날로 여겨졌다. '멈춘 날' 동안 아이들은 진짜 이름을 받지 못하며, 사람들은 위대한 노래들을 부르지 않고, 검이나 날붙이들을 갈지 않으며, 맹세도 하지 않는다. 그 날들은 한 해의 어둠의 축으로서 그때에 이루어진 일들은 모두 나쁘게 되었다.

소더스를 떠나 바닷새와 바다 위의 표류물들을 따라 사흘을 가서 그들은 펠리머에 이르렀다. 파도 높은 잿빛 바다 위로 껑충하게 등을 굽힌 작은 섬이었다. 그곳 사람들은 하드 어를 썼지만 특유의 억양이 있어서 심지어 들콩의 귀에도 낯설게 들렸다. 식수를 보충하고 잠시나마 바다를 떠나 쉬기 위해 육지에 오른 두 젊은이는 처음엔 놀란 사람들로부터 떠들썩하게 영접

받았다. 섬의 중심 되는 마을에 마술사가 있었는데, 그는 미친 사람이었다. 처음부터 끝까지 엄청난 뱀이 펠리머의 토대를 갉아먹고 있다는 이야기밖에 하지 않았다. 그 때문에 머잖아 섬이 닻줄 잘린 배처럼 떠돌다가 세계의 끝 너머로 미끄러져 나가고 말리라는 것이었다. 처음에는 젊은 마법사들을 정중하게 환영한 그였지만, 뱀에 관한 이야기를 하면서 게드를 흘끔거리기 시작하더니 곧바로 그곳 거리 한복판에서 삿대질을 하며 그들을 바다뱀의 첩자요 종이라고 불렀다. 그 후론 펠리머 사람들의 눈길이 퉁명스러워졌다. 비록 미치긴 했더라도 그 사람이 자기네 마술사였기 때문이다. 그래서 게드와 들콩은 오래 머물지 않고 밤이 오기 전에 다시 배를 내어 남동쪽으로 가던 길을 갔다.

항해해 가던 낮과 밤 동안 게드는 결코 그림자를 입에 올리지 않았고 지금 하러 나선 일을 직접 언급하지도 않았다. 그리고 들콩이 한 말 중 가장 질문에 가까웠던 것은 "확실하겠지?" 이뿐이었다.(들콩이 물었을 때 그들은 항로를 유지하여 어스시에 알려진 섬들을 등지고 점점 더 멀리 가고 있었다.) 이 말에 게드는 "쇠는 당연히 자석 방향을 알겠지?"라고만 했다. 들콩은 고개를 끄덕였고, 둘 다 더 이상 왈가왈부 없이 계속해서 나아갔다.

그러나 옛 마법사들이 악한 힘이나 삿된 존재들의 숨겨진 이름을 알아내기 위해 사용했던 마법과 술수에 관해서는 종종 대화를 나눴다. 팰른의 네레거가 용들의 대화를 엿들어 '검은 현자'의 이름을 알아냈던 일이며, 모레드가 인라드 평원의 전쟁터에서 흙먼지 속에 떨어지는 빗방울로 씌어진 적의 이름을 보게 되었던 일 등의 이야기이다. 두 사람은 찾기 주문과 영혼을 불러내는 주문과 로크의 조형사만이 물을 수 있는 '답할 수 있는 물음들'에 대해 이야기했다. 그러나 게드는 번번이 오래전 어느 가을날 곤트 산등성이에서 오지언이 해 주었던 말을 중얼거리며 대화를 끝내곤 했다.

"듣기 위해서는, 침묵해야지……."

그렇게 말한 뒤에는 침묵에 빠져 몇 시간이고 줄곧 배가 나아가는 방향의 바다를 내다보며 곰곰이 생각에 잠기는 것이었다. 때때로 들콩에겐 친구가 파도 너머로 머나먼 거리를 넘어 아직 오지 않은 잿빛 날들을 건너 그들이 쫓고 있는 그 존재를, 그리고 이 항해의 어두운 결말을 바라보는 것처럼 느껴졌다.

배는 험악한 일기 속에 코르네이와 고스크 사이를 지났다. 두 섬 모두 안개와 비에 묻혀 보이지 않았고, 두 사람은 하루가 지난 뒤 앞쪽으로 삐죽삐죽한 절벽이 솟아오른 섬을 발견하고서야 지나 온 사실을 알았다. 벼랑 위로 갈매기들이 큰 떼를 이루어 빙빙 돌고 있었다. 그 새들이 우짖는 소리는 바다 위 멀리서도 들을 수 있었다. 들콩이 말했다.

"생긴 걸 보니 저건 아스토웰이겠다. '끝땅'이지. 저 섬의 동쪽과 남쪽으로는 해도에 아무것도 없어."

"하지만 저기 사는 사람들은 더 먼 섬을 알지도 모르지."

"왜 그렇게 말하는 거지?"

들콩이 물은 것은 게드가 근심스러운 듯 말했기 때문이었다. 여기에 대한 대답도 머뭇머뭇 어색하게 나왔다.

"저긴 아니야."

게드는 눈앞의 아스토웰을 바라보며 말했다. 하지만 어쩌면 섬을 꿰뚫고 그 너머를 바라보고 있는지도 몰랐다.

"저기엔 없어. 바다 위에도 없고. 바다가 아니라 마른땅 위야. 어느 땅일까? 난바다가 솟아나는 샘에 이르기 전, 그 원천들 너머, 낮의 빛의 문들 뒤에……."

그러더니 게드는 침묵했고 다시 말을 꺼냈을 때엔 목소리가 평상시와 같았다. 마치 어떤 주문이나 환영에서 깨어난 뒤 그때를 또렷이 기억하지 못하는 사람 같았다.

높은 바위 곶 사이로 파고든 좁다란 만 입구에 위치한 아스토웰 항은 섬의 북안에 있어서, 동네의 오두막집들은 전부 북쪽과 서쪽을 바라보고 지어져 있었다. 비록 그렇게나 멀리 떨어져 있어도 섬 자체가 항상 얼굴을 어스시로, 사람 사는 세상으로 향하고 있는 듯했다.

누구도 감히 아스토웰 가까이까지 올 엄두를 내지 못할 이런 계절에 외지인들이 나타나자 흥분과 소란이 그들을 맞았다. 여자들은 윗가지로 엮은 오두막에서 나오지 않고 문으로 흘끔흘끔 내다보고 있다가 이방인들이 해안에서 올라오자 아이들을 치마 뒤로 숨기며 두려운 듯 어둠침침한 오두막 속으로 물러섰다. 추위를 막으려고 누덕누덕 옷을 껴입은 여윈 사내들은 손에 손에 석제 손도끼나 조개껍데기 칼을 들고서 들콩과 게드 주위를 단단히 에워쌌다. 그러나 일단 두려움이 가시자 그들은 낯선 이들을 매우 환영했고 끝없이 질문을 퍼부어 댔다. 소더스나 롤라메니에서도 배가 이곳을 찾아오는 일은 거의 없었던 것이다. 이 섬 사람들에겐 청동이나 질 좋은 그릇과 바꿀 만한 교역품이 없었다. 심지어 나무도 없었다. 이 섬의 배는 갈대를 묶어 지은 쪽배였기에 대담한 뱃사람이라야 그런 배를 타고 고스크나 코르네이까지 갈 엄두를 낼 터였다. 모든 지도의 끄트머리에 있는 이곳에서 그들은 외로이 살아가고 있었다. 마녀도 마술사도 없어서, 이 젊은 마법사들의 지팡이가 뭔지 알아보지도 못한 채 단지 그것들이 나무라는 귀중한 재료로 되어 있다는 데에만 경탄을 보냈다.

족장이 아니면 섬 대표라 해야 할 사람은 아주 나이가 많았는데, 주민들 중 군도에서 난 사람을 본 적이 있는 건 그뿐이었다. 그런 까닭에 게드는 그들에게 놀라운 존재였다. 남자들은 어린 아들들을 데려와 군도 사람을 구경시켰다. 아이들은 나중에 커서도 그를 기억할 수 있을 터였다. 그곳 사람들은 곤트에 대해서는 한번도 들어 본 적이 없고 해브너와 에아만 알았기에 게드를 해브너의 영주로 쳤다. 게드는 본 적도 없는 하얀 도시에 관한 질문들에 대답하고자 최선을 다했다. 그러나 저녁 시간이 지남에 따라 점점 초조해져서, 마침내 작은 모임집의 화롯불가에 다닥다닥 모여 앉은 마을 사람들에게 질문을 던지기에 이르렀다. 땔감이라곤 염소 똥과 싸릿단뿐이었기에 화로의 훈기 속엔 연기 냄새가 독했다. 게드가 물었다.

"당신네 섬 동쪽으론 뭐가 있습니까?"

모두 대답이 없었다. 몇은 빙그레 웃고 몇은 표정을 굳혔다. 나이 든 섬 대표가 말했다.

"바다가 있지."

"그 너머론 육지가 없나요?"

"여기가 '끝땅'이야. 이 너머론 아무 땅도 없어. 세계의 끝에 이르기까지 물밖엔 아무것도 없다네."

"이 사람들은 현인들이에요, 아버지. 뱃길 가는 사람들, 항해자들이지요. 어쩌면 우리가 모르는 땅을 알지 몰라요."

한 젊은이가 말했다.

"이 섬 동쪽으론 어떤 땅도 없다."

늙은이는 그렇게 말했다. 그러곤 더 이상 말 없이 오랫동안 게드를 바라보았다.

두 동료는 그날 밤 연기 들어찬 오두막의 온기 속에 잠들었다. 날이 새기 전에 게드가 속삭이는 소리로 친구를 깨웠다.

"에스타리올, 일어나. 머뭇거릴 수가 없어. 가야 해."

"왜 이렇게 일찍?"

들콩이 잠에 취해 물었다.

"일찍이 아니야. 늦었어. 내가 너무 천천히 쫓아왔어. 놈이 내게서 도망갈 길을 찾았어, 날 파멸시킬 참이야. 놈이 날 떨쳐 버려선 안 돼. 아무리 멀리 도망쳐도 나는 쫓아가야만 해. 그걸 놓친다면 난 끝이야."

"우리가 어디로 쫓아가야 하지?"

"동쪽으로. 가자. 물주머니는 채워 놨어."

그래서 마을 사람이 아무도 일어나지 않은 시간에 그들은 잠을 잔 모임집을 떠났다. 어느 캄캄한 오두막에선가 아기가 조금 보채다 도로 잠잠해졌을 뿐이다. 그들은 희미한 별빛 아래 만 입구로 이어진 길을 더듬어 가서 돌무더기에 단단하게 고정시켜 놓았던 멀리보기 호를 풀어 검은 물 위로 밀어냈다. 그리하여 '멈춘 날'의 첫날 해돋이도 보기 전에 그들은 아스토웰 동쪽의 난바다를 향하여 배를 띄웠다.

그날은 하늘이 맑았다. 세계풍은 길게 내리부는 찬 북동풍이었지만 게드는 마법풍을 일으켰다. 손 섬을 떠난 후 마법을 쓴 것은 처음이었다. 배는 몹시 빠른 속도로 정동을 향해 나아갔다. 자욱한 물보라에 햇빛을 번뜩이는 큰 파도들이 달음박질하는 배를 때리면 선체가 부르르 몸서리를 쳤다. 하지만 그 배는 만든 이가 장담했던 대로 끄떡없이 나아갔고, 겹겹이 주문을 씌운 로크의 배만큼이나 곧이곧대로 마법풍에 응했다.

그날 아침 내내 게드는 바람 주문의 힘을 새롭게 하거나 돛에 불어 넣은 마법력을 유지시키는 것 외엔 말을 하지 않았다. 그리고 들콩은 불편하게나마 고물에서 못 다 잔 잠을 잤다. 한낮이 되어서 음식을 들었다. 게드는 음식을 아껴서 나누어 각자에게 돌아간 몫은 보잘것없었지만, 둘 다 말없이 소금절이 생선과 밀과자를 씹었다.

그들은 오후 내내 방향을 돌리지도 속도를 늦추지도 않고 동쪽으로 전진했다. 딱 한 번 게드가 침묵을 깨고 말했다.

"너는 세계가 원해 바깥쪽으로 넘어가면 온통 육지 없는 바다라고 생각하는 사람들에게 찬성하니, 아니면 또 다른 군도나 발견되지 않은 땅이 세계의 반대편에 있을 거라고 상상하는 사람들에게 찬성하니?"

"지금이라면, 세계는 하나의 평면으로 이루어져 있기에 배를 너무 멀리 몰아가면 그 끄트머리를 지나 떨어져 버릴 거라고 생각하는 사람들 편을 들겠어."

게드는 웃지 않았다. 웃을 만한 여유가 남아 있지 않았다.

"거기 바깥에서 무엇과 마주치게 될지 누가 알겠어? 알 수 없지, 줄곧 우리 해안과 우리 바닷가를 지키고 앉았던 우리로선."

"알아보려던 사람들이 있었지. 그들은 돌아오지 않았어. 우리가 모르는 섬에서 배가 찾아온 적도 없고."

게드는 대답하지 않았다.

그날 하루 종일 그리고 밤에도 내내 배는 강력한 마법풍에 실려 망망한 대양을 동으로 동으로 질주해 갔다. 게드는 어스름 녘부터 새벽까지 망을 보았다. 그를 끌어당기는(아니면 몰아 대는) 힘이 어둠 속에서 더 강하게 작용했기 때문이다. 달 없는 밤이라 그의 눈이 뱃머리 양쪽에 그려진 눈보다 나을 게 없었지만, 게드는 앞길에서 눈을 떼지 않았다. 동틀 녘이 되자 게드의 거무스름한 얼굴은 지친 나머지 파리해졌고, 추위에 쥐가 나서 쉬려고 눕기조차 힘이 들었다.

"서쪽으로부터 계속해서 마법풍이 불도록 해 줘, 에스타리올."

속삭이듯 말하고 게드는 잠들었다.

일출이라 할 만한 것은 없었다. 얼마 지나지 않아 북동쪽으로부터 질러 온 빗줄기가 뱃머리를 두들겨 대기 시작했다. 폭풍이 아니라 그저 길고 차가운 겨울철의 비바람일 따름이었다. 그러나 새로 산 돛천으로 덮어 놓았는데도 지붕 없는 배 안에 실린 물건들은 금세 속속들이 젖어 버렸다. 들콩은 뼈가 비치도록 흠뻑 젖었다. 게드는 자면서 추위에 떨었다. 친구가 보기 안쓰러워서, 또 조금은 자기 자신을 위해서라도 들콩은 그칠 줄 모르고 비를 퍼부어 대는 괘씸한 바람을 걷어 보려 했다. 하지만 게드의 뜻에 따라 마법풍이 계속 강하게 불도록 할 수는 있어도,

난바다의 바람은 말을 듣지 않았다. 육지에서부터 너무나 멀리 떨어진 이곳에서 들콩의 날씨 기술은 별 힘을 갖지 못했다. 이 일로 들콩은 확연한 공포를 느꼈다. 사람이 살게 돼 있는 곳은 육지다. 육지에서 떨어져 계속 멀리 떠나간다면 자신과 게드에게 마법의 힘이 얼마나 남아 있게 될지 의심스러웠다.

밤에는 다시 게드가 망을 보았다. 배는 밤새도록 동쪽을 향한 항로를 지켰다. 아침이 오자 세계풍이 조금 숙어들며 태양빛이 비쳤다. 그러나 어마어마한 물결이 어찌나 높게 출렁이는지 멀리보기 호는 휘우뚱 머리를 쳐들고 언덕을 오르듯 파도를 타 올라 그 물마루에 얹혔다가는 갑자기 고꾸라져 내리기를 되풀이했다. 다시 다음 물결, 또 다음 것을, 또 다음 것을 그렇게 넘어야 했다. 끝이 없었다.

그날 저녁 들콩이 오랜 침묵을 깨고 말했다.

"친구야, 너는 우리가 끝내는 육지에 다다르리라고 확신하는 듯이 말한 적이 있지. 네 예견에 토를 달진 않겠어. 다만 이게 속임수일지 모른다는 건 말해야겠다. 네가 쫓는 그것이 속임수를 써서 사람이 갈 수 있는 한도를 넘는 먼 바다로 널 유인해 내려는 건 아닐까? 낯선 바다에서는 우리의 힘이 변해 약해질 테니까. 그림자는 지치지도 굶주리지도 물에 빠져 죽지도 않아."

그들은 나란히 가로 판자 위에 앉아 있었다. 그러나 게드는 아주 먼 곳에 떨어져 있기라도 한 것 같았다. 그는 드넓은 심연을 가로질러 바라보듯 들콩을 보았다. 눈은 괴로운 듯했고 대답은 더디었다. 마침내 게드가 한 말은 이랬다.

"에스타리올, 우리는 가까이 다가가고 있어."

그 말을 들으며 친구는 그것이 사실임을 알았다. 그러자 두려움이 일었다. 그러나 들콩은 게드의 어깨에 손을 얹으며 이렇게만 말했다.

"글쎄, 그렇다면 좋아. 그럼 됐어."

어둠 속에서는 잠들 수 없었던 게드가 그날 밤 또다시 망을 보았다. 사흘째가 되어도 게드는 여전히 자지 않았다. 배는 내내 그 섬뜩할 정도의 속도로 멈출 줄 모르고 날듯이 바다 위를 달렸다. 들콩은 시간이 지날수록 마법풍을 죽 그렇게 강하게 유지할 수 있는 게드의 힘에 놀랐다. 여기 난바다에서 들콩 자신은 가진 힘이 모두 약해지고 혼란된 터였다. 그들은 계속해서 나아가, 마침내 들콩은 게드가 말했던 대로 바다의 시원(始原)을 지나 날의 빛의 문 저편까지 동으로 치닫는 게 아닌가 생각했다. 게드는 줄곧 그랬던 것처럼 뱃머리에 붙박혀 앞길을 바라보고 있었다. 그러나 이제는 대양을 바라보고 있지 않았다. 아니면 대양이 그에게는 들콩이 보는 것과는 달리 하늘 가장자리까지 둘러 에운 거대한 물의 평원으로 보이지 않는 것이었다. 게드의 눈에는 잿빛 바다와 잿빛 하늘 위로 어둠의 영상이 겹지어 비쳤고, 그 어둠은 점점 짙어 가며 장막은 더 두꺼워졌다. 들콩에겐 그런 것이 전혀 보이지 않았다. 그는 친구의 얼굴에서만 한 찰나 어둠을 보았을 뿐이었다. 배는 전진에 전진을 거듭했다. 두 사람이 한 배 안에서 한 바람을 타고 내달리고 있었건만, 들콩이 동으로 동으로 이 세상의 바다를 넘어가는 동안 게드는 홀로 동쪽도 서쪽도 일출도 일몰도 없고 별들도 뜨거나 지지 않는 나라로 가고 있는 듯했다.

갑자기 뱃머리에서 게드가 큰 소리를 질렀다. 마법풍이 그쳤다. 멀리보기 호는 방향을 잃고 출렁이는 큰 물결에 떠밀려 나뭇조각처럼 치솟았다 떨어졌다. 세계풍은 계속해서 똑바로 북으로부터 불어오고 있었지만 배의 갈색 돛은 축 늘어져 꿈쩍도 하지 않았다. 배도 역시 그렇게 파도 위에 얹힌 채, 크고 느린 출렁임에 떠밀리면서도 아무 쪽으로도 나아가지는 않았다. 게드가 말했다.

"돛을 내려."

들콩은 재빨리 그대로 했고, 그러는 동안 게드는 노를 풀어 노받침에 걸고는 등을 굽혀 젓기 시작했다.

눈 닿는 범위 안으로는 부풀어 올랐다 꺼져 내리는 파도밖에 볼 수 없었던 들콩은 왜 지금 노를 저어 가야 하는지 이해할 수 없었다. 그러나 그는 기다렸고, 머잖아 세계풍이 사그라지며 큰 물결이 잦아드는 것을 알아챌 수 있었다. 배가 치솟았다가 곤두박질치던 것도 점점 덜해 가서 마침내 게드의 힘찬 노질 아래 그럭저럭 앞으로 나아가는 듯했다. 파도는 거의 자서 흡사 육지로 둘러싸인 만의 수면처럼 죽은 듯 잔잔해졌다. 들콩에겐 게드가 보는 것이 보이지 않았으나, 노가 물을 치는 사이사이로 어깨 너머 배의 진행로에 놓여 있는 뭔가가 언뜻언뜻 보여 왔다. 들콩은 부동의 별들 아래 흘러내리는 어두운 비탈을 보지는 못했으나, 마법사의 눈으로 배 주변 물결이 팬 데마다 고인 어둠이 점점 차올라 오는 것은 느낄 수 있었다. 모래에 잠겨 들기라도 한 것처럼 파도의 출렁임이 느려지며 둔해지고 있었다.

마법이 빚어 낸 신기루라고 한다면, 난바다를 땅처럼 보이게 만드는 이것은 믿을 수 없이 강력한 힘이었다. 들콩은 정신을 차리고 용기를 내려고 애쓰면서 숨겨진 것을 드러내는 주문을 외웠다. 느리게 발음되는 주문의 한 음절 한 음절 사이에도 그는 대양의 심연이 메말라 가며 그늘에 먹혀 드는 이 광경이 환각임을 드러낼 어떤 변화나 떨림이 없는지 눈여겨보았다. 그러나 없었다. 이곳에선 주문이 안 듣는지도 몰랐다. 그 주문은 들콩 자신의 눈에만 작용할 뿐 그들에게 걸린 마법을 좌우하려는 게 아니었는데도 그랬다.

게드는 그런 데 아랑곳없이 꾸준히 노를 저었다. 그는 어깨 너머로 앞길을 보며 그만이 볼 수 있는 좁은 물길과 모래톱과 여울목 사이로 길을 골랐다. 배의 용골이 바닥에 끌리며 선체가 요동쳤다. 용골 밑으론 광막한 바다의 심연이 놓여 있었건만,

배는 땅에 올라앉은 듯했다. 게드가 노를 거둬들이는 덜커덕소리가 무시무시했다. 다른 소리가 전혀 없었기 때문이다. 물과 바람과 나무와 돛의 소리가 모조리 사라져 영원히 깨지지 않을 듯한 거대하고 강고한 침묵 속에 압도되었다.

배는 미동도 없었다. 바람 한 줄기 움직이지 않았다. 바다는 어둑하고 움직임 없는 모래 땅으로 변했다. 깜깜한 하늘과 비현실적인 마른땅에 움직이는 것이라곤 없었다. 끝없이 뻗어 나간 그 지면은 눈에 보이는 한계까지 온통 배를 에워싸고 밀려드는 어둠 속에 묻혔다.

게드는 일어서서 자기 지팡이를 잡고는 가벼운 동작으로 뱃전을 밟고 올라섰다. 들콩은 게드가 바다 속으로 떨어져 가라앉는 걸 볼 줄로 생각했다. 물과 하늘과 빛을 가린 이 메마른 어둠의 장막 뒤에는 분명 바다가 있을 터였다. 그러나 그곳은 이제 더 이상 바다가 아니었다. 게드는 걸어서 배를 떠났다. 어둠에 잠긴 모래 위에 게드가 지나간 발자국이 보였고 그의 발 아래서 모래가 밟히는 작은 소리가 났다.

게드의 지팡이가 빛나기 시작했다. 아물아물한 도깨비불이 아니라 뚜렷한 백색으로 타오르는 빛이었고, 그 빛은 금세 너무나 환해져서 광채를 내뿜는 나무를 쥔 손가락이 벌겋게 비쳤다.

게드는 앞으로 걸어갔다. 배에서 멀어지고 있었으나 어느 방향이라고도 할 수 없었다. 여기선 방향이라는 것이 없었다. 북쪽도 남쪽도, 동쪽이나 서쪽 역시. 오직 향하는 쪽과 멀어지는 쪽이 있을 뿐이었다.

지켜보는 들콩에게 게드가 지닌 빛은 어둠을 뚫고 흐르는 커다랗고 느린 별 같았다. 그리고 그 주위로 어둠이 짙어지며 검고 빽빽하게 엉겨들었다. 빛 너머로 계속 앞을 경계하던 게드도 이것을 보았다. 잠시 후, 빛이 비치는 범위의 가장자리 희미한 데에서 모래 위로 다가오는 그림자가 보였다.

그것은 처음에는 형체가 없었지만 가까이 올수록 사람 모양이 되어 갔다. 게드를 향해 다가오는 그 모습은 무뚝뚝한 백발 노인 같았다. 그 속에서 대장장이였던 자기 아버지를 본 것과 동시에 게드는 그 형상이 노인 아닌 젊은 남자임을 깨달았다. 바로 보옥이었다. 보옥의 젠체하는 젊고 잘생긴 얼굴, 은제 장식쇠를 물린 잿빛 망토, 특유의 뻣뻣한 큰걸음이었다. 둘 사이의 어두운 공간을 가로질러 게드에게 못 박힌 눈길은 증오에 차 있었다. 게드는 멈추지 않고 다만 발걸음을 늦추어 앞으로 나아가면서 지팡이를 조금 더 높이 들어 올렸다. 지팡이가 빛을 내자 그 빛 속에 가까이 다가오는 형상으로부터 보옥의 모습이 사라져 그것은 페크베리가 되었다. 그러나 페크베리의 얼굴은 물에 빠져 죽은 사람처럼 불어 터지고 창백했다. 그가 흡사 끌어들이려는 듯이 이상하게 손을 내뻗었다.

아직까지도 게드는 멈추지 않고 앞으로 나아갔다. 이제 그들 사이는 몇 걸음밖에 안 되었다. 그와 맞선 그것은 문득 완전히 모습을 바꾸어 엄청나게 큰 피막 날개를 펼치듯 양끝을 쭉 폈다. 그리고 꿈틀꿈틀 몸부림치며 부풀어 올랐다 오그라들었다. 게드는 그것 속에서 한 찰나 스키오르의 흰 얼굴을 보았고, 이어서 그는 덮인 한 쌍의 노려보는 눈동자를 보았다. 그러고 나서 그것은 갑자기 그가 알지 못하는 공포스러운 얼굴로 바뀌었다. 뒤틀린 입술과 검은 공허 속으로 빨려 드는 구멍 같은 눈을 한, 인간인지 괴물인지 모를 얼굴이었다.

게드는 그 얼굴을 향해 지팡이를 높이 들었다. 지팡이에 어린 광채가 견딜 수 없을 정도로 밝아졌다. 너무도 희고 엄청난 그 빛은 고대의 어둠마저 갉아 들며 물리칠 듯했다. 그 빛 속에 게드에게 다가오는 그것으로부터 모든 인간의 형상이 벗겨져 나갔다. 그것은 작게 움츠러들어 시커먼 덩어리처럼 되어 발톱이 돋친 짤막한 네 발로 모래 위를 기었다. 그러나 그러면서도, 입술도 귀도 눈도 없이 맹목적인 무정형의 주둥이를 게드 쪽으로 쳐든 채 그놈은 계속 앞으로 나아왔다. 게드와 만난 그 순간 주위에 타오르는 희디흰 마법의 빛 속에 놈은 완전히 새카맣게 보였다.

그것이 형체를 똑바로 일으켜 세웠다. 침묵 속에, 사람과 그림자는 얼굴과 얼굴을 마주한 채 정지했다.

그 오랜 침묵을 깨뜨리며 크고도 분명하게 게드는 그림자의 이름을 불렀다. 그와 동시에 그림자 역시 입술도 혀도 없이 똑같은 단어를 말했다.

"게드."

그 두 목소리는 하나였다. 게드는 지팡이를 떨어뜨리고 손을 내뻗어 자신에게 뻗어 오는 그림자를, 검은 자신을 붙잡았다. 빛과 어둠이 만나고, 합쳐지고, 하나가 되었다.

그러나 모래밭 멀찍이서 어스름 속에 두렵게 지켜보고 있던 들콩에게는 게드가 그림자에게 정복당한 것처럼 보였다. 뚜렷하던 광휘가 스러져 침침해졌던 것이다. 분노와 절망이 가득 차올라 들콩은 친구를 돕든가 함께 죽으려고 배를 뛰쳐나와 모래밭에 올랐다. 그러고는 메마른 땅 위 공허한 어스름 속에서 미약하게 꺼져드는 그 작은 빛을 향해 달려갔다. 그러나 달리는 발 밑에서 모래가 꺼져 내려, 들콩은 유사에 휩쓸린 사람처럼 몸부림쳤다. 엄청난 물 흐름이 그를 휩쌌다. 포효하는 소음과 찬란한 날빛이, 살을 에는 추위와 쓰디쓴 소금맛이 닥쳐들며 세계가 제자리로 되돌아왔다. 들콩은 눈 깜짝할 사이에 살아 있는 진짜 바다에 빠져 발버둥치고 있었다.

가까이에서 배가 텅 빈 채로 잿빛 파도에 흔들리고 있었다. 들콩이 물 위로 볼 수 있었던 건 그뿐이었다. 철썩이며 부서진 파도 마루가 앞을 가렸다. 들콩은 힘 좋은 헤엄꾼은 못 되었던 것이다. 온 힘을 다해 간신히 배에 다다라 안으로 기어오른 들콩은 콜록거리며 머리에서 흘러내리는 바닷물을 연신 훔쳐 가면서 어디를 봐야 할지도 모른 채 절망적으로 주위를 둘러보았다. 그러다 마침내 거센 물결 사이로 거무스름한 뭔가를 알아보았다. 아까는 모래밭이었고 지금은 거친 바다인 수면 저만치였다. 들콩은 그것을 보자마자 뛰어들듯 노 자리에 앉아 힘껏 노를 저어 갔다. 그리고 반쯤은 게드를 도와서, 반쯤은 억지로 그의 팔을 잡아당겨 뱃전 안으로 끌어들였다.

게드는 멍해 있었고 눈동자는 허공을 보는 듯했지만 눈에 띄는 상처는 없었다. 오른손에 움켜쥔 지팡이는 모든 광채가 사라져 검은 주목으로 되돌아가 있었다. 게드는 지팡이를 놓으려고 하지 않았다. 말을 잃은 채 물에 젖어 떨리는 몸을 기력 없이 돛대에 기대 웅크리고서, 돛을 올리고 북동풍을 받으려고 배를 돌리는 들콩을 한번 돌아보지도 않았다. 해가 지고 어둠이 내려 배가 나아가는 방향의 하늘 위 기다란 구름자락 사이로 맑은 푸른 광채의 만이 열리며 신월이 빛을 던질 때까지 게드는 세상의 그 무엇도 보고 있지 않았다. 달은 상아로 된 고리나 뿔나팔의 가두리 장식인 양 햇빛을 반사해 어둠 젖은 대양 위에 선연히 빛났다.

게드는 얼굴을 들고 먼 서녘에 빛나는 초승달을 지그시 바라보았다.

그는 오랫동안 거기 눈길을 못 박고 있었다. 그러곤 전사가

장검을 쥐듯이 손으로 지팡이를 잡고 똑바로 섰다. 하늘과 바다와 머리 위에 부풀어 오른 갈색 돛과 친구의 얼굴을 빙 둘러 바라본 다음 게드가 말했다.

"에스타리올, 봐. 이루어졌어. 끝난 거야."

게드는 웃음을 터뜨렸다.

"상처는 치유되었어……, 나는 완전해. 나는 자유야."

그러고 나서 몸을 구부리고는 팔에 얼굴을 파묻고 아이처럼 흐느꼈다.

그 순간까지도 들콩은 미칠 듯한 공포 속에 경계하고 있었다. 그로선 그 어두운 땅에서 무슨 일이 일어났는지 분명히 알 수 없었던 것이다. 배에 함께 타고 있는 존재가 게드인지 확신할 수 없었기에, 들콩의 손은 벌써부터 쭉 닻에 가 있었다. 여차하면 선체에 구멍을 내어 배를 바다 한가운데 가라앉혀 버릴 생각이었다. 게드의 얼굴과 모습을 한 사악한 존재를 어스시의 항구로 데려가기보다는 그 편이 나았다. 그러나 이제 친구의 얼굴을 쳐다보고 말소리를 듣자 의심은 사라졌다. 그리고 사실을 깨달을 수 있었다. 게드는 이긴 것도 진 것도 아니며, 다만 자신의 죽음의 그림자를 자기 이름으로 이름 지음으로써 자신을 완전하게 한 것이다. 그로써 그는 한 인간이 되었다. 진정한 자아 전체를 깨달은 인간이며 자신 아닌 그 어떤 힘에 이용당하거나 지배받지 않을 사람, 살기 위하여 살며 결코 파괴나 고통이나 증오나 어둠을 섬겨 살지 않는 인간이 된 것이다. 가장 오래된 노래인「에아의 창조」에서는 이렇게 말한다.

말은 침묵 속에만
빛은 어둠 속에만
삶은 죽어감 속에만 있네.
텅 빈 하늘을 나는 매의 찬란함이여.

이제 서쪽으로 항로를 잡으며 들콩은 큰 소리로 그 노래를 불렀다. 광대한 난바다로부터 차디찬 겨울밤의 바람이 그들의 등 뒤로 불어 닥쳤다. 그들은 그 바람을 타고 달렸다.

여드레에 다시 여드레를 거듭해 배를 몰아가, 두 사람은 육지를 보았다. 몇 번이고 주문으로 소금기를 뺀 바닷물을 물주머니에 채워야 했다. 고기도 잡았지만, 고기잡이 주문을 외워도 아주 조금밖에는 잡히지 않았다. 난바다의 물고기들은 저희들 이름을 몰랐고 마법도 거의 듣지 않았기 때문이다. 식량이 훈제육 몇 조각밖에 남지 않게 되자 게드는 톱풀의 말을 기억했다. 화롯가에서 밀과자를 슬쩍했던 그때 톱풀은 바다 위에서 배를 곯게 되면 슬쩍한 걸 후회할 거라고 말했더랬다. 배는 고팠지만 그 추억은 게드를 즐겁게 했다. 톱풀은 또 게드에게 오빠와 함께 다시 오라고도 말했던 것이다.

마법풍을 타고 동쪽으로 갔던 건 고작 사흘이었지만, 서쪽으로 되돌아오는 데에는 열엿새가 걸렸다. 멈춘 날에 지붕 없는 고깃배를 타고 나섰던 젊은 마법사 에스타리올과 게드만큼 난바다 멀리까지 나갔다 돌아온 사람은 아무도 없었다. 둘은 큰 폭풍을 만나는 일도 없이 나침반과 톨버그렌 별로 방향을 잡아, 바깥으로 향했던 때보다 조금 북쪽으로 길을 틀어서 꾸준히 항행했다. 그래서 아스토웰로 귀환하지 않고 먼 톨리와 스네그를 시야 밖으로 지나쳤으므로, 맨 처음 수평선에 솟아오른 육지는 콥피시 최남단의 곶이었다. 파도 위로 장엄한 요새처럼 솟은 돌벼랑들이 보였다. 바닷새들은 부서지는 파도 위를 맴돌며 울어대고, 작은 마을의 화로 연기가 푸른빛으로 바람에 날렸다.

거기서부터 이피시까지는 오래 걸리지 않았다. 눈 오기 전 착 가라앉은 우중충한 저녁 녘에 그들은 이스메이 항구로 들어섰다. 죽음의 왕국 해안까지 자신들을 실어 갔고 도로 실어 온 배 멀리보기 호를 거기 정박시킨 후, 두 사람은 좁은 마을 길을 걸어 올라 들콩의 집으로 향했다. 그 지붕 아래 고인 불빛과 온기 속으로 들어설 때 그들의 마음은 날아갈 듯했다. 톱풀이 환성을 지르며 달려 나와 그들을 맞았다.

*

만약 이피시의 에스타리올이 약속을 지켜 게드의 첫 위업을 노래로 만들었다면, 그 노래는 유실되었다. 동원해에는 그 어느 해안으로부터도 며칠 길이나 떨어진 대양의 심연 위에서 땅에 올라앉아 좌초되었던 작은 배 이야기가 전해진다. 이피시에선 그 배를 몬 사람이 에스타리올이었다고 하지만 토크에선 폭풍으로 난바다 저 멀리 떠내려간 두 어부였다고 전하고, 홀프에서는 그 이야기가 어떤 홀프 어부에 관한 것으로 변해 보이지 않는 모래밭에 좌초된 배를 움직일 수 없었던 그 사람이 아직도 거기서 헤매고 있다고 말한다. 그렇게 그림자의 노래는 몇 가닥 전설로만 남아 오랜 세월 유목처럼 이 섬 저 섬을 떠돌았다. 그러나 「게드의 위업」 속엔 그가 무사히 용의 길을 항해해 낸 일이나 아투안 묘역으로부터 에레삭베의 고리를 해브너로 가져온 일, 그리고 마침내 온 세계 섬들의 대현자로서 다시 한번 로크로 돌아온 일보다 더 전에 있었던 그 항해에 관해서나 그림자와 만난 일에 관해 전하는 바가 없다.

곤트 섬

케메이
루톡 만
케둔
오스크리스
셀트
코리
셀트 윗녘
북골짝
북골짝 윗녘
열그루오리나뭇골
메두
로틴
데시 항구
케툴레코
초두르
토스
아르 강
바르
위스
동쪽 항구
오바르크
탄트
솔웨스
너도밤나무 샘골
알리지
리수
위스 안랫녘
엣사리
르 알비
카헤다난
케바스
카헤다 강
계곡 하구
참나무 마을
곤트 대항
토레고
에트레크
케임버 바위
스페비 섬

어슐러 르 귄 Ursula K. Le Guin

어슐러 르 귄은 1929년 미국 캘리포니아 주 버클리에서 태어났다. 아버지 알프레드 크뢰버는 북미 인디언 연구에 헌신한 저명한 인류학자였으며 어머니 테오도라 크뢰버는 아동 문학가로 『마지막 인디언Ishi in Two Worlds』 등의 작품을 남겼다. 르 귄은 래드클리프 대학을 졸업하고 컬럼비아 대학원에서 중세 불문학 석사 학위를 받은 후 풀브라이트 장학생으로 파리에서 체류하는 동안 역사학자 찰스 르 귄을 만나 결혼했으며, 현재 미국 오리건 주의 포틀랜드에 살고 있다. 세계3대 판타지 소설로 손꼽히는 대표작 어스시 시리즈는 전 세계 수백만 독자들의 사랑을 받으며 전미 도서상 등 유수의 문학상들을 수상하였고, 과학 소설 『빼앗긴 자들』, 『어둠의 왼손』 등은 발표 당시 네뷸러 상과 휴고 상을 동시에 휩쓸었다.

최준영

연세대학교 사회복지학과를 졸업하고 다년간 전문 편집자로 일했다. 옮긴 책으로 『어스시』 전집 외에 론 허버드 『투 더 스타』가 있다.

이지연

서울여자대학교 식품과학과를 졸업했다. 로즈마리 서트클리프의 『태양의 전사』를 비롯하여 『복제 인간 사냥꾼』, 『손바닥 동화』 등을 우리말로 옮겼다.

어스시 전집 제1권
어스시의 마법사

1판 1쇄 펴냄 2001년 11월 25일
1판 3쇄 펴냄 2005년 12월 30일
2판 1쇄 펴냄 2006년 7월 14일
2판 25쇄 펴냄 2022년 8월 8일

지은이 | 어슐러 르 귄
옮긴이 | 최준영 · 이지연
발행인 | 박근섭
편집인 | 김준혁
펴낸곳 | 황금가지

출판등록 | 2009. 10. 8 (제2009-000273호)
주소 | 06027 서울 강남구 도산대로 1길 62 강남출판문화센터 5층
전화 | **영업부** 515-2000 **편집부** 3446-8774 **팩시밀리** 515-2007
홈페이지 | www.goldenbough.co.kr

도서 파본 등의 이유로 반송이 필요할 경우에는 구매처에서 교환하시고
출판사 교환이 필요할 경우에는 아래 주소로 반송 사유를 적어 도서와 함께 보내주세요.
06027 서울 강남구 도산대로 1길 62 강남출판문화센터 6층 민음인 마케팅부

ISBN 978-89-8273-191-4 04840 (1권)
ISBN 978-89-8273-197-0 (set)

㈜민음인은 민음사 출판 그룹의 자회사입니다.
황금가지는 ㈜민음인의 픽션 전문 출간 브랜드입니다.